ぼくの可愛い妊夫さま

七川 琴

Splush文庫

contents

僕はこの交差点が嫌いだ。明るい朝日の中、車のフロントガラスの向こうでパンプスを履《は》いた女性や背広の男性が足早に通り過ぎて行く。目が合ってしまわないよう僕は車の中でそっと視線を逸《そ》らした。

僕が産婦人科医として勤務している病院へ向かう途中のこの三叉路《さんさろ》の信号は停車時間が長い。加えて銀行や信用金庫の乱立するこの地区では脇道からの強引な割り込みもある。通勤の時間帯となればなおさらだ。

割り込まれるのは苦手だ。道を譲ってハザードランプで礼を言われても、後ろの車からは煽《あお》られる。バックミラーに映る舌打ちする顔、譲ったせいで時間を取られ僕の前で赤になる信号。その上、前の車がトラックだったりしようものなら信号が見えず、鈍臭く車体半分が横断歩道に乗り上げる事もしばしばだ。通行人は眉《まゆ》を顰《ひそ》めて僕の車の鼻先を避ける。割り込むのはもっと苦手だ。右折も苦手だ。タイミングが摑めないまま長蛇の列を作り、見かねて仏心を出した対向車に譲られて、ようやく曲がる始末だ。要は車の運転に向いていないのだ。いや、そもそも僕に向いている事などあっただろうか。だが、何より僕の心を憂鬱《ゆううつ》にさせるのはこの交差点にあるカラオケ屋だ。

大学に勤めていた頃の話だ。産婦人科の医局で定期的に行われる初期研修医の歓迎会、その二次会で生涯《しょうがい》にたった一度だけカラオケに行った。僕は院を出て病院講師をしていた。下っ端《したっぱ》ばかりで奢《おご》る人数が少ないのだと同僚に頼みこまれた。勧誘も兼ねているのだからたまには協力しろ、いつも飲み会をサボるのを見逃してやっているだろうが、と同期に凄まれて僕は黙った。飲み会サボり、実はその通りだった。

僕は飲み会も苦手だ。一緒に盛り上がる、という不可思議で楽しげな現象に参加出来た事など生まれてこのかた一度もない。目の前で座が沸《わ》いている事は理解出来るがいつも蚊帳《かや》の外だ。僕の、どうやら他人には素《す》っ頓狂《とんきょう》に聞こえるらしい受け答えで周りの人間が爆笑するのに折れそうな心を必死で見ないふりをして、ようやく浮かべた愛想笑いで応じる事が「一緒に盛り上がる」という現象にカテゴライズされるべきでないのはさすがの僕も知っていた。

飲み会に参加するたび、皆が僕を置き去りにして笑うたび、僕の中の芯《しん》のようなものが少しずつ削れて細くなっていくような気がするのだ。もしもこの心象風景が現実だとすれば、その芯とやらはもはや削られきってなくなってしまっていなければおかしいのだが、これは僕の妄想に過ぎないので、相変わらずその幻の芯は剝《む》き出しの神経組織のように削られるたびに酷く痛む。

そんな筋金入りの飲み会嫌いの僕は浅はかにも「三回に一回程度なら反感を抱かれずに飲み会を欠席出来るはずだ、今回もいける」と高を括《くく》っていたのだが、残念ながらしっかりばれていた。金なら出す、見逃せ、などと言えばさらに同期が怒るであろう事は容易に予測出来た。

レジデントや初期研修医達は大勢いる。カラオケに行った事はないが、要は歌いたい人間がマイクを握り歌を披露する場なのだろう。比較的若い男性の講師達は乗り気だ。きっと歌う事が好きなのだ。僕がマイクを握る事はあるまい。隅《すみ》でウーロン茶でも飲んで手拍子《てびょうし》をしていればいい。二、三時間で終わる。簡単な事だ。そんな甘い見通しで参加した事を、僕はすぐに後悔する羽目《はめ》になった。

「弓削《ゆげ》！　お前も歌え！」

宴《えん》もたけなわという頃、酒焼けした怒鳴り声とともに同僚の医師の川越《かわごえ》の太い腕が僕の貧弱な肩に回った。ずれた眼鏡《めがね》を直す事も出来ずに揺さぶられる。突然注目されて舌が凍った。引っ張り上げられ無理やり立たされた。

「弓削先生、アイドル好きって本当ですか⁉」

「投票とか行くんですか？」

研修医達が口々に言う。川越に一体何を吹き込まれたのだろう。

僕の外見は俗に言うオタクのそれと共通点が多い。清潔であればそれでという服装で通勤鞄はリュックサック、上背《うわぜい》ばかりが目立つヒョロリとした体型、青白い顔に眼鏡をかけ人と目も合わせず、休日も何をしているのかよくわからない独身男、当然女っ気は皆無だ。正直、お前はオタクなのかと聞かれると困ってしまう。彼らのように何かのグッズを買い集めに列に並んだ事もなければ、熱狂的に好きと言える何かがあるわけでもなかったが、どこか生身の人間を拒絶するような態度は自分と重なった。川越をはじめとした体育会系の産婦人科の男性講師陣と比べればオタクと呼ばれる彼らとの方がよほど友達になれそうな気さえもした。

しかし僕はオタクと呼ぶに相応しいほど中身のある人間ではない。読書も映画鑑賞も嫌いではないが詳しいわけでもない。休日は調べものを片付けているうちにいつの間にか終わっている。たまに近所の植物園に散歩に行く、実家の犬を撫《な》でに行く、数少ない友人と会う、そんなところだ。

　僕がなんと言われているかは知っていた。それが侮蔑《ぶべつ》を含んでいる事も。一度、川越に「お前、ドルオタなの？」と正面切って聞かれた事がある。返答に詰《つ》まった。自分のこれからの生活の快適さだけを考えるならば、きっぱりと否定すべきなのはわかっていた。だが相手があからさまに対象を馬鹿にしている時、ことさらに否定するのは、川越と同じ悪意を〝ドルオタ〟なる人々に向ける事になるような気がしてなんとなく嫌だった。

　僕は川越のような人間にはなりたくなかった。当直明けの研修医を飲み会の芸のためだけに早朝に呼び出したり、後輩と一緒に端末を覗《のぞ》き込みながら同期のＳＮＳを嘲笑《あざわら》ってみたりするような人間には。

　けれど彼らにとっては僕のその一瞬の躊躇《ちゅうちょ》で十分だったらしい。下卑《げび》た笑い混じりの声で、やっぱりな、と言われ僕は顔を上げた。

「隠すなよ」

　川越はとても嬉しそうだった。

　その時の嬉しそうな顔の意味を僕はそのカラオケ屋で嫌というほど思い知った。

「もうお前が好きなやつ、入れておいてやったからさ」

　誰もが知っている女性アイドルグループの曲だった。マイクを握らされ、前に突き飛ばされた。身体を起こすと皆が僕を見ていた。拍手と歓声、それからスポットライトのようにあからさまな悪意、嘲笑《ちょうしょう》。

僕は真っ赤になった。手が震えていた。どこを見ていればいいのかわからなかった。僕の反応が「いかにも、そう」な反応である事はわかっていた。アイドル好きを突然暴露されて慄《おのの》く気弱な男、女性の手も握れない可哀想《かわいそう》な男、大部分は事実だ。確かに僕は気が弱くて女性の手も握れない。だが僕は女性アイドルには興味がなかった。アイドルに限った話ではない。グラビア雑誌は何冊も買った事がある。学生時代の事だ。結局全て古紙回収に出した。もしかして僕は男性の方が好きなのだろうかと思い至り、ゲイ向けの雑誌を読んでみた事もあるが、結果は同じだった。

僕にとって性に関する話は急所だ。握られたら動けない。無理やりアイドル曲を歌わせるという行為は彼らが意図するものとは違っているが、本質的には全く同じ効果を僕にもたらした。

「す、すみませ、僕は、歌知らなくて……う、歌えない」

「はあ？　聞こえねーよ。何言ってんの？」

「ほら曲が終わっちゃうよ？　みんな自分の曲歌いたくて待ってんだからさ、お前を」

「だから」

口にマイクを近づけ過ぎて爆音が響き渡る。異常なほど震えた声に自分で驚いた。

「だから、じゃねえわ！　音響いてるし！」

ぎゃはは、と川越が笑った。

「誰か一緒に歌ってやれよ！」

そうして一曲が終わるまでの三分ほどの間、僕は道化《どうけ》として彼らを楽しませ続けた。

もう三年も前の事だ。それなのに僕は未だにあの時の痛みを忘れる事が出来ない。何故かはわかっている。僕の人生はこれに尽きるのだ。自意識過剰と妙なプライド、それに全く見合わない心の弱さ、僕を苦しめる全て。毎朝カラオケ屋の前を通る度に思い出す。軽快なカラオケの音、妙に派手な壁紙の薄暗い店内、煙草《たばこ》の臭い、僕を誘った同期の気まずそうな顔、僕を憐《あわ》れむ顔、その屈辱《くつじょく》を。

病院の駐車場まで来て我に返る。天気のいい夏の日の朝、通勤するだけでこんなにも落ち込む人間は僕以外にはそういないだろう。いい加減に通勤経路を変えようかと考えた事もあるのだが、結局どこへ行ってもカラオケ屋はあるし、僕の本質も変わらない。そしてこれからもずっと変わらないのだろう。そう思っていた。

この病院の産婦人科医は僕を含めて三人だ。元教授で医院長の不破《ふわ》、産科の島袋《しまぶくろ》、そして僕だ。不破は子宮頸癌《しきゅうけいがん》研究の大御所で、島袋は夫の転勤で引っ越してきたばかりの産科医だ。今は子供の夏休みに合わせて休暇を取っている。

僕も数年前までは大学で産科当直もしていたし、今もピンチヒッターとしてたまに産科当直のバイトに入るが、専門はあくまで婦人科癌だ。だが不破はそんな僕よりもさらに産科から遠ざかって久しい。島袋の代打は僕しかいない。何が言いたいかといえば島袋が休みの間の僕の外来《がいらい》患者は通常の二倍に増えるという事だ。

今日だけでもう何人の女性の膣《ちつ》に経膣超音波のプローベを突っ込んだ事だろう。

加えて今は大学から医学生が実習に来ている。男子学生が二人、五年生だと言っていた。産科医不在期間に学生を受け入れるとは不破の采配《さいはい》は一体どうなっているのだ。不破の妙に大きな声、いまいちどこを見ているのかわからないぎょろりとした目、禿げ頭を思い出し僕は溜息《ためいき》を吐いた。

ようやく午前中の患者が捌《さば》けた。外来の合間に頸癌予防接種のパンフレットでも学生達に見せてやろうと思いつき、彼らに声をかけた。

「あ、君達、ちょっと」

だが彼らは雑談に忙しく僕に注意を向けてはくれなかった。こういった扱いには慣れている。僕の声は小さい。そして僕は年上で立場も上という絶対的優位性を軽々と無視されてしまうような類《たぐい》の人間に生まれついている。もう一度声をかけようと息を吸い込んだ。しかし、彼らが手にしているものを見て声が出なくなった。

「これ検査専用のヤツだよな」

それは経腟超音波プローベに被《かぶ》せるため診察室に常備してあるコンドームだった。

「コンビニとか薬局では見た事ねえもんな、こんなシンプルなの」

「つかまず精液袋付いてないし、小さくね？　普通に使ったら脇《わき》から漏《も》れるだろ？」

「知るかよ、ねえやつもあるじゃん」

彼らの発言に僕は驚愕《きょうがく》した。

もちろんコンドームに様々な種類がある事くらいは知っている。しかし、この毎日僕が触っているコンドームが超音波プローベに被せる以外にはほとんど使われないという事実は知らなかった。

なんということだ。僕は今まで、自分は通常の使用法でコンドームを使ったことはないが、取り扱いにかけてはかなりのレベルに達しているのではなかろうか、こんなにも素早く着脱（プローベに、だが）出来る人間はなかなかいるまい、と密かに思っていたのだ。とんだ勘違いだった。パンフレットを握りしめたまま項垂《うなだ》れた。恥ずかしい。だが他人にこの勘違いがばれる前に真実を知る事が出来て本当によかった。

そう、僕は童貞《どうてい》なのだ。自分が童貞だと思い出してしまうたびに思う。一体何歳になったら僕は童貞という言葉を胸に痛みを覚えずに聞く事が出来るようになるのだろう。不惑《ふわく》かはたまた還暦《かんれき》か、冗談ではない。これから先二十年以上も苦しむなど御免《ごめん》だ。

しかし今年卒寿《そつじゅ》になった祖母がこんなことを言っていた。齢《よわい》を重ねるごとに思う。一体いつになったら自分は物語に出てくる老人のように生の終わりを達観する事が出来るようになるのか。来年こそは「そろそろ私にもお迎えが来る頃だ」となんのこだわりもなく言えるようになるはずだと期待してきた。しかし結局この年になってもまだ死ぬのは怖い。一分一秒でも長く生きていたい、と。

それを思うと僕は到底《とうてい》この苦しみから自由になれる日が来るとは思えないのだ。

神は僕に性欲やそれに付随する人生の様々な喜びの代わりに、過剰な自意識と一体化した無駄な羞恥心《しゅうちしん》と対人恐怖を植え付けた。そうとしか思えない。そして悲しい事に、僕は具体的な欲望を誰かに抱いた事はほとんどないにもかかわらず性的な未熟さをあげつらわれると非常な不快感を覚えた。性的快楽を僕から奪うのならば、いっそ仙人のような魂を僕に授けてくれればよかったのだ。僕は俗人として生まれつき、悟《さと》れない俗人としての苦しみを大いに味わってきた。

下ネタが理解できずに困った事はなかったが、性的な話題が怖かった。頭では性のあり方は千差万別《せんさばんべつ》で貴賤《きせん》はないと知っている。けれどやはり自分には人間として決定的なものが足りないのではないか、という思いが拭《ぬぐ》えなかった。僕は身を焦《こ》がすような欲求もないくせに、実に童貞らしい童貞だった。本来ならば童貞よりも何よりも恋愛に縁がないという事実をまず嘆《なげ》くべきだという気もする。それなのに童貞という言葉に対する世間のイメージやその扱いに過剰に反応してしまうこの状態、それ自体が僕の抱える地獄の深さを表しているのかもしれなかった。

「先生、弓削先生！」

学生のうちの一人に声をかけられてはっと顔を上げる。

「外科の先生が弓削先生に相談があるって呼んでます」

顔見知りの外科医がドアの向こうから僕を窺っている。いつの間に来たのだろう。考え事をしていて気が付かなかった。主任医長が直々にお出ましとは、ただ事ではなさそうだ。

「悪いね、弓削先生、島袋先生がお休みで忙しい時にさ。ちょっといい？」

外科の蒔田《まきた》は申し訳なさそうに切り出した。撫で肩と髭面が特徴の気の好い男だ。

「俺、こういう患者見た事なくて何科がいいのかいまいちわかんないのよ。泌尿器科《ひにょうき》かと思って江原《えはら》先生に電話したら産婦人科だって言うし」

奥歯にものがはさまったような言い方だ。蒔田は声を潜《ひそ》めてそっと振り返り、カーテンの向こうの待合室を示す。

「あの人なんだけど」

視線の先では体格のいい若者が待合室のベンチに腰かけていた。精悍《せいかん》な顔立ちだが、目は不安に揺れている。形のいい頭にはタオルが巻かれ、太い首やつやつやした頬や鼻の頭は日に焼けて赤い。汗ばんで張り付く白いタンクトップは胸筋ではち切れそうだ。綺麗《きれい》に盛り上がる三角筋が見えた。

一目で肉体労働者とわかる。なぜか逞《たくま》しい腕を背中側から尻の下に回して、タオルで押さえている。妙な体勢だった。そして、何よりもまず……。

「男性じゃないですか、うち産婦人科ですよ」

「いや、うん、そうなんだよ」

蒔田は困り果てたように頬を掻《か》いた。

岩本太一《いわもとたいち》、二十五歳男性は痔《じ》を疑って病院へやって来た。仕事は大工で、いつものように現場に出て屈《かが》んだ瞬間に何かどろりとしたものが股間を流れる感触があったので、下痢でもしているのではないかと思い、彼はトイレへ立った。そして下着が真っ赤に汚れているのを見て病

院へ駆《か》けこんだのだと言う。上司が痔持ちらしく痔で失血死する事もあると脅《おど》されたのだそうだ。だが痔核らしきものはない。診察している間にもドロリとした黒っぽい血液が肛門から出てくる。血液検査をしてみると男性にしてはやや血は薄いが、貧血というほどでもない。しかも診察中に下腹部の痛みが増強して来たと言う。おかしいと思いつつも原因検索のために造影CTをおこなった。そして蒔田はある特集記事を思い出した。

「俺さ、これ病気じゃないような気がするんだよね。画像読んでくれた先生も可能性はあるって言ってた。だけど、俺と同じで実際の症例を見た事あるわけじゃないし、前立腺《ぜんりつせん》も子宮もCTじゃ詳しくはわからねえんだと」

そこまで聞いて僕もようやく思い出す。数年前から医学界を騒がせている正常変異の事を。奇蹟《きせき》、神の御業《みわざ》、人類の進化。

「MFUU（Male with functional uterus and uterine adnexa）ですか」

「それそれ、機能的子宮を持った46XY男性ってやつ。柄悪そうなあんちゃんでさ。デカくて体格いいし目付き悪いし、俺じゃあんまり上手に相手してやれる気がしないんだよ。不安みたいで苛立《いらだ》ってるし。悪いんだけど、診《み》てやって」

「僕だってMFUUなんて見た事ありませんよ。学会でしか」

「学会ではあるんでしょ？　俺なんかつい最近、日本語の雑誌でちょっと齧《かじ》っただけだよ。しかも『痔と鑑別を要する稀《まれ》な疾患』みたいなコラム。俺よりいいでしょう」

不破の顔が一瞬だけ頭をよぎる。駄目だ。彼は非常に有能な研究者ではあるが、患者の相手は苦手なのだ。大学で教授の席に座っていた時にも彼は何度も患者とトラブルを起こしている。医院長という立場でもなければ本来一般病院には適さない人材だ。

僕しかいない。出来るのか、人と話すのが非常に苦手なこの僕に。童貞のこの僕に。

ちらりと学生達を振り返った。彼らは話に付いて来られずぽかんとしている。さきほど覗き見た大工の彼を思い出す。彼はこの学生達とそう変わらない年齢なのだ。不安そうにしていた。きっと今まで大きな病気などした事がないに違いない。血を見ただけでも驚いたはずだ。覚悟を決めて頷《うなず》く。

「君達は席を外して下さい」

ＭＦＵＵとは男性型真性半陰陽《しんせいはんいんよう》の一亜型である。日本語で乱暴に説明すると「正常に機能する卵巣《らんそう》・子宮を持った男性」となる。つまり染色体的には完全な男性でありながら妊娠・出産が可能だ。出産後は授乳も出来る。外見的には通常の男性と全く変わらず、性的成熟期を迎えてから月経が発来して気付かれる。直腸が膣も兼ねるようになり、膣常在菌の亜種が直腸の腔内を酸性にするだけでなく多量の粘液を作り出し、便を粘液で完全に覆ってしまうので、肛門としての役割を果たしながらも直腸は清潔に保たれる。実際、統計的にも児の産道感染の割合は女性と変わらない。

基本的に男性としての性機能は維持される。しかし妊娠可能な排卵日前後には射精は可能でも精子は不活化される。自家受精を防ぐためと考えられ、免疫学的機序《めんえきがくてききじょ》が関与するとされているが詳細については今後の研究が待たれる。

ＭＲＩや超音波では前立腺と癒合《ゆごう》した形態のほぼ完全な子宮・付属器が確認出来る。発症すると直腸平滑筋の肥厚《ひこう》と肛門括約筋の発達が認められ、産道として耐えうる構造に変化する。骨盤もやや広がる。

副腎性器症候群《ふくじんせいきしょうこうぐん》などの以前から知られている半陰陽とは明らかに異なっており、その完全なる機能性からこれは神の作りたもうた第三の性だと言っている研究者が多い。

同性愛指向を持つ男性に比較的多く発症するというデータもあるが、男性同性愛とＭＦＵＵの関係については議論の余地がある。すでに異性と安定した恋愛関係や婚姻関係を結んでいる場合には発症しても性的指向は変化せず、そのまま女性との結婚生活を続ける場合が大多数である。また、発症後に精子提供者として子供を作る例も数多く報告されている。

「鑑別に役立つ検査としては、直腸内pHの測定が挙げられる。通常の男性の直腸内は中性に近いが、ＭＦＵＵの男性はほぼ例外なく女性の膣と同じく強酸性を示す。ただし確定診断は前立腺と癒合した子宮を画像で確認する事で行う。特に高齢発症の場合には悪性腫瘍《しゅよう》との鑑別が重要である……か」

念のため患者に説明する前に一通り教科書に目を通す。ＭＦＵＵは日本での一般的な知名度はまださほど高くなく、患者説明用の冊子なども当然用意されてはいない。相手は医療関係者ではない上に、デリケートな性の問題を話さなければならないのだ。細心の注意を払う必要がある。

不安だ。僕が最も苦手な分野ではないか。このままではいけない。落ち着け。患者である彼は今、訳もわからず、尻から血を流し、タオルでそれを押さえているのだ。

そうだった。血を流している人間を待合室に放置するなど鬼の所業だ。しかもほとんど女性しかいない産婦人科の待合室に。一目見ただけでも彼はこの空間では異質な存在だとはっきりわかった。先程も他の女性患者が怪訝《けげん》な目で彼を見ていたのを確認していたはずなのに。外科の蒔田が着替えもオムツもさせてやらず、あまりにも自然に彼を置いて行ったのでうっかりしていた。突然珍しい症例に出くわして動揺もしていた。悠長《ゆうちょう》に教科書なぞ眺めている場合ではない。

椅子《いす》を蹴《け》って急に立ち上がった僕に産婦人科外来の看護師の北川《きたがわ》がぎょっとしている。彼女の顔を見て僕は気付く。もしも僕が患者だったらどうだ。看護師とはいえ、見ず知らずの女性に自分の身体の話を聞かれたくはあるまい。僕しか説明するのに適当な人間がいない以上、僕については諦めてもらう他ないが、人は少ない方がいい。学生は先ほど昼休みに放逐《ほうちく》したが、説明の際には彼女にも離れて貰うべきかもしれない。

「なんですか？　弓削先生、どうしたんです？」

ベテランの彼女は僕の挙動不審には慣れている。

「さっきの患者さん、えっと、あー」

患者のファイルを目で探す。あった。

「岩本太一さん、もう診察室に呼んで下さい。他の患者さんは女性ばかりだし、彼は奥さん連れではなくて目立つので、一緒に付いて来てあげて下さいね」

　この部屋は内診台のある診察室から離れた個室で普段は患者や家族への説明に使用している。彼のためだけではなく他の女性患者のためでもある。ＭＦＵの可能性が高いとは言え彼の外見は完全に男性だ。妻を伴っていない彼を不審に思う患者もいるだろう。

「連れてきたら紙オムツかサイズの大きいナプキン、適当な検査用の着替えを持って来てくれますか。それを置いたら僕と患者だけに。呼ぶまで誰も開けないようにして下さい。たぶん、あまり人に聞かれたくないような話をしますから」

　一瞬だけ、岩本太一、彼の屈強な腕や不機嫌そうな眼差《まなざ》しを思い出した。暴れられたら一人では対処出来ないかもしれない。何を弱気な事を。彼を興奮させたとしたらそれは僕の責任だ。

「弓削先生、お連れしました」

「産婦人科の弓削です。どうぞおかけ下さい」

　看護師の後ろから入って来た岩本は立っていると一層大きく見えた。身長は僕と同じぐらいだろうか。だが厚みは僕の二倍はありそうだ。首も太い。尻にタオルをあてがうというやや間抜けな体勢だが、油断なくこちらを窺っている。険しい顔つきのまま軽く会釈《えしゃく》をし、彼は黙っている。唇は厚い。健全な若さが全身から溢れているが、浮ついた様子はまるでない。奥二重の目には迫力があった。睨《にら》まれていると勘違いしそうになる。彼が腰かけると、スチールの椅子がぎしりと音を立てた。野生の虎かギリシャ神話の牡牛のような男だった。もう呑まれかけている。視界の隅で看護師の北川が部屋を出て行くのが見えた。自分で指示したくせにやっぱり行かないでくれと言いたくなったが、ぐっと堪《こら》えた。

「お、お待たせしてすみませんでした」

思わず謝ってしまう。

「なんで産婦人科なんですか」

説明の前に服をまずなんとかしましょう、と続けようとしたが遮《さえぎ》られた。尖《とが》った声だ。やはり苛立っている。

「痔じゃねえって言われて、じゃあなんだって聞いても答えねえ……検査、検査で俺はいつになったら帰れるんですか。でかい病院だ、待つのはしょうがねえけどさあ」

そこで彼は、はあっと大きな溜息を吐いた。

「さすがにふざけてんのかって聞きたくなりますよ。あのさ先生、俺、女に見えます？」

ぐびりと咽喉《のど》が妙な音を立てた。落ち着け。僕が怯《おび》えたら絶対に信用されない。通常運行の時ですら僕の外見や雰囲気で査定される信用度は低値安定だというのに。

「今からご説明します。その前に岩本さん。血が垂れて気持ちが悪いんじゃないですか？　まず着替えましょう。今日はお車でいらしてます？　そのまま帰るのは大変でしょうし、服をお貸しします」

「いらないです」

彼は目を閉じて言った。もううんざりだ、とでも言いたげだった。乱暴な仕草で彼は頭に巻いていたタオルをむしり取る。汗で癖《くせ》の付いた短い黒い毛が露《あら》わになる。

「とにかく早く聞かせて下さいよ。俺はなんの病気なんですか？　こっちは現場ほっぽり出して来てんですよ」

　今度こそ間違いなく、彼は僕を睨み付けていた。怖くないと言えば嘘だ。けれど気持ちはわかる。僕だってもしも病院でろくな説明もされずにたらい回しにされた挙句《あげく》、産婦人科に連れて来られたら平静ではいられない。控えめなノックの音がする。着替えを持って来た北川だろうが、中に入れない方がよさそうだ。

「すみません！　やっぱりそこに置いておいて下さい！　岩本さん、説明します。さっき撮影したCTをこちらの画面に出しました」

　彼のために僕が出来るのはわかりやすく正確な説明を行う事だけだ。


　彼は絶句していた。半《なか》ば予想出来ていた事だ。信じられない、という様子で目を剝き、口元は引き攣《つ》っている。気弱な表情をすると彼はとても若く見える。わりに整った顔をしているからだろうか。それとも僕がもう結構なおじさんだからだろうか。

「症状からほぼ確実と考えられます。今お話ししたMFUUという状態だとすれば出血で死ぬ可能性はありません。男性機能もほぼ損なわれません。女性と同じように月に一度月経がある以外には特に生活に変化はありません」

「か、簡単に、い、言わないで下さいよ……ふざけんなよ！　信じられるわけねえだろ……え、つまり俺は、生理って事ですか？　腸の病気じゃなくて？」

「急に言われて混乱するお気持ちはわかりますが、その可能性が高いです」

「お、女みたいに？」

「はい」

「で、その、なんだ、もしも妊娠したら」

「ええ、出産が可能です」

「出産……」

彼は口を開けてぼうっと虚空を見た。そしておそるおそる言った。

「あ、もしかして、受精って」

「まあ、その……膣の代わりに直腸です」

「カマ掘られるって事かよ……っ」

岩本が仰《の》け反《ぞ》ったので椅子がガタタッと大きな音を立てる。まるで僕から逃げようとするかのような動きだった。僕のようなもやしが彼のような体格のいい男をどうにか出来るわけもないのだが。

「なんでこんな事に……」

ついに岩本は項垂れてしまった。日に焼けた首筋が目の前に晒《さら》される。襟足《えりあし》は無造作だが清潔に整えられている。

「先生、原因はなんなんでしょうか」

「わかっていません。病気ではない、と言われています。そういう体質、という事です」

「俺は……俺はもう男じゃないんですか？」

「何度でも言いますが、れっきとした男性です。女性とお子さんを作る事も出来ます。ただそれに加えて妊娠、出産が可能というだけです」

「月一で生理来るのに？　子宮があるのに男？　あんた本気で言ってんのか！」

岩本の顔が泣きそうに歪《ゆが》む。

「ていうかさ、そのなんだっけ、ＭＦＵＵだっけ？　それの奴が子供が産めるって確かめられてるって事は男とやって出来ちまって出産した奴がいるって事だよな？　ＭＦＵＵってみんなホモになるの？」

「いいえ、そうではありません。一般集団からするとＭＦＵＵを発症する男性は同性愛者の割合が高いと言われていますが、定説というわけでは……」

「冗談じゃねえよ！　俺は違う！」

弾《はじ》けるような大声を出されて思わず黙った。岩本は異性愛者らしい。汚物を撥《は》ね除《の》けるような叫びに敏感な僕の心の芯が微《かす》かに痛んだ。僕は同性愛者ではないが性的なマイノリティではある。しかし彼の方がよほど痛そうな顔をしていた。彼は気まずそうに視線を床に落として弱々しい声で言った。

「なあ、なんかあるんだろ？　治す方法。こんなの付き合う女になんて言えばいいんだよ……女みたいに生理が来ます。子供も産めます。でも男ですって……はは、馬鹿じゃねえの、なんだその法螺《ほら》って思うよ。普通に考えたら俺、病気だろ。子供だって信じねえよ。誰とも付き合えねえじゃん。ふざけんじゃねえよ、俺が何したってんだよ、なんでだよ」

ＭＦＵＵが発表された当時は公共放送でドキュメンタリー番組も放映されていたので、岩本が思うほどＭＦＵＵは世間に知られていないわけではないと思う。ＭＦＵＵの男性は機能的には何も失わない。新たな能力を得るだけだ。妊娠、出産する能力を咽喉から手が出るほど欲しがっている人間もいる。恩恵だと感じる場合すらあるだろう。嫌悪感を覚える女性はむしろ少ないのではないか、と僕は思う。

しかしそれはあくまで産婦人科医である僕の認識に過ぎない。彼の見ている世界と僕の見ている世界は違う。どちらが正しいかという問題ではない。彼の言葉は彼の世界では真実なのだ。彼がショックを受けて苦しんでいるのならその痛みは本物だ。

「岩本さん、ＭＦＵＵでも女性と結婚している人はたくさんいます」

言い切ってみせてから、ＭＦＵＵに遭遇したのすら初めてだというのに僕は何を自信満々に言い切っているんだと自問する。いや、ここでふらついてはいけない。だが彼は僕の方を見てはいなかった。

「こんなの嘘だろ、なあ、からかってんだろ？」

泣きそうな顔で彼は微かに笑った。

「悪かったよ、先生。俺の態度は確かにあんまりよくなかったよ。慌てて来て保険証も忘れちまったしさ。ずっと苛ついてて、ばあさんに席も譲らなかった。でももう勘弁してくれよ。さっきから、腹も痛てえんだ。今までこんな痛み方した事ねえしさ、何か別の病気でもあるんだろ？　重てえみたいな変な痛さなんだよ」

尻をタオルで押さえた不自然な格好のまま、彼はつらそうに屈んだ。脂汗が垂れている。それはまさに女性が生理痛について語る時によく使う言葉だった。

僕だって目の前で苦しむ彼を見ているのはつらい。どうにかしてやりたい。だが今の彼に生理痛に用いる鎮痛剤やらナプキンやらを手渡しても拒否されるだろう。まずは彼が自分の身体の状態を受け入れなければならない。

「岩本さん、そうなんです。別の病気の可能性も、低いですが、あります。ちゃんと確かめましょう。お若いですが悪性腫瘍という可能性もなくはないんです。実は先ほどお見せしたCTだけでは、ＭＦＵＵである、とは断言できない」

藁《わら》にも縋《すが》るような表情で岩本は僕を見ていた。少しでも安心させたくて彼の逞しい肩にそっと手を置く。

「超音波で前立腺と子宮を見た方がいいと思います。その方が岩本さんも納得しやすいでしょう」

「超音波？　どういう検査なんですか？　すぐ出来るんですか？」

ようやく目に光の戻った岩本の顔を見たせいか、ほっとして肩の力が抜ける。だからきっと油断してしまったのだ。僕はとんでもない失言をしでかした。

「これくらいの棒をお尻の穴に入れます」

僕は笑って言った。指で輪っかを作って見せて得意げに。

「本来女性の膣に入れるものですが、似たようなものですね。大丈夫ですよ。女性でも処女の方には肛門からの検査をお勧めしています。痛くないようにします。向こうの部屋に足を開いて座る椅子がありますから行きましょうか。どうせ下半身は脱ぐし、ついでに着替えて血も拭《ふ》きましょう」

僕は立ち上がり、彼の背中に手を当て促《うなが》した。腹痛もだいぶつらそうだ。支えてやるつもりだったのだ。しかし彼は完全に動きを止めた。身体を硬直させ僕を拒《こば》んでいた。彼の日焼けした顔が見る見るうちに真っ赤になった。金魚のようにぱくぱくと口を開けたり閉じたりしている。一体どうしたのだろうと覗き込んだ僕は彼に思いきり突き飛ばされた。

「おおお、俺に触るな!!」

背中が壁に叩きつけられ一瞬息が止まった。スチール製の椅子が倒れて物凄い音がした。咳《せ》き込み、目を白黒させながら彼を見上げた。僕と目が合うと彼は一瞬だけすまなそうな顔をした。泣く前の子供のような顔だった。咄嗟《とっさ》に僕の手を撥ね除けてしまったのだろう。きっと無意識だったはずだ。しかしすぐに僕を険しい顔で睨み付ける。

「な、な、な、何、何言ってんだよ!?　棒を入れるって、尻にって……絶対嫌だ！　ふざけんな！　このホモ野郎！」

「ちょ、ちょょっと待ってくださ……」

とんだ言いがかりだ。男性も前立腺の検査では経肛門的に超音波を行う。だが彼はもちろんそんな事は知らない。完全に僕のミスだった。先程彼は同性愛に対して忌避《きひ》感情を抱いているような様子を見せていたのに、男性としての自覚が揺らいでただでさえ不安定になっている彼を女性扱いして刺激した。処女という単語もよくなかった。

弁解したかった。何より混乱しているであろう彼を安心させてやりたかった。

立ち上がろうとして頬を擦《す》りむいているのに気が付いた。頬を拭うと手がぬるりと血で滑る。倒れた時に椅子とぶつかったのだろうか。とたんに背中の痛みが強くなる。一回では立ち上がれずに床に手を突く。血で床が汚れた。

「嫌だ、俺……俺は、違う、そんなんじゃない、俺」

岩本は完全に恐慌《きょうこう》状態だ。まずい。僕の血が彼をさらに追い詰めている。

「ま、待って！　僕の言い方が……」

その時、バタバタと数人の足音が聞こえた。勢いよく扉が開く。騒ぎを聞きつけて警備員と看護師の北川がやって来たのだ。

「弓削先生、大丈夫ですか⁉　コードイエローですか⁉」

警備員が床に座ったままの僕と仁王《におう》立《だ》ちの岩本を見て身構える。

「違います違います！　大丈夫！」

実際は何も違わないのだが、岩本の立場を思うと事を荒立てたくなかった。

「大丈夫って先生、血が出て……！」

甲高《かんだか》い声で言われて焦《あせ》った。今更のように頬を手で隠す。

「あ、どこ行く……ちょ、待て！」

その隙に岩本は警備員の制止を振り切って駆け出した。去り際に血で汚れた作業服の尻が見えた。結構な量の出血だ。きっとずっと不快だったろう。今更ながらに着替えさせてやらなかった事が悔やまれた。血の付いたタオルだけが床に残される。「海東工務店《かいとうこうむてん》」と書かれていた。身体の痛みよりも今は胸が痛かった。岩本を傷付けてしまった。

やはり、僕には上手く出来る事なんて一つもないのだ。


週明けに休暇を終えて出勤してきた島袋は僕の顔を見て驚いていた。

「で、そんなに大きい絆創膏《ばんそうこう》をしてるんだ。災難だったねえ」

銘菓《めいか》の箱を開けながら彼女は言う。つい先程お土産だと言って手渡されたのだが、結局島袋が自分で開けて自分で食べている。実家に遊びに行っていたのだそうだ。

「MFUU、私も見た事ない。妊娠したら大学送りだけど一回くらい見たいな、珍しいもん」

妊娠、彼が妊娠する事など絶対にないような気がする。そして物見高い彼女にかすかな反発心が湧く。彼は見世物ではない。自分の身体の変化を受け入れられずに苦しんでいる若者だ。今はまだ学術的興味が優先されるべきではない。そこまで思ってから苦笑した。怪我《けが》をさせられてもまだ彼の庇護《ひご》者を気取りたがる自分に嫌気がさす。そんな器ではないと思い知ったではないか。なんとはなしに頬の絆創膏に指で触れる。

「疑いで終わりましたけどね、直腸pHも測れてないし」

「ふうん、そっか、もう来ないのかな」

本物のMFUUだとすればこの先ずっと月に一度は尻から血を流す羽目になるはずだ。対処に困ってまた医療機関を受診せざるをえない。だがきっともうこの病院には来るまい。さすがに気まずいだろう。

「まあでも、そのMFUUの患者さん、ブラックリスト入りだよね。院長そういうの敏感だし」

下手人《げしゅにん》に対するような岩本の扱いにぎょっとする。警備員が事件を報告したらしく、不破には大声で心配された。不破は心の込め具合を声のボリュームで表現するタイプの男だった。

「ほっぺの他は大丈夫だったの？　頭打ったりとかしなかった？」

「幸いにも背中の打撲《だぼく》だけでした」

「そりゃ不幸中の幸いだね。ふふ、先生のその顔見た患者さん達にたぶん私いろいろ聞かれちゃうだろうな。先生、妊婦健診来る人達に結構人気あんだよ？」

知らなかった。

「前も休み中に外来お願いしたじゃない。そしたら妊婦さん達、可愛い男の子に診て貰えてラッキーとか言っててさ」

アラフォーに男の子はないわ、島袋は笑う。私とあんまり齢変わらないよね、と。

「弓削先生、色白でお肌も綺麗で髪の毛さらさらで顔整ってるから。白髪もないし、腹出てないし。そのわりに全くかっこよくないのが本当に絶妙。総合的には気持ち悪い系」

うんうん、と島袋は頷く。全く、の部分を必要以上に強調された。

「引き篭《こ》もりとか、ずっと大学で研究してて就職した事ない人とか異常に若く見えるじゃない。弓削先生のはそういう感じ。世間の荒波に揉《も》まれた事ありませんっていうやつ」

言われてぐっと詰まった。苦労していない、と言われたのならそれは違うと反論したところだ。この目の下の隈《くま》を、死んだ魚のような濁《にご》った目を見てくれ。僕ほど苦しんで生きている人間もいないだろう。しかし真っ当な人間関係を築いて年相応の経験を積んできているかそうでないか、という話だとすれば反論出来ない。僕がもう少しまともに人と関わって来たのなら、せめて飲み会にそつなく参加出来る程度の人間力があったのなら、MFUの岩本をあそこまで怒らせる事もなかったのではないか。

「あ、いやいや！　私、弓削先生みたいな人結構好きよ！　面白い事言わないけど、優しいし話しやすいしさ。後輩も言ってたよ、弓削先生って雑談はつまんないけど深刻な相談はしやすい、口も堅いって。あと、何度も言うけど休暇中はありがとう！　本当に助かった、今度なんか奢るよ」

元々陰気な顔をさらに暗くして黙り込んだ僕に気付いて、島袋は慌ててフォローだかなんだかよくわからない事を言った。

「元気出しなってほら、不思議なんだけど先生は顔怪我してる方が男前よ、マジで！　気になってる人がいるなら今誘うが吉！」

ばんばんと背中を叩かれた。ぶつけた所が痛い。サーフィンをやる島袋の腕は僕より逞しい。気になってる人、残念ながらそんな相手は今も昔もいたためしがない。強《し》いて言えば、病院から逃げて行ってしまったＭＦＵＵの彼の事が気にかかる。そんな自分に気付いてどっと疲労感が増した。不毛だ。痛む背中を庇《かば》いながら、僕は医師室を後にした。

その日の午後、手術を終えた僕は玄関前のロビーをのろのろと猫背で歩いていた。手術は上手くいったのだが、口から重い溜息が出る。気分が晴れない。実は先週からずっと僕は岩本の件を引き摺《ず》っていたのだ。

肛門に何かを挿入する検査を勧めるというのがまず論外だったが、安心させるために超音波という思考の流れが自分でも意味不明だ。やはり医療関係者の感覚なのだろうか。実際に見た方が早いと思ってしまった。画像を見せられても素人にとっては正常の子宮すら見分けるのは難しいだろう。一体何をどうやって安心させる気だったのだ。

癌の告知後すぐに治療の予定や病気の詳しい説明をしても患者の頭には半分も残らないと言われている。後日もう一度同じ事を全て説明し直すぐらいの気持ちでいなければ駄目だ。婦人科癌の告知は今までに散々して来たはずだった。特に子宮頸癌は若い患者も多い。彼女らに説明する時と同じように考えるべきだったのだ。岩本はショックを受けていた。すぐに検査というのは乱暴だった。

やはり心のどこかに何かを失うわけでも死ぬわけでもないのだから、と軽んじる気持ちがあったのかもしれない。だが、死ぬわけではない、は確かにその通りだが、失うわけではない、とは必ずしも言い切れない。生活が変化するのだ。性の在り方も変わる。自己認識も変わる。それは今までの自分を失う事とどう違うのか。

自分ならどう思うか、とは考えたがそれ以上先には気が回らなかった。そもそもこの僕という人間がかなり特殊な例だというのに、自分に重ねて考えてみても無意味だ。

僕がもっと普通だったらこんな事には。

そして結局最後には必ず思考がそこに行きつく。そんな実りのない懊悩《おうのう》を先週からずっと繰《く》り返しているのだった。

「あ！　弓削先生！」

病院のロビーで看護師の北川に駆け寄られて我に返る。何やら切羽《せっぱ》詰まった様子だった。

「先生、逃げて下さい！」

押し殺した声で言われて、慌てて眼鏡をかけ直した。一体何事だ。

「あの人！　先生に暴力振るった若いおにいちゃん、また来たみたいで」

見ると病院正面玄関付近が騒がしい。あの禿げ頭は医院長だ。脇に数人の警備員を控えさせ、若い男に向かって怒鳴っている。神妙な顔で大人しく怒鳴られているのは頭にタオルを巻いた岩本だった。なぜか紙袋を手に提げている。決して病人には見えない逞しい躰付き、黒いタンクトップと安全靴が病院の中では恐ろしく目立っていた。

「弓削先生は今日お休みです！」

不破は大声で嘘を言っている。部下を守るためなのだろうが、僕の『産婦人科　弓削　崇《たかし》』という文字の大きな写真入りのネームタグを見て、周囲の患者数人が怪訝な顔をしている。不破は悪い人間ではないが、車に喩えると戦車かブルドーザーのような男なのだ。細かな作業は出来ない。嫌な予感がした。

「そうじゃなくて、俺は……」

遠慮がちに切り出した岩本を遮って不破が続けた。

「そもそも君はＭＦＵＵでしょう！　緊急性はないはずだ！　急を要するならまず救急外来へ行って下さい！」

一体何をどこで叫んでいるのだ、あの禿げ親父は。

僕は慌てて駆け出した。これ以上黙って見てはいられない。

「あ、弓削先生！　先生は来ちゃ駄目だって医院長が」

悪いとは思ったが、北川の制止は無視させて頂いた。略語である上に一般的にはあまり知られていない名称とは言え、性に関わる事を大勢の前で、無頓着《むとんちゃく》にもほどがある。

「いいい、医院長！」

岩本を守るように手を広げ、不破の前に立ちはだかる。ザザーッと院内履きのサンダルが床を滑ってよろけてしまったせいでいまいち格好がつかなかったがそんな事を気にしている場合ではない。

「弓削君！　君は出て来ちゃいかん！」

「何を騒いでいるんですか！　こんな患者さんがたくさんいるとこで！　みなさん見てますし、何事かと思ってますよ！」

「戻りたまえ！　君はそこの彼に暴力を振るわれたんだろ？」

　だからそういう事を大声で言わないでくれ。近くの患者がぎょっとしたように体格のいい岩本を見ているではないか。だが不破に悪気はないのだ。苦々しい思いで目を閉じ、はあっと溜息を吐いた。

「医院長、彼は僕の患者です。今日、再診予約を入れたのを忘れていました」

「再診？　そんなわけないだろ、彼は先週の診察代だって踏み倒して……」

「忘れていました！　そして今思い出しました！　僕が！　来いと言ったんです！」

　不破は気圧《けお》されたように黙った。僕はめったに大声を出さない。さすがに少しは驚いたのだろう。

「わ、わかった。君がそう言うなら仕方ないな！」

「大変失礼いたしました。お気遣いありがとうございました」

　お辞儀《じぎ》をして台風のような男を見送る。

「あなた方もほら」

　渋る警備員達も追い払う。振り返ると岩本がぽかんとした表情で僕を見ていた。目元はすっかり穏やかになっている。今の彼は危険な存在には見えなかった。

「先生、あの俺……」

　岩本が何か言いかけたが、まだ周囲の患者は僕達に注目している。早めにここを去った方がいいだろう。

「岩本さん、ここじゃなんですし、産婦人科外来の方へ」

引き攣った笑いを浮かべて僕は彼を連れ出した。

個室の中へ岩本を招き入れドアを閉める。先日MFUUの説明をするために使った部屋だ。これでとりあえず安心だ。そこで岩本の手首を無造作に掴んでいた事に気が付き慌てた。

「だ！　わ！　す、す、すみません！」

早く彼を人目につかないところへ連れて行こうとつい焦ってしまった。不用意に身体に触れて彼を怯えさせてしまった事を今更ながらに思い出す。彼にとって僕は彼の尻の穴を狙う危険人物なのかもしれない。もしかするとドアを閉めたのはまずかっただろうか、離れて座るべきだろうか。そう思い、咄嗟に後ろに下がった。

「あ、ど、どうぞ、おかけ下さい……って、いって！」

狼狽《うろた》えたせいだろう。腿をテーブルにぶつける。しまった、診療端末が壊れる。僕の動きは決して素早くはないのにどうしてこう忙しないのか。運動神経が悪いのか。

椅子を勧めても岩本は動こうとしない。沈痛な面持ちで厚い唇を真一文字に結び押し黙っている。少し眉根を寄せて僕をじっと見る目は潤んでいる。それを見た途端、僕の心拍数が跳ね上がる。なぜだろう。よくわからない。嫌な感じはしなかった。幸い岩本は僕の妙な態度に気づく様子はなかった。何やら力んだ様子で彼は口を開いた。

「先生、弓削先生、あの、俺……っ」

次の瞬間、岩本はばっと直角にお辞儀した。こちらに風圧が伝わるほどの勢いだった。

「先日はすみませんでした！　先生は説明してくれただけなのに俺、取り乱して……」

今度は僕がぽかんとする番だった。タオルの巻かれた形のいい後頭部を無意味に見つめてしまう。

「今日は俺、先生に謝りに来たんです。金も払わず逃げて来ちまったし……そしたら警備員に止められて、いや、当然だよな。俺は先生に怪我をさせたんだから」

苦しそうな声だった。

「本当に、申し訳ありませんでした」

岩本は顔を上げない。

「ちょ、ちょっと、だ、大丈夫ですよ！　岩本さん、顔を上げて下さい」

駆け寄って彼の背中に思わず手を置いた。そしてまた慌てて手をひっこめる。一体、僕はどうしたというのだ。彼にべたべたと触り過ぎだ。

岩本は僕を怯えさせまいとするかのごとくゆっくりと身体を起こした。こうして間近で見ると、実に立派な身体をしている。岩本は整えていなくてもどこか清潔感のある眉を顰め、目を伏せていた。睫毛《まつげ》は濃く、長い。

「先生さ、さっきから俺に触らねえように気を遣ってくれてるみたいだけど、部屋で俺と二人きりで、俺の事が怖いのは先生の方じゃないんですか？　俺はあんたをこの部屋で殴った。訴えられても文句言えねえ……」

岩本はまた俯《うつむ》く。よく見ると彼の握りしめた拳はわずかに震えている。そして恭順《きょうじゅん》を示すように首筋を僕に晒していた。彼は先ほど、殴る、という言葉を使った。実際には殴られてはいない。せいぜい突き飛ばされただけだ。というか手を払いのけようとしたのだろう、彼も僕があそこまで派手に吹っ飛ぶとは思っていなかったはずだ。僕が貧弱過ぎたのだ。岩本の顔は強面《こわもて》の部類だろうし、体格もいいが、きっと普段は暴力を振るうような性質の男ではないのだ。あの件は僕だけでなく彼もまた深く傷付けていた。

「俺を見たらきっと先生は怖がるだろうって、だからもう受付に菓子折りだけ渡して帰ろうかとも思ってたんだよ。なのにあんた、全然……」

そこで、岩本は顔を上げふっと泣きそうな顔で笑った。

「怖がるどころか俺と医院長先生の間に入ってくれて、助けてくれた。さっきも、本当にありがとうございました。あの、身体は大丈夫ですか？　骨折れたりとかしてねえ？」

「だ、大丈夫です」

「そっか、よかった……本当に申し訳ありませんでした。こんな事、先生に頼むのおかしいけど医院長先生にもよろしくお伝えください。ご迷惑おかけしました、すみませんって。あと、これ、こんなもんでお詫《わ》びになるかわかんねえけど、よかったら」

岩本は持っていた紙袋を僕に差し出した。反射的に受け取る。少し高級な近所の和菓子屋のどら焼きだった。美味しいと評判のものだ。

「社長の奥さんに聞いたらこれが一番だって」

ようやく彼は歯を見せて笑ってくれた。ぎこちない笑みだったが、どうしてかそれが僕には眩《まぶ》しかった。

胸が熱かった。ここ数日、僕はずっとつらかったのだ。僕はやはり出来損ないなのだと何度も思った。僕の人生において劣等感はすでに僕の一部だ。常に傍《かたわ》らにいて僕がそれから自由になる瞬間はない。それでも何かあればやはりつらいのだ。いちいちつらいと思うのが嫌で、何度も自分がいかに駄目な人間かを確かめては、自分で自分を諦める事で楽になろうとしてきた。それでも苦しさは減らなかった。

それなのに今僕は人生で一度も感じた事のないような解放感を味わっていた。なぜか自分が少しましな人間になったように感じた。

そうか。思い返してみれば、僕は誰かに傷つけられて、それに対して真摯《しんし》な謝罪を受けるなど生まれて初めてなのだ。僕はいつも傷つけられて当然の存在として扱われてきた。どんなに相手の気持ちを考えて行動していても、軽んじられるのが当たり前だった。今まで一度も報われなかったものが初めて報われたような気がした。

他人の前でこんなにも肩の力を抜いていられるなんて子供の時以来ではなかろうか。思わず笑みがこぼれる。

「ありがとうございます」

たぶん僕は今ならどんな難しい事だって出来る。

「岩本さん、本当に気にしないで下さい」

「そういうわけには」

「いいんです。僕の説明の仕方が悪かった。あ、そうだ、まず座りましょうよ。立ちっぱなしじゃ僕もつらい」

椅子を勧める。岩本は大きな身体を縮めて大人しく僕に従った。

「僕の不注意だったんです。岩本さんが動揺するのはわかっていましたしね。性に関わる話は常にデリケートなものです。誰だって動揺するでしょう。岩本さんが特別じゃない。そんなに恥じる必要はありません。それに、あなたはまだ若い」

岩本の情けない表情につい苦笑する。本当に彼はまだ若い。

「岩本さんは強そうだ。そしてほらこの通り僕はひょろひょろ。もしも岩本さんが取り乱して暴れたらああいう事になるかもな、とある程度予想していたんですよ。こちらこそすみませんでした」

少しおどけて手を広げると、岩本は非難するように僕を見た。

「じゃ、じゃあ、なんで二人っきりで……ガードマンみたいな奴、この病院にはいっぱいいるじゃねえか」

「まあ、だってほらその、あんまり聞かれたい話でもないでしょう」

少なくとも僕なら嫌だ。MFUUである事を他人に知られるのが恥ずかしいに違いないと決めつけているのではない。まだ自分が受け入れられてもいない自分の身体の変化を他人に聞かれたくはないだろう、という話だ。岩本は神妙な顔で押し黙ってしまった。どうしたのだろう。

「なので、えっと、そんなに気にせず。とは言っても無理かな。あー……実はこのどら焼き、一度食べてみたかったんですよ僕。嬉しいです。ありがとう」

　普段より口数が増えているのが自分でもわかった。正直少しだけ浮かれている。

「その後の調子はいかがです？　出血は止まりました？　体はつらくないですか？」

「あ、はい、病院に来てた日はつらかったんですけど翌日には腹の痛みも治まったし」

　やはり月経と酷似している。ＭＦＵＵでほぼ決まりだろう。

「よかった。ちょっと待ってて下さいね」

　苦い経験でただ落ち込むだけでは駄目だと思い、もしもまたＭＦＵＵの患者が来たら使おうと思って買っておいたものがある。とは言えＭＦＵＵは珍しい。使う機会はないだろうと思っていた。さっそく役立つ日が来ようとは。茶色い紙袋を持って部屋に入る。

「今お尻からの出血はどうされているんですか？　オムツか何かで？」

「いや、ティッシュやトイレットペーパーを重ねて」

「そうですか、お仕事が大工さんだと聞いて気になっていたんです。身体を使うご職業ですから」

　がさごそと袋の中身を出して見せた。岩本の顔が強張《こわば》る。やはりまだ受け入れる事は出来ていないようだ。

「まだ付けるのは抵抗があるでしょうから決して強制ではありませんよ。こういうのもあります、という紹介だけですからね」

　慎重に前置きする。僕が取り出したのは生理用品だった。

「見た事はありますか？　詳しく見た事ある男性はあんまりいないですよね。僕も先週初めて勉強しました。産婦人科医なのにお恥ずかしい限りです」

そして、これらはただの生理用品ではない。

「生理用品にはさまざまな種類があります。タンポンは衛生面からあまり好ましくないと言われていますし、特に岩本さんの場合には直腸に入れる事になるのでよほどの場合以外は避ける方が無難です。ナプキンがいいでしょうね」

岩本はなんとも言えない顔をしているが、観念したように僕の手元に見入っている。

「ナプキンの裏面には糊《のり》が付いていて」

包装を剝《は》がして見せる。

「下着に付ける事が出来るんです。トランクスだと少し難しいでしょうが、ボクサータイプやブリーフなら簡単です。羽は……付いていない方がいいかな。どっちかな。下着の形状によるでしょうね。これなら動いてもずれません。調べたら痔の男性もナプキンを使う事があるようです。使用には問題ないと思います」

そしてここからが本題だ。

「さて、岩本さん、これらの生理用品はなるべくこまめに取り換えた方がいいんです。血液の吸収には余裕があってもね。トイレに行く度に替えるものだと思って下さい。陰部に直接触れているものですし、ずっと付けっぱなしにしていると細菌も繁殖してしまい不潔です。女性トイレの個室にはサニタリーボックスというものがあります。小さな蓋《ふた》付きのゴミ箱で、使用済みの生理用品を捨てるのに使います。男性用のトイレにはありません。見た事ないですよね？　僕が用意したこの生理用品はトイレに流せるんです」

「え、これ、流していいんすか？　詰まったりしねえの？」

「はい。男性用トイレでは生理用品を取り換えようと思うとわざわざ個室からゴミを持って出て、外のゴミ箱に捨てなきゃいけない。個室から出てくるだけで少し目立つのに、血の付いたナプキンを持ってうろうろするなんて出来ればあまりやりたくないですよね」

岩本は真剣な顔で頷く。やはり何度かこのような事があったのだろうか。

「これなら少なくともゴミを持って外へ出る必要はなくなります。ちなみに岩本さんさえよければ、これは差し上げます」

彼は一瞬動きを止めた。そして目を閉じ、何かを飲み込むようにぐっと顎《あご》を引いた。

「……あ、ありがとうございます。どうせ、ひと月経ったらまたこうなるしな。助かります。実は先週はずっと大変だったんだ。仕事中にティッシュがずれると気持ち悪いし。でも、いいんですか？　俺が貰っちまって……」

拒否されるかと思ったが、彼はあっさり受け取った。少しほっとする。

「はい、そのために近所で買って来ました」

「って、先生……ちょっと待てよ。これ、レジに持ってったの？　あんたが？」

笑い混じりの声にどきりとして顔を上げると、岩本が頬杖を付いて悪戯《いたずら》っぽく笑いながら僕を見ていた。奥二重の目が柔《やわ》らかい光を宿している。

かあっと頬が熱くなった。

そう言えばそうだ。男性である僕がレジに大量の生理用品を持って行き、しかもその前に長々と売り場にしゃがみ込んで品物を吟味《ぎんみ》したりもしていた。僕の家の最寄りのドラッグストアで。恥ずかしい。恥ずかしいのももちろんだが僕はまるで不審者だ。僕が売り場に居座っていたせいで生理用品を購入出来なかった女性もいたのではなかろうか。そしてそんなふうにして買って来たものを得意げに説明していた僕、馬鹿なのか。

茹蛸《ゆでだこ》のように真っ赤になった僕を見て、岩本は耐え切れなくなったように肩を震わせた。くっくっくと押し殺した笑い声が聞こえる。

「あ、そ、そうですね。はは、変な人でしたね、僕は。いや参ったな。もうあのドラッグストアには行けないな。ご、ご安心を。通販できますよ。銘柄さえわかっていれば岩本さんもご自分で購入出来ると思って、サンプルのつもりでお渡ししたんです。岩本さんが僕みたいな真似《まね》をする必要はないですから！　いや、岩本さんは堂々と買ったって許されるんだけどやっぱりまだＭＦＵＵは知名度が低いですし、その……」

岩本はそれを聞いてさらに笑った。爆笑だ。涙まで流して腹を抱えている。

「なんで、そこまで気が回るのに変なとこ雑なんだよ……くっそ、腹痛てえ……、ああ、わりぃ先生、ごめん……ふふっ、やべえ、いや、すみません、失礼だよな。先生は俺のために買ってきてくれたんだもんな」

岩本は笑いを噛《か》み殺すように深呼吸した。

「ありがとな、先生。あんたカッコイイわ、マジで。俺、実は凄く思いつめてたんだよ。食欲もなかった。この一週間、上手く笑えなかったし、よく眠れなかった。けど、なんか今どうでもよくなっちまった。久し振りにちゃんと笑った」

　生理用品コーナーの前に居座る不審者の何がカッコイイものか。しかし岩本なりに慰めてくれているのだろう。ありがたく受け取ろう。咳払いをして話題を切り替える。

「それはよかった。それからもう一つ、検査についてです」

　岩本が真顔になった。

「前にもご説明しましたが、悪性腫瘍の否定は必要です。MFUUの確定診断のためにも検査は受けた方がいいと思います」

　岩本の逞しい肩が一気に強張ったのがわかった。

「ただ、直腸からの超音波検査に抵抗があるというお気持ちは非常によくわかります。前立腺を見るためには男性にも行われる検査ですが、今はお身体の変化を受け入れるので手一杯でしょう。CTで大きな病気がない事は確認しています。急ぐ必要はありません」

　本当に後悔している。どうして僕はこんなに怯えている彼に経肛門超音波など勧めてしまったのか。

「代替の検査としてMRIがあります。大きな筒状の装置に入るだけのもので、体内に異物を挿入する必要はありません。予約が必要なのでまた病院に来て頂かないといけませんし、少しだけお金がかかりますが、保険診療の範囲ですよ。岩本さんさえよろしければ、予約をお取り

「お金は、そうだな、この間やったCTよりちょっと高いぐらいですかね」

　岩本は情けない顔になった。生活にはあまり余裕はないようだ。

「仕事、あんまり休みたくないんですよ。今日も無理言って来てて、金もなあ」

「難しいですか？」

　岩本は渋った。

しますが」


「超音波ってやつは今日すぐ出来るんですか？」

「え？　あ、ああ、はい、出来ますよ。費用も安いです」

「い、痛てえのかな？」

「多少の不快感はあると思いますが、基本的には身体を傷付ける検査ではありませんね。注射の方が痛いと思います」

「その……か？」

　よく聞き取れなかった。俯いていて表情はわからないが、岩本の耳は真っ赤だ。

「あ、あんたが、やってくれんのか？　って……き、聞いたんだよ」

「え、ええ、そうなりますね。超音波なら僕がやると思います」

「……いい」

「え？」

やはり聞き取れずに聞き返すと岩本は顔を上げた。首まで真っ赤になっていた。彼は怒ったような口調で叫ぶ。

「だ、だから、あ、あんたがやってくれんだったら、超音波でいいって言ったんだ！」

「本当に大丈夫ですか？　無理だったらいつでも言って下さいね」

「だ、大丈夫だっつってんだろ、男に、に、二言はねえ」

岩本を検査室に通す。女性の患者が見たら何事かと思うに違いないので、看護師の北川に言って人払いをしてもらった。岩本は内診台を目の前にして一瞬怯《ひる》んだようだが、意を決したようにぎくしゃくと動き出した。

「これに、す、座ればいいんだな」

「はい、そこに足を置いて下さい」

「ここで検査するのか？」

岩本が検査室を見回す。カーテンで仕切られたこの小さな部屋には籠《かご》と椅子に小さなゴミ箱、ティッシュぐらいしかない。

「座ったら台が勝手に動いてカーテンの向こう側に向きます。背中が少し倒れて足を開くポーズになりますね。下半身だけでいいので、服を脱いで下さい。そこに籠があります。脱いだ服はそこに入れて下さい。パンツも全部です」

「う……わ、わかった」

本当に大丈夫だろうか。さすがにもう怪我をするような事はないとは思うが、彼はとにかく力が強そうだ。あまり気負って欲しくない。

「じゃあ、僕は出ます」

「え？　ど、どこ行くんだよ！」

腕を摑まれた。岩本の縋るような目にたじろぐ。

「大丈夫です。カーテンの向こう側に行くだけですから」

カーテンで間仕切りされた向こう側には超音波の装置がある。僕はそちら側に座り患者は下半身だけを僕に晒し、診察中は互いに顔を合わせずに済むようになっている。

「その、お着替え中に僕がいても……」

「あ、そ、そうか、そうだな、うん、わ、わかった」

岩本は真っ赤になって手を放し視線を逸らした。きっと僕が思う以上に彼は不安を感じているのだ。僕としてはこのまま付いていていてやって何もかも手取り足取り手伝ってもいいのだが、それはそれで居心地が悪いに違いない。

「準備が出来たら声をかけて下さい。すぐ近くにいますから」

安心させるように笑って、僕はようやくその場を離れた。

消毒の準備をし、プローベにコンドームを被せて待つ。カーテンの向こうで人の動く気配があった。岩本が内診台に座ったのだ。

「なんか今、ぎしって言ったぞ？　これ大丈夫ですか？　俺、結構重いけど」

「大丈夫です。100kg越えの方も来ますから。さらに妊娠してたりもしますし、耐荷重は十分です。準備はいいですか？　じゃ、椅子が動きますよ」

ウィーンというモーター音と共に電動式の椅子が動き出す。

「え？　わっ、ちょ！」

「大丈夫、大丈夫ですから」

「これ、ああ、あ、脚が！　うわあ！」

ギギギギギッと、聞いた事もない音を立てて内診台が軋《きし》んだ。彼の逞しい脚の筋肉が全力でモーターに抗《あらが》っている。内診台が壊されてしまいそうだ。事前に説明はしたが、岩本はだいぶ緊張していた。聞いても耳に入っていなかったのかもしれない。下半身裸の状態で強制的に脚を開かされるのは思った以上に恐ろしいものだ。岩本は軽いパニック状態に陥っていた。

「落ち着いて！　力を抜いて！」

思わずカーテンの向こうに手を伸ばし、手すりを握りしめる岩本の手の甲に触れた。がちがちに硬くなっている。しかし僕の手が触れたその瞬間少しだけ岩本の緊張がやわらいだのがわかった。

「僕がここにいますから、安心して」

咄嗟に出た言葉だった。冷静に考えると僕のような青瓢箪《あおびょうたん》が一人いたところで、彼のような屈強な男を支えてやれるわけもなく、安心するなどありえないのだが。

「せ、先生」

「はい、ここに」

けれど岩本の弱々しい声を聞いていると、とてもそのような冷静な考えは浮かばない。励ますように力を込めて彼の手を握る。

「す、すみません、騒いで……ってうわ！　落ちる！」

「ど、どうしました？」

それも虚しく再び彼の身体が緊張する。手すりを握る手にさらに力が入る。

「やば、これ、おち、落ちるって！」

少し考えてようやく彼が何に怯えているのかわかった。先ほどかすかにパカッという音がしていた。尻を支えていた部分が下へ開いたのだ。尻の下に落とし穴が出現したような気分なのだろう。

「落ちません！　ほら、だんだん背もたれが後ろに倒れます。ね？　平気でしょう？」

「へ、平気じゃねえよ！」

「ゆっくり力を抜いて下さい。落ちませんから、落ちた人はいませんから」

「本当だろうな⁉」

もはや岩本は涙声だった。内診台に乗るだけで大騒ぎだ。これで本当に経直腸超音波など完遂出来るのだろうか。だが岩本がせっかく覚悟を決めてくれたのだ。出来ればやってしまいたい。中途半端に終わればＭＲＩを追加しなければならず、ここまでの岩本の精神的苦痛も全て無駄になる。

「本当です。じゃあ、始めますよ。ちょっと冷たいですからね」

　長い鉗子《かんし》で綿球を摑む。

「ま、待て！　待ってくれ！　この、カーテンこのままなの？　そっち側が何も見えねえんだけど！」

「はい、顔を突き合わせるのも気まずいですし、あ、大事な画像はちゃんと記録に残して後でお見せしますから」

「そ、そういうもんなのか？」

「そういうもんですね」

　何をされるかわからず怯える気持ちはわからなくはない。カーテンを開けてやるべきだろうか。海外ではこのカーテンはないと聞くし。少しだけ迷ったが眼前に晒された彼の下半身を見て何もかも頭から吹っ飛んだ。

　凄まじい光景だ。思わず生唾を飲み込んだ。カーテンの下から男性の日に焼けた下半身だけがむき出しになっている。

　思ったより彼の体毛は薄かった。その分鍛え上げられた筋肉がよくわかる。筋の浮き出た逞しい太腿。カエルのように脚を開くという屈辱的なポーズが逆に彼がいかに立派な雄であるかを強調している。

　臍《へそ》近くや腿ではボクサーパンツの日焼け跡が目立つ。赤みを帯びた健康的な肌色だ。縮れた陰毛は臍に向かって伸びている。その下には恐怖と緊張で縮こまっていても十分に立派な太い陰茎《いんけい》と重そうな陰嚢《いんのう》が、毛のない会陰部を経てさらに下には少し盛り上がった濃いピンク色の肛門がある。血は出てない。直前に拭ったのだろうが、もうほとんど出血していないのだろう。検査がやりやすくて助かる。周囲にはわずかに毛が生えている。尻は筋肉量を反映してかよく盛り上がっている。男性の陰部をこのようにまじまじと見たのは初めてだった。女性のならば毎日のように見ているが。

「せ、先生？　悪かった、も、もう大丈夫だ。やってくれ」

黙り込んでしまった僕に不安になったのか、掠《かす》れた声で岩本が促す。その声で悪事がばれた時のようにびくりと肩を震わせる。岩本の下半身に目が釘付けだったのだ。カーテンがあって助かったのは僕の方かもしれなかった。僕の今の顔はあまり岩本には見られたくない。男性のこの体勢は初めて見たので少し驚いただけだ。他意はない。ないと思う。しかし、岩本もそう思ってくれるとは限らないではないか、そういう話だ。うん、早く始めよう。

「で、では始めます。消毒、少し冷たいですよ」

ぴちゃり、窄《すぼ》まったそこに白い綿球をあてがう。綿球にはほとんど何も付いてこない。清潔にしてあるようだ。岩本の逞しい内腿が微かに震えている。岩本の手がもぞもぞと動き、まくり上げた黒いタンクトップの裾《すそ》を摑むのが見えた。爪が白くなるほど強く握りこんでいる。どことなく可愛らしい仕草だった。だがそれだけだ。まだ恐怖は拭えないようだが、大した進歩だった。

いよいよプローベを取り出す。

「お尻に入れますよ。力を抜いて下さいね。そうだな、排便時にいきむような感じにするとスムーズです」

怯えさせないように先端をまず軽くそこへ触れさせる。

「わ、わかった」

岩本は非常に素直だった。息を吸い込む音が聞こえたと思ったら一気に菊門の皺《しわ》が緩む。コンドームについたぬめりの助けを借りてそっと押し込む。

「んぁっ」

小さく声が聞こえた後に、タンクトップの裾にあったはずの手がカーテンの向こう側に引っ込む。口を押さえているのだろうか、拳に歯でも当てているのだろうか、きっと目尻は赤く染まっている。眉根を寄せ目も閉じているかもしれない。先ほど見た岩本の濃い睫毛を思い出す。見えないカーテンの向こう側をつい想像してしまい心の中で舌打ちした。さっきから僕は一体何を考えているのだ。

挿入は思ったよりもずっとスムーズだった。ちらりと教科書の記載を思い出す。ＭＦＵＵの男性の腸液は通常の男性と比較すると増加する。さらに桿菌《かんきん》の作り出す粘液と混じり合う事でＭＦＵＵの男性のそこは女性の膣と同等もしくはそれ以上に湿潤な環境となっている。ようは濡れているのだ。性的興奮や刺激に伴ってさらに増加する点も女性と同様だ。

プローベをわずかに動かしただけで、にちゃっと聞くに堪えない卑猥《ひわい》な音がして狼狽えた。努めて雑念を振り払う。普段は検査されなれた女性の患者を診る事が多い。未成年や初診の患者は女性医師である島袋に回すようにしている。物慣れない患者を診るのは珍しい事だから調子がくるってしまったのだ。きっとそれだけだ。いつまでも岩本の下半身を眺めてはいられない。何かを振り切るように超音波のモニターに目をやる。

教科書通りの画像がそこにはあった。プローベはまさに陰茎がそうするようにぐっと前立腺、そして子宮口に突き当たっていた。MFUUで間違いない。急いでフリーズボタンを押し記録を取る。これでひとまず僕の任務は果たされた。少しだけプローベを動かしたその時だった。

「あっ……っ！」

岩本の押し殺した悲鳴が聞こえた。

「や、やめ、ちょ……まっ」

靴下だけを履いた岩本の裸の脚が痙攣《けいれん》する。岩本の手が何かを探すように伸ばされ、僕の白衣の袖を摑んだ。

「い、痛かったですか？」

出来たばかりの器官はまだ敏感なのかもしれない。乱暴にしたつもりはなかったが。

「ち、ちが……」

怯え切った声に胸が震えた。可哀想に、なんとかしてやらねば。彼の声は体格に見合って太く低い。いい声だとは思うが一般的に考えると間違っても庇護欲をそそるようなものではないはずだ。しかし、その時の僕にそんな考えは少しも浮かばなかった。岩本の手をこちらから握りなおし、急いで声をかける。

「どうしました？」

途端にジャッと音がして僕と岩本を隔《へだ》てるカーテンが開かれる。

「や、やっぱやだ……！」

岩本の奥二重の目が不安そうに揺れていた。頬を赤く染め、分厚い唇はわなわなと震えている。牡牛のように大きくて強そうな若い男が縋りつくように僕を見ていた。

はち切れそうな胸筋を覆う黒いタンクトップ、尖った小さな乳首がくっきりと黒い布地に皺を作っている。捲《まく》り上げられた裾から覗く、綺麗に割れた腹筋、臍の窪《くぼ》み。そしてその下の彼の男性器が緩く勃起しているのを見てさらに動揺する。ある程度太さのあるプローべを飲み込むそこが急に生々しいものに思えてくる。一体どういう事態なのだ、これは。完全に僕の許容範囲を超えている。

「先生が、見えないのは……なんか嫌だ……怖ええっ」

泣きそうな声で言われ、手を強く握られて、僕ははっと我に返り固く手を握り返した。

「大丈夫、大丈夫です。僕はここにいますから」

「先生……！」

岩本と目が合った瞬間に、彼の表情がほんの少しだけ甘く緩む。見てはいけないもののような気がするのにずっと見ていたい。目が離せない。

「岩本さん……」

プローべから無意識に手を放していた。床にプローべが落ちる音がする。

「は……くっ」

プローベが抜け落ちる感覚があったのか岩本が咽喉を反らす。太い首、立派な喉仏、鎖骨、顎の下に生えた無精髭。

彼と手を握り合ったまま、もう片方の手も添える。彼の手は熱く湿っていた。僕の手が汗ばんでいるのかもしれない。頭のどこかでこの状況は明らかにおかしい、手を離すべきだ、とは思った。だが、今彼の手を離したくはなかった。僕の椅子のキャスターが軋む。彼の広げた脚の間に入り込むような体勢だ。とろりと潤んだ目で見つめられて眩暈《めまい》がしそうだ。

「せ、先生、もう終わり、だよな？」

岩本の息は荒い。

「はい、はいそうです、もう大丈夫」

僕もつられて息が上がる。

僕の熱に浮かされたような顔が岩本の真っ黒な瞳に映っていた。岩本も惚《ほう》けたように僕を見ていた。岩本の眉は先ほどよりも穏やかになったが頬は赤いままで汗にほつれた生え際の産毛からは彼の体臭がした。外で遊び疲れた子供のような、嗅《か》ぎなれたシーツのような、いつまでも嗅いでいたくなるようなそんな匂いだ。身体が自然に前へ傾いて行くような感覚があった。

「先生……」

「岩本さん……」

「あ、マジで検査してる！　弓削先生、ずるい私も見たい！……って君ら何してんの？」

その時、診察室の後ろのカーテンからにょきりと顔を出した島袋の能天気な声が妙な雰囲気を切り裂いた。上がっていた湿度が一気に霧散する。

「う、うわあああああ」

僕と岩本は握り合っていた手を離し、二人して仰け反った。なんだったんだ。何してんの、か、全くその通りだ。僕は一体何をしていたのだ。何をしようとしていたのだ。

「ししし、島袋先生いきなり入って来ないで下さい！」

今日の朝にデリケートな患者だという話はしてあったはずだ。それなのに内診中にいきなり後ろから覗くとはいくらなんでも無遠慮過ぎはしまいか。背中で島袋の視線から岩本の陰部を庇う。岩本も顔を真っ赤にしてタンクトップの裾を引っ張っている。僕も慌てて常備してあるバスタオルを岩本に渡した。

「ご、ごめん、いや、医院長にさ、やっぱり弓削君が心配だから見て来てあげてって言われちゃってさ。北川さんに聞いたら診察中だって」

「最初に声ぐらいかけて下さいよ！　岩本さんがびっくりするじゃないですか」

北川には女性患者が近づかないように人払いを頼んだが、今日はわざわざ他の人を入れないようにとは指示しなかった。前回の事があったので今回もそのようにしてくれるだろうと勝手に思ってしまったのだ。そうか、前回の事があったからこそ北川も僕を心配していたのか。ありがたい話だが、今は正直迷惑だ。医院長といい、北川といい、僕はそんなに頼りないのだろうか。頼りない自覚はあるが情けなくなってきた。

「僕は大丈夫ですから、と、とにかく今は出て下さい！」

「わわ、ごめんって！」

僕の剣幕《けんまく》に押されて島袋は部屋を出ていく。静けさが戻った。非常にばつが悪い。岩本もなんとも言えない表情で股間にバスタオルをかけ、陰部を手で押さえている。

「す、すみませんでした……！」

椅子を後ろに引き開いた膝に両手を突き、僕は深く頭を下げた。岩本の股間に向かって土下座するような格好だ。

「いや、別に、先生が悪いんじゃねえし、お、俺の方こそ騒いですみませんでした」

「いいえ、そんな」

どんな顔をして岩本の顔を見ればいいのかわからなかった。

「あ、今、椅子を戻します。もう服を着ていいですよ」

前回と違って決定的に何かを失敗したわけでもないし、岩本も激昂《げっこう》したりはしなかった。なのに、なぜだろう。前回よりも今回の方がよっぽど僕と岩本の心の距離が開いてしまったような気がする。出来る事なら今日のこの一日をなかった事にしたいくらいだ。やはり金の事など言わずに問答無用でＭＲＩを申し込むべきだったような気さえしてくる。違う、本当につらいのは僕ではない。岩本だ。気まずかっただろう。恥ずかしかっただろう。あんなに信頼してくれたのに。もう僕の顔を見てくれないかもしれない。

泣きたくなってきた。しかし双方とも多大なる精神的犠牲を払っておこなった検査だ。きちんと結果を説明しなくては。着替え終わった岩本を診療端末のある診察室に呼び入れる。

「どうぞ、岩本さん」

なるべく岩本の目を見ないようにしながら、笑みを顔に貼り付ける。身体を引いて岩本から距離を取った。

「これが子宮です。MFUUで間違いありません」

「やっぱりそうなんですか」

「MFUUの方ももちろん女性特有の病気になる場合があります。ご自分の月経の周期を把握して、月経不順や不正出血、あ、変な時期の出血ですね、あとは出血がダラダラ続くとか、そんな事があったら医療機関を受診して下さい」

一息ついてから続けた。

「それ以外の事でも、どんな些細な事でも、何か不安があればいつでも来て下さって大丈夫です。一人で悩んでいても仕方ありません。付き合い方を見つけるお手伝いを僕達医療スタッフも全力でいたします」

岩本はもう僕を、この病院を頼ることはないだろうが、いざという時は医療機関の存在を思い出してくれ。我々はあなたの味方だ、そう伝えたかった。

僕の仕事は終わった。岩本に顔を向けないまま、端末を閉じ、会計を送信する。

「先生」

不安げな声に驚いて振り返る。もう怖い検査もしなくていい、あとは家に帰るだけだ。何が岩本を不安にさせているのか。

目が合うと、岩本はほっとしたように表情を緩めた。

「あのさ、それ、本当？　い、いつでも、来ていいって」

「ほ、本当です。もちろん……」

「お、俺が来ても迷惑じゃ、ねえ……かな？」

「迷惑だなんて！　とんでもない！」

一体何を言い出したのだ。来てくれるというならこちらはいつでも診る用意があるが。

「そっか、よかった。先生俺の方全然見ねえから怒ったのかと……」

「ち、違います！」

怒るわけがない。どちらかというと岩本の方が僕の不審な態度に苛立っているのではないかと思っていた。

「先生、今日は本当にありがとうございました」

岩本は立ち上がると再びあの綺麗な直角のお辞儀をした。

「ちょ、やめて下さい」

岩本はすぐに顔を上げた。快活な笑みが戻っている。どきりとした。

「一人だったらきっとどうしていいかわかんなかった。でも先生がいてくれるなら頑張れる気がするんだよ。そうだよな、よく考えたら別に死ぬわけじゃねえしな」

岩本は僕の手を取ってもう一度言った。

「先生、今日はありがとう。これからよろしくお願いします」

岩本が会釈をして診察室から去っても僕はしばらく呆然《ぼうぜん》としたまま動けなかった。

嘘だろう。岩本は笑っていた。信頼の籠った裏のない笑顔だった。

『い、いつでも、来ていいって』

岩本の遠慮がちな声を思い出しながら鏡を見た。薄汚れたアパートの狭い洗面所の中で貧弱で覇気《はき》のない男が見返してくる。

そんな事言って、全然来ないじゃないか。

数週間が経った。あれ以来、岩本が病院に姿を現す事はなかった。頬の傷はすっかり治ってしまった。島袋の言葉をそのまま全て信じるわけではないが、絆創膏のなくなった僕の顔はなんだか物足りない。しまりがない。怪我がよくなり元に戻っただけなのだが、それが残念にすら思える。

僕の顔、実は今まで客観的に評価してみた事がなかった。鼻筋は通っているし、鼻先は尖って高い。唇は色味に乏《とぼ》しいが繊細な形をしている。二重の目は切れ長な部類だと思われる。さらさらとした髪の毛の色はやや明るい。目の色も東洋人にしては茶色味が強い。肌は青白く肌《きめ》理が細かい。なるほど島袋の言う通りパーツだけ見れば僕は美人と名高い母によく似た整った顔をしている。若くも見える。そして悔しい事に島袋の言っていた別の点についても完全に同意せざるを得なかった。

確かに僕は全くかっこよくない。まさに総合的には気持ち悪い系だ。溢れ出る負のオーラ、目の下の隈や疲れた口元、おどおどした表情が小綺麗に整っているはずの顔と絶妙にマッチしている。絶妙にマッチして台無しにしている。

自分を格好よいと思った事など一度もないし、残念ながら気持ち悪いと言われた事なら数え切れないほどある。しかしなぜか僕は今初めてその事実に気づいたかのように落ち込んでいた。

岩本は僕とは正反対の顔をしていた。彼は実にいい男だった。どの部分がどう優れているとは言い難い。眉はほどほどに太く、鼻先は丸かった。唇が厚く、頬骨は少し出ている。目は奥二重で涙袋はふっくらしている。顎の形はいいが、厳《いか》ついと表現する人もいるだろう。だがそれら全てが好ましかった。彼の根っこの部分の善良さや健全さ、等身大の若さ、そんなものがその顔を鮮やかに彩り、彼を魅力的に見せていた。

僕がこれほど彼の顔をよく覚えているという事は、彼もまた僕の顔をまじまじと観察出来る距離にいたという事だ。こんな運気が下がりそうな顔を彼に晒していたかと思うと無性に恥ずかしかった。その上やる事なす事挙動不審であった気がする。

来てくれなくても仕方がない。

来ないのはただ単になんの問題もないからかもしれない。彼が健康に日々を過ごしているのならそれが一番だ。僕が嘆く理由は何もないではないか。僕はどうして彼が来院しない事を気に病んでいるのだ。外来患者など少なければ少ないほどいい。今日も凄まじい患者数を捌かねばならないのだ。のんびりと自分の顔を眺めて溜息を吐いている場合ではない。

急いで顔を洗い、適当に髪を梳《と》かして家を出た。建て付けの悪いドアが大きな音を立てる。古いサムターン型の鍵は錆《さ》びていて閉めるのにコツがいる。舌打ちしながら階段を駆け下りた。

僕の家は狭くて古い。

研修時代には住まいを転々としたが、大学近くにアパートがあると何かと便利なので物置代わりにキープしていたものを今の職場が比較的近かったためそのまま使っているのだ。とりあえずのつもりだったが、僕には友人も少なくこれといった趣味もない。特に不便とも思わず、無精も手伝ってかれこれ十年、もうすぐ十一年もこのアパートの契約を更新し続けている。この十一年の間に元々安かった家賃がさらに下がった。耐震工事のために建て替えが必要になるという話も聞いている。

アパートの裏には畑がある。雨上がりは鶏糞が臭う。隣室の換気口はいつでも煙草くさい。今年の夏は暑かったので西日のきつい僕の部屋ではエアコンが毎日フル稼働だった。

引っ越したい、唐突《とうとつ》にそう思った。

ただでさえ陰気な僕がこんな部屋に住んでいたらさらに陰気になってしまう。広くて新しい部屋に住むのだ。朝日を浴びて深呼吸出来るような快適な部屋に。臭いのせいで洗濯物を干すのも憚《はばか》られるような場所ではなくて、もっと環境のいいところに行こう。

大学に近いだけが取り柄のこんな場所に住んでいるのは貧乏学生ばかりだ。僕はもうかなり年季の入った産婦人科医なのだ。稼ぎも悪くないはずだ。給与振り込み口座には使う予定もなく金を貯め込んでいるだけではないか。毎日職場と家を行き来するだけの人生だ。少しぐらい贅沢《ぜいたく》したって許されるだろう。何も誇るところなどない僕だが年収だけはそれなりにあるのだ。

普通ならもっと早くにこの結論に達していたのかもしれないのだが、僕はとにかく無精で何事にも消極的だった。面倒臭いともったいないの兼ね合いで人生の全ての決定を行うような人間なのだ。きっとそれも僕の魅力のなさの原因の一つだろう。

しかし今、僕は変わりたかった。

今までは自分の事が大嫌いでも変化したいとすら思わなかった。何かを欲しがるのは僕の中では罪だった。恐ろしい事だった。けれど恐ろしさを上回る焦燥感《しょうそうかん》が僕を駆り立てていた。星占いでもゲン担ぎでもなんでもよかった。きっかけが欲しかった。人生を自分の手の中に取り戻すためのきっかけが。

この部屋を出よう。そうしたら、今よりはもう少し明るくなって、ましな人間になれるかもしれない。岩本のような、健やかな人間に。

無理やり定時で上がって、僕は近所の不動産屋に来ていた。島袋に不動産屋へ行くと告げると、ようやくか、と笑われた。産婦人科の医局では僕の家の狭さと古さは僕のコミュ障（僕のような人間の事を言うらしい、最近知った）っぷりと併せて有名なのだ。

ネットで大体の目星を付けてから、とも思ったが、今日を逃したら僕はまたずるずると日々の忙しさのせいにしてあの居心地の悪い部屋に住み続けてしまうような気がした。

近所の不動産屋は思ったよりも混んでいた。もうすぐレジデントの入れ替えがあるため、大学病院に近いこの界隈《かいわい》では彼らのアパート争奪戦がもう始まっているのだ。少しだけ焦った。

まずい時期に来てしまっただろうか、部屋の取り合いになる。そう考えかけて思い直した。僕はもう彼らとは違った種類の部屋を選ぶ事に決めたのだ。少しだけ贅沢な広い部屋を。

事務に確認した住宅手当の件を思い出す。家賃の上限額は僕の卒後年数とポジションではかなりの額だった。今まではずっと損をしていた事になる。なんでも調べてみるものだ。これからは上限めいっぱいまで使ってやろうではないか。

鼻息荒くカウンター席に腰掛ける。僕の貧相な様子から砕《くだ》けた態度を取っていた店員だったが、希望の額を告げると急に態度が変わった。わかりやすいものだ。というか僕も「何万以下で」ではなく「何万以上で」と告げる鼻持ちならない客に自分がなる日が来ようとは思いもしなかった。

部屋探しは難航した。僕の住む町の人口は若い家族を中心にどんどん増えている。ある程度以上の住処《すみか》となると分譲マンションになり、賃貸はぐっと少なくなる。

「このお値段以上とするとここぐらいですかね」

ようやく一つ候補を見つけた。値段は上限額にちょうどぴったり、駅にも近く、歩いて行けるスーパーもある。コンビニもある。大学にも職場にもそれなりに近いが、近過ぎはしない。繁華街からは距離があり、通行量の多い大きな道路からは二ブロックほど離れている。四階建ての鉄筋コンクリート、新築、角部屋、東南向き、オートロック、条件は申し分なかった。ただ一点を除いては。

「2LDK、一部屋一部屋も結構広いな、ロフトもあるんですか」

「最上階のこのお部屋にはありますね。ベランダも広いですよ。基本的には若いご夫婦、それにプラスして小さいお子さんか、そんな感じの世帯に向けてのお部屋ですね。駐車場も二台分あります」

言うまでもなく僕は独身だった。さらに僕は無駄が嫌いで筋金入りの面倒くさがり屋だった。掃除が手間なのは困るし、使わない部屋は作りたくない。寒がりなので暖房効率が落ちるのは嫌だ。このあたりは冬はそれなりに冷え込むのだ。

結局、決められずに見積書だけをいくつか貰う事にした。もともと今日すぐに決めてしまうつもりはなかった。帰って調べてから納得したものを選ぶつもりだった。今日は自分に発破《はっぱ》をかけるためにここへ来たにすぎない。

まあ、一人暮らしの家賃じゃないか。

わかり切っていた事だが苦笑する。僕の年齢で医者であれば普通はもう妻や子供がいて当然なのだ。だからこその上限額の設定なのだろう。

見積書のコピーを取りに店の奥へ入った店員を見送ってなんとなく店内を見渡す。所狭しとチラシの張られたガラス窓、大きな地図もあった。どのチラシにも二次元コードがあるのを見て、時代だな、とおやじ臭い感慨《かんがい》を抱く。

ちょうど今僕が見た部屋にぴったりと合いそうな赤ちゃん連れの若い夫婦が楽しそうに部屋を選んでいる。ワンルームを探している学生がいる。賃貸物件は世代における平均的なサンプルの型のようなものだ。入れ物にぴったりな中身の数が多ければ多いほど需要が増す。僕は特殊なサンプルなのだろう。ある型はぶかぶかで、ある型からははみ出してしまうような。僕も学生の頃はそれなりに数の多い集団に属していた気がする。いつの間にか随分《ずいぶん》と歪《いびつ》な人間になってしまった。いっその事どこかを切り落としてしまった方がいいのだろうが、自分ではどこをどう切り落とせばいいのかすらも、もうわからない。

彼らからそっと目を逸らしたその時だ。見覚えのあるタオルが目に入った。「海東工務店」と書かれたタオルが無造作に尻ポケットに突っ込まれている。安全靴を履いたTシャツ姿の体格のいい男、彼はまるで僕の視線に気が付いたかのようにこちらを振り返る。

岩本だった。

「先生、弓削先生！」

岩本は僕を見るなり駆け寄って来た。笑顔が眩しい。微妙な知り合いを見つけた時に感じよく振る舞うのは僕にとってはハードルの高い技だ。それをなんなくこなしながらも彼は自然体で気負いがない。

「あ、ど、どうも」

対する僕は安定のぎこちなさだ。それでも岩本の顔を見て気持ちが上ずるのがわかった。少し気まずいが岩本が今目の前で踵《きびす》を返して去っていったら本気で落ち込むだろう。つまりかなり嬉しかった。

岩本は一見元気そうだが、どこか表情が冴《さ》えない。病院には来なかったので身体とは別の事で何か悩んでいるのだろうか。僕に踏み込む資格はあるのだろうか。僕はたまたま彼を診察した医者に過ぎない。

「先生も部屋探しですか？」

「はい、引っ越そうかと」

駄目だ。それとなく聞き出すなどというテクニックは持ち合わせていない。

「俺も。偶然ですね」

それにしても岩本の笑顔はいい。厳つい大男だというのに穏やかさと優しさがある。どうやったらこんなに感じのいい笑顔が作れるのだろう。岩本はもてるに違いない。

「僕、実は今、物凄く古いアパートに住んでるんですよ」

どうでもいい事が口をついて出た。何が、実は、だ。誰もそんな事は聞いていない。

「へえ！　お医者さんだから、なんか高級なマンションとか、いい所に住んでそうな気がすんのに」

けれど岩本が目を見開いて面白そうな顔をし、さらに敬語を崩してくれたので調子に乗ってしまう。

「いい所どころか狭いし、耐震工事してないし、鶏糞が臭うし、鍵は錆びてるし、西日が暑いしで最悪です。今年の夏は地獄でした」

「先生なら稼ぎもいいでしょうに、なんでそんなとこに住んでんだよ」

岩本がさもおかしそうに笑う。

「そうですよね」

本当にそうだ。

「僕はもう帰る所ですが、岩本さんは？」

僕が尋ねると岩本は苦笑した。

「俺ももう帰ろうかな。いやあ、条件絞るとなかなか見つかんないもんだな」

岩本がちらりと外を見る。もうだいぶ暗かった。そういえば腹も減ってきた。

「時期が悪いかもしれませんね。たぶん今、単身者用アパートは品薄だ」

身内の都合による妙な罪悪感からそんな事をつい言ってしまう。

「なんで？　こんな半端な時期に。確かにちょっと選択肢少ねえなとは思ったけど」

「僕の後輩達というか、大学病院の研修医のせいですね。大変なんですよ。半年ごとにいろいろ回らされて、レジデントの引っ越し貧乏なんて言葉もあるくらいです」

「ああ、半期の境目だもんな」

珍しい。僕は今、物凄く普通に世間話をしている。岩本の人徳だろうか。

「ちなみに岩本さんは今どんなとこに住んでるんですか？」

「俺は住み込みで」

職業は大工だったはずだ。棟梁《とうりょう》、いや社長と言っていた気がする。海東工務店と書かれたタオルを持っていたからきっとそこが勤め先だろう。住み込みで修行中という事か。

「賄《まかな》い出るし、社長も奥さんもいい人で、悪い奴いないから楽しいですよ。馬鹿ばっかりだけど。俺は私物も少ないから住み心地よかったんですけどね」

それならばなぜ引っ越しなどするのか。何か事情がありそうだ。彼のどことなく冴えない表情の原因だろうか。急に心配になってきた。見た目にも彼は頼もしい。こうして話していてもコミュニケーション能力の高さがわかる。サバイバルにも長けていそうだ。その彼が困るとなるとよほどの事だろう。

僕の心配そうな表情に気付いてもう一度岩本は苦笑した。

「先生、俺今実はちょっと困ってて本当は先生に会いに病院行こうかと思ってたんだ。けど、医者の先生に相談するような内容じゃねえし、先生忙しそうだしさ、悪いと思って。今も時間取らせてすいません。先生、めし、まだですか？」

急に聞かれて驚いた。

「あ、はい、ちょうどお腹空いてきたところで」

「よかった。じゃあ、あの、俺」

少しだけ間があった。岩本は逡巡《しゅんじゅん》の後にまっすぐに僕を見て言う。

「奢るので、一緒にめし行きませんか？」

驚いた。一体どういう風の吹き回しなのだ。

「無理すか？　そっか奥さんに連絡しないと駄目？　ご飯作って待ってる人いる？」

「いや、僕は独身ですから」

「そっか、そうだよな。酷い部屋に住んでるんだったもんな」

岩本は安心したように笑った。

「相談したい事があるんです。タダじゃ申し訳ねえし。全然医療とは関係ねえけど。俺、今他に相談出来る人いなくて話だけでも聞いてもらえたら嬉しいです」

他に相談出来る人がいない、なんともいい響きだった。出来ればもう一度言って欲しい。そんな場合ではないのに舞い上がってしまいそうだ。岩本はやはり悩んでいたのだ。ＭＲＩの代金を払うのすら渋る彼が僕に奢ると言い出すなど相当だ。

「ここでは話しにくい事なんですね？」

岩本は頷いた。

何を食べたいかと聞かれ咄嗟に何も出てこなかった。岩本と食事に行くというだけで胸がいっぱいで食欲を忘れた。岩本のよく行く店を紹介してくれと言った。

連れてこられたのはジャージャーと炒《いた》め物の音がうるさい中華屋だった。床は油でてかっていて、気を抜くと滑って転びそうだ。カウンターの向こうには厨房があり、湯気の中で中国語が飛び交っている。それにしてもいい匂いだ。忘れかけていた食欲が戻ってくるのを感じた。

「ここ、よく来るんです。あんまり綺麗な店じゃなくて先生には申し訳ないけど。安くて量も多いし、牛肉あんかけ炒飯、美味いからさ」

岩本は楽しそうだ。僕も嬉しくなった。中華は好きだ。店内は賑《にぎ》わっていた。雰囲気は悪くない。

「ははは、うるせえだろ？　内緒話するにはもってこい」

「確かに」

僕らは少し奥まった席に座り、岩本はようやく話し始めた。

「まあ、簡単な話っすよ。うち、住み込みなんでトイレと風呂が共同なんです。それに後輩と同室、二段ベッド」

僕は全てを察した。彼はMFUUだ。それは気まずかろう。月経中はトイレのたびに奇異な目で見られ、下痢でもしているのかと聞かれ、風呂は皆が入った後こっそりと、湯船には入らずシャワーで済ませるしかない。着替えも同じ部屋でするので、下着がチリ紙で妙に膨れているのを見咎《みとが》められはしまいかとひやひやしていたのだという。

「職場の人には誰にも言ってないんですか？」

「さすがに社長と奥さんには言ったよ」

社長の奥様はMFUUについて知っていたそうだ。自分はもう閉経しているから生理用品の持ち合わせがないが、買い物のついでに買って来てやる、とまで言ってくれたらしい。社長も理解を示してくれたそうだ。つらい時には無理せず休め、と。

「けど、同僚にはなんて言って説明したらいいかわからなくてさ……」

彼は五目炒飯を掻っ込みながら言う。僕も彼のおススメの牛肉あんかけ炒飯を食べながら頷いた。濃い味付けの牛肉入りの味噌味の餡《あん》が香ばしいレタス炒飯によく合う。ホカホカの米は甘い。刻んだザーサイもぴりっと塩辛くて美味しかった。

「社長も奥さんも、言いたくない気持ちはわかるし、任せるって言ってくれた」

黙っていてくれているのだという。そこで岩本は手慣れた様子で唐揚げを追加した。

「そりゃ俺も仲間に迷惑かけるようならちゃんと言わなきゃならねえって思ってるよ？　思ってるけど、あんまり言いたくねえのが本音でさ。だいたいあいつら理解出来んのかって感じだし。俺だって聞いた時には嘘かと思ったしな。男が生理とか、子宮とか。社長もさあ、奥さんがいたから、そんなもんかって納得してくれたけど、奥さんいなかったら嘘つくんじゃねえって殴られてたぜ」

殴られる、やはり大工の世界は体育会系なのだ。僕と彼の住む世界はあまりにも違う。だが、確かにＭＦＵＵは一般的にはあまり知られていない病態である。僕も初めてＭＦＵＵの事を聞いた時はなんの冗談かと思ったものだ。

「俺ももういい大人だし、住み込みの部屋は後輩に譲って一人で住もうかと思ったんだ。いい機会だしよ。社長も奥さんもそれがいいって言ってくれた。もうすぐ次の生理、来ちゃうんだろ？　その前に」

それで不動産屋に来ていたのか。

「奥さんなんかさ、女の子と同じように妊娠出来るって事でしょう、同じ部屋で間違いでもあったらどうするの、早く引っ越しなさい、とかよ、ははは、参るよな。ねえよ」

間違い、と聞いて僕の方が動揺した。一気に食欲がなくなる。岩本は明らかに冗談のつもりで言っているが、僕は今更ながらにその事実に気が付いて愕然《がくぜん》とした。なんという事だ。彼は今までずっと男と一つ屋根の下で、風呂もトイレも一緒で、同じ部屋に寝ていた。全身の毛が逆立つような不快な感触だった。彼は屈強な男だ。どうこう出来る人間はそうそういないだろうとは思うが、それでもなんとなく嫌だ。いや待てよ。彼が住み込みで働いている先は工務店だ。彼のように逞しい男達ばかりという事ではないのか。彼に体格で勝る男もいるかもしれない。社長の奥様の言う通りだ。早急に相部屋を出るべきだ。なんとしても出なければいけない。そんな事は許されない。

真っ青になる僕をよそに、岩本はふと食べる手を止め、視線を逸らして少し目を伏せた。ただそれだけでぐっと顔つきが優しくなる。愁《うれ》いを帯びた目元に視線が釘付けになった。力が強かろうが、いかに体格に恵まれていようが、やはり危ないのではないだろうか。彼は若くてこんなにも隙だらけだ。

「俺、妹いるんです。うち親いないんですよ。震災の時、俺は被災地に住んでて」

急に深刻な話になった。妙な事を考えて動揺していた自分が心底恥ずかしくなる。

「俺と妹は学校にいて助かったけど、親は家ごと……親戚もみんな近くに住んでたから結構な人数が死んで」

彼は僕の暗い顔に気が付いたのか、とりなすように笑って見せた。

「勤め先の社長はもともと俺の地元の人だったんだ。いろんな縁で俺は高校卒業したらすぐ勤めさせて貰えた。妹は震災の時ようやく高校に入学したばっかかだったたから本当に助かったよ。拾ってもらえて感謝してる」

明るい岩本にそんな過去があったとは。

「そんな顔すんなよ、先生。家作るのは楽しいし、俺、別に全然、大工になって損したとか思ってねえから」

岩本は本当に楽しそうだった。仕事が好きなのだ。

「妹は俺と違って頭よくて医学部に通ってるんです。将来は先生と一緒でお医者さん」

誇らし気に岩本は笑った。聞けば学費のいらない大学だった。隣の県だ。寮に入り、奨学金も貰ってアルバイトもしているのだという が、やはり仕送りが要るらしい。

「先生の事妹に電話で話したら、そんないい先生なかなかいないから逃がすな、絶対捕まえとけって言われたわ、ははは」

本気で照れてしまう。僕は褒《ほ》められ慣れていないのだ。では彼は妹を養いながら住み込みで働いているという事になる。大工の初任給はたしか悪くなかったはずだ。しかし、高卒で肉体労働者、僕は全く詳しくないが、確かに余裕はなさそうだ。

「だから金かけたくないんだよな。妹はもう六年生だから来年からは独り立ちするし、そしたら俺も余裕出る。別にそこまで困ってねえよ？　あいつ生意気だから、恩返しに養ってあげようかとか言いやがるしよ、ふざけんじゃねえ。誰のおかげだと思ってんだよ、なあ。ぜってえ嫌だ。つか、あの大学ちょっと特殊だからお礼奉公みたいなのあるらしいじゃん？　俺よく知らねえんだけど、来年は孤島に行かされてっかもな、ざまあ見ろだ」

六年生、もう国家試験が間近だ。バイトばかりしてもいられないだろう。けれど岩本は悪餓《わるが》鬼《き》のような顔で笑う。兄妹仲は悪くなさそうだ。

「金の事はまあいいんだよ。一応貯金もあるしな、少ねえけど。ただささ……」

岩本は肩を落とした。

「保証人ってあるじゃん」

岩本はついにレンゲも置いてしまった。皿にはまだ炒飯が残っている。彼は膝の上で拳を握りしめて言った。

「部屋借りる時の」

彼は先ほど親戚ともども被災地に住んでいたと言った。頼る人がいないのだ。僕もつられて俯いた。

「いざとなりゃ凄い疎遠でもなんでも電話かけて頼み込んでどっか生き残ってる親戚を探せばいいんだ。俺と妹があんまり楽な状態じゃねえ事くらいわかってもらえるだろうし、本当は社長に頼んだっていいんだ。ただでさえいろいろ世話になってるから言いづらいけど、もうここまで頼っちまったら今更だしな、きっと二つ返事で判子押してくれるよ。でも……なんでかな。なんか、そういうの全部、やりたくなくてさ」

情けない顔で岩本はまた笑った。

「こんなの子供っぽいってわかってるよ、変な意地張ってんじゃねえよって思う。人に頼らなきゃ生きていけないなんて今更だろ？　何度も人に助けられてきた。施しも受けてきたよ。でも、いろんな不動産屋で、保証人はどうされますか？　ご両親は？　って聞かれるたびに、くそっなんでだよ、なんで俺ばっかかって思うんだ、何度も何度も……」

泣き出してしまうのではないか、そう思ってしまうほどつらそうな笑顔だった。

「どうして俺、いつもこうなんだ？　だんだん仕事も出来るようになってきて、もうすぐ現場も任せて貰えそうで、妹は来年卒業して医者になる。ようやくだって思った矢先に……身体が、変になっちまって、そのせいで引っ越さなきゃいけない。金もかかる。正直言って自分の身体の事なのに、実感なんかまだ全然湧かねえよ。全部夢だったんじゃねえかって今でもたまに思う。でも俺の身体は前とはもう違うんだ。それは俺が一番よく知ってる。自分の身体の事だ、誰のせいにも出来ねえ。誰が悪いかって言ったら俺が悪いよ、そんなのわかってるよ。でもさ、やりきれねえんだよ。なんか馬鹿みてえに、へ、へこんじまってさ、いつもはこうじゃねえのに」

岩本は下を向いて鼻水を啜《すす》った。彼はぐっと拳で目を拭ってから意を決したように顔を上げた。少しだけ目が赤い。

「ごめん、先生。愚痴っちまって。なんかでも、先生に話したらかなりすっきりしたわ。まあ、冷静に考えたら、誰か死ぬわけじゃないし、どうにかする事も出来なくはねえ。ちょっと嫌だってだけだな。言葉にしたら大した事ねえかも。あはは、みっともないとこ見せちまってすみません」

岩本は自分に言い聞かせるように言ったがそんな事はない。一大事だ。身体が変わったのだ。望みもしない方向に。

震災についても岩本はなんでもない事のように言うが、突然両親を亡くして否応なしに高校卒業と同時に就職、しかも妹を養いながら。悲しむ暇もなかったのではないか。悲しみを受け入れる暇もなかったのではないか。

　岩本は自分でも気付かぬうちにあまりにも多くの呑み込み難いものを無理やり呑み込んでしまっているような気がした。きっと今までの人生で何度も。そうしなければ前に進めなかったのだ。彼は自分ではどうしようもない事態を受け流す事にあまりにも慣れ過ぎてしまっている。岩本が先ほど口にした大した事ないという言葉、それはとても悲しい言葉であるように僕は感じた。

「先生、全然食ってないじゃん。苦手だったら無理すんなよ。残したら俺が食べるから好きなものだけ食いなよ。来た来た。唐揚げもおススメだから味見だけでもしてみてよ」

　岩本は照れ隠しのように言って店員から唐揚げを受け取り、恥ずかしそうに続けた。

「俺も生理の事とかMFUUの事とかいろいろ調べてみたんだよ。生理前に苛つくってやつMFUUでもなるらしいよ。俺それなのかな？　情緒不安定って言うの？　妹に生理前に当たられた時もっと優しくしてやりゃよかったな。はは、先生、今日はごめん」

　そしてついに限界に達してほんの少しだけ他人に漏らした愚痴さえも、彼はすでに恥じているようだ。月経前症候群の事まで持ち出して。

「謝る必要、ないですよ。変な話なんですけど、僕は、岩本さんが病院に来るの、実はずっと待ってたんです」

　岩本はキョトンとしている。大男がするにはなんとも可愛らしい表情だった。実際、岩本はとても可愛らしかった。

「岩本さんを診察した後も、もっとやりようがあったって後悔ばっかりしてたんです。次来たらもっとちゃんとしなきゃってずっと思ってました。だから今日はお話が聞けてよかったです。でも、なんだかな、凄いな。岩本さんは僕なんかよりずっとしっかりしてるし大人です。僕だったら、岩本さんと同じ状況でそんなふうに強くはいられないでしょう。家に閉じこもってたかもしれない。まあ、今も働いてはいるけど半分引きこもりみたいなもんですからね」

岩本が僕の日々の生活を知ったらどう思うだろう。あまりにも無味乾燥で驚くのではないだろうか。

「岩本さんは他人に愚痴るのは好きじゃないかもしれないですけど、僕は愚痴って貰えて嬉しかったというか、ようやくまともに頼って貰えた感じがして」

強い岩本だからこそ、他人に頼り切りになる事を恥じている岩本だからこそ、より一層嬉しかったのだ。僕は何を言ってるんだ。僕の気持ちなどどうでもいいだろうが。内容の気恥ずかしさに気が付いて僕は真っ赤になった。

「ようやくまともにって……」

岩本はそこでぶっと吹き出した。

「何言ってんだよ先生」

岩本は肩を震わせて身を屈めている。

「俺、最初っから先生に頼り切りじゃん！　今だって、頼り過ぎて申し訳ないくらいだって思ってんだぜ？」

そこで岩本は僕の肩を大きな手で包み込むように叩いた。ようやく彼らしい満面の笑みが戻ってきた。

「先生、いろいろ気を回し過ぎなんだよ。つか、先生、俺に怪我させられた事忘れたのかよ！もっとふてぶてしくしてろよな。調子くるっちまう」

笑いを収めた岩本はもう気は済んだ、とばかりにどっかりと椅子に座り直した。

「なんか楽になったよ。先生のおかげ。人に話すって大事だな。ゆっくり部屋探すよ。何がなんでもすぐに出てけって言われてるわけじゃねえしさ。どっちかって言うと俺の方の都合だからな。こういう時焦ってもしょうがねえよな」

彼が落ち着いたからだろうか、逆に僕の方に焦燥感が蘇《よみがえ》ってきた。そうだ、彼は今、彼と同等かそれ以上に屈強な男達と一緒に住んでいるのだ。診察の時にほんの一瞬だけ嗅いだ彼の体臭を思い出す。同室の男は彼の匂いを知っている。きっと寝顔も。どういうわけかその事実は僕を酷く醜《みにく》い気持ちにさせた。

僕はずっと頭の片隅で考えていた事を口に出すべきか否か逡巡していた。そのアイディアを実行に移すのは普段の僕からするとありえない暴挙だった。医師とその患者という関係性からも好ましくはない。その上、先ほど彼に僕の普段の生活を知られたら呆れられるだろうと思ったばかりだ。こんな考えが浮かぶ事自体、どうかしている。頭ではそうわかっていたが、僕の中の何か動物的な部分が強烈に僕にそれを命じていた。

「あ、あの、岩本さん！」

声が上ずった。

「え、どしたの、先生？　急にでけえ声出して」

ごそごそと愛用している地味なリュックサックを探る。クリアファイルの中の間取り図を探し出して彼に見せた。

「何これ？　えっと、アパート？」

「きょ、今日、ぼ、僕が、見積もりして貰った、部屋で」

一体何を言おうとしているんだ僕は。やめておけ、ほら、若干過呼吸になっているじゃないか。みっともない。頭の中で冷静な声がする。けれどその声は小さかった。もっとずっと強い、人の言葉の形さえしていない大声、僕の中の獣の咆哮《ほうこう》が僕を突き動かす。

「る、ルームシェア、しませんか？」

岩本は目を丸くして驚いていた。何を言っているのか理解出来ない、という顔だった。頬張った唐揚げをそのままにして僕を見つめる岩本は随分と幼く見えた。

「ルームシェアって……」

ようやく唐揚げを飲み込んで岩本はおっかなびっくりその単語を口にした。大丈夫だろうか、ほとんど嚙まずに唐揚げを飲み込んでいたような気がするのだが。

「先生んちに一緒に住むって事かよ？」

言いながらようやく僕の発言の意味を理解したのか、ゆっくりと岩本の眉根が寄る。

失敗した、咄嗟にそう思った。先ほど岩本がいかに他人に頼る事に引け目を感じて生きているか聞いたばかりなのに。安易な施しは彼を傷付ける。僕としては施しのつもりは全くなかった。どちらかと言えば、自分でも正体のよくわからない焦燥感に駆られてつい、だ。しかし、岩本はそうは思わないだろう。とりあえず、何か言わなければと思った。

「あ、あの、えっと……どうせなら広くて綺麗なところに住んでやろうって思ったんですけど、少し広過ぎてどうしようかと思っていまして」

あたふたと要領をえない説明をする。

「使いもしない部屋を掃除するのは嫌だな、暖房効率も悪いな、でも環境はいいし他は満点なんだよなって迷ってたところだったから」

黙っている岩本に不安になった。中華屋の喧騒《けんそう》も今は遠い。

「誰か一緒に住んでれば本当はちょうどいいんですが、そんな人いないし」

言葉が尻すぼみになる。やはり言わなければよかった。どう考えたって今の僕は変だ。そもそもどんなに切羽詰まった状況であったとしても僕のような不審人物と一緒に住みたいと思う人間などいるわけがない。

「完全な個室が二つあるしリビングもあるし、風呂もトイレも広い。僕は岩本さんの身体の事もわかっているから岩本さんも必要以上に気を遣わなくていいんじゃないかと、すみません。思い付きで物を言ってしまって、本当に僕は何を言ってるのか……わ、忘れて下さい」

真っ赤になって俯く。馬鹿な事をしてしまった。しかし、妙な同情心で言い出した事ではないのだと、それだけでもどうにか伝えたかった。

「あの、岩本さんのためっていうわけじゃなくて」

そこではたと我に返った。待て、何をどう言うつもりだ。岩本の貞操が気掛かりだとでも言うつもりか。

「その……岩本さんが同僚の方と暮らしてるっていうの聞いて、ちょっといいなって。賑やかそうで羨ましいな、と」

言いながら、案外この言い訳は嘘ではないのかもしれないと思った。僕は他人と関わるのは苦手だが、好きで孤独でいるわけではないのだ。

休日の朝、昨日の夜に慌てて食べた残り物の皿、汚れたラップが流しに放置されていても、人の気配がしたら、おはよう、と声を掛ける相手がいたら、きっとそれだけでさっさと起きて台所を片付ける気になる。昼過ぎまで寝ているだけが楽しみの休日も、違ったものになる。

煩わしさも増えるだろう。気に入らないと思う事もあるだろう。けれど、もううんざりなのだ。何をしてもどうせ誰も見てやしないと、静かに腐っていくような日々は。

もしも岩本が僕と一緒に住んでくれたら、きっと僕が想像もしなかった事がたくさん起きるに違いない。考え方や生活様式の違いに天地がひっくり返るほど驚いたりするに違いない。けれど、そんないざこざも岩本とならやってみたいような気がした。なんとなくだが、岩本は決定的に他人の人格を否定したり、切り捨てたりはしない男であるように思えた。想像してみてその妄想があまりに甘美であるのに驚いた。同時にそれが決して実現しないことに絶望した。軽く頭を振って忘れてしまおうとした時だった。

「先生、危ねえな。出会ったばっかの、しかも俺みたいなどこの馬の骨ともわからねえ奴にほいほいそんな事言って大丈夫かよ？」

生真面目な声に顔を上げた。岩本が困ったような顔で僕を見ていた。相変わらず眉は険しいが、怒ってはいないようだ。

「金に困ってるって言ってる奴をさ。先生は俺が先生の通帳盗むとか思わねえの？」

聞かれて初めて気が付いた。全く思わなかった。

「思わないです。それにどこの馬の骨ともわからないのは岩本さんにとっての僕だって同じでしょう」

真っ直ぐ岩本の目を見ながら言った。すると岩本は表情を変えないまま顔を真っ赤にして、さっと目を逸らした。唐揚げやら店の床やら、放置された炒飯やら、斜め下のあちこちに視線を飛ばしながら彼は言った。

「わ、悪いよ、そんなの。申し訳ねえよ。だ、だいたいよ、せ、先生、彼女とか本当にいないのかよ。俺がいたら、いろいろ面倒臭えんじゃねえ？」

しどろもどろだった。まるで言い訳のように言う彼を見て、あれ、と思う。もしかして思ったよりもこの申し出は迷惑がられていないのかもしれない。

「残念ながらいませんね」

苦笑する。それにしても大きな体を縮めてもじもじする彼はなんというか目のやり場に困る。太い首、立派に盛り上がった僧帽筋も真っ赤だ。やはりなんとしても彼が住み込みで働いているという今の状況は阻止せねばならないという思いを新たにした。

「でもそうか、彼女か。それを言うなら岩本さんもですね。気が回りませんで」

頭を掻いた。

「俺は大丈夫、い、いねえし、つか、今は住み込みだからさ、いても今より自由になるくらいだから別に、それは……」

彼はぎゅっと大きな手で自分の着ているTシャツを握りしめた。不安になった時の癖なのかもしれない。心細い時、怖い時、誰かに縋らずに咄嗟に自分を握りしめてしまうのは実に彼らしいような気がした。同時にそれが酷く切ない。

あの手に一度だけ縋られた事がある。彼を内診台に乗せた時の事を思い出した。

あの大きな温かい手にまた縋られてみたい。一度と言わず何度でも。どうして自分のTシャツの腹の部分など握るのだ。僕の手を握ってくれてもいいのに。僕なら握り返すのに。大丈夫だ、心配するなと言ってやるのに。

「お、お、俺はいいよ？　正直凄くありがたいですよ？　職場にも近いし、先生なら安心だよ。いろいろ相談も出来るし、でもさ」

少し大きな声で言われてはっとした。今僕は何を考えていたのだ。ふと見ると不安げに僕を見る今の岩本は僕よりももっとずっと気弱そうに見える。これはもしかして畳みかけるなら今なのでは。少し強引に出ても許されるのでは。

「なら、問題ないじゃないですか。よかった。変な事言っちゃったかなって思いました。岩本さんは今、社長さんに部屋代としていくら払ってますか？」

岩本がぼそりと金額を口にする。

「じゃ、それを代わりに僕に払って下さい。食費は、ま、いいや、細かい事は後で。どうせなら次の……」

勢いで月経と言ってしまいそうになって周りを見渡す。一つテーブルを隔てた席にはカップルが座っている。

「次のが来る前の方がいいでしょう。出来るだけ急ぎますね」

「ちょ、ちょっと待てよ！　問題あるだろ、先生はいくら払うんだ？」

岩本が間取り図と見積書を奪うようにして摑み上げ目を通す。そして叫んだ。

「げえ!?　やっぱり結構高いじゃねえか！」

「大丈夫です。半分住宅手当出るから」

「それでも結構なもんじゃねえの？」

「岩本さん、言い出したのは僕です。そして僕は岩本さんより一回り以上年上です」

「え？　そうなの!?　先生いくつ!?」

「三十七歳です」

「マジで!?　み、見えねえ……三十路くらいかと」

岩本は仰け反って驚いている。あまりそこに触れないで欲しい。自分でもこの外見は嫌なのだ。

「って年齢は関係ねえよ、やっぱ悪いよ。せめてワンルーム借りる時の家賃の相場くらいにしようぜ」

「所詮は間借りなのにそっちの方が申し訳ないですよ。どうしても気になるなら部屋の掃除とか多めにしてくれたらそれでいいです」

岩本は弱り切った顔で黙り込んでしまった。頬が赤い。眉は下がっている。彼は意を決したようにぐっと顎を引いて背筋を伸ばして椅子に座りなおした。

「お、俺、ずっと住み込みだったから部屋の片付けは得意です。私物もほとんどありません。賄いも当番制だったから、ある程度なら食事も作れます。謎の丼ものとか謎の焼きそばとか、謎の炒め物とかばっかりだけど」

「それは凄くありがたいです」

僕の食生活は酷いものだった。他人が作ってくれる温かい食べ物というだけで嬉しい。

「先生の都合が悪くなったらいつでも出て行きますから」

「当分、転勤の予定はありません」

「なんか俺が粗相したら言って下さい」

「それは僕もですね」

岩本は宙に視線を彷徨《さまよ》わせた。言い忘れた事を探しているのだろうか。僕の方は覚悟を決めた。彼が僕の部屋に来てくれるのなら他の全ての事は我慢しようという気分だった。

「よ、よろしくお願いします！」

岩本は勢いよく頭を下げた。

「こちらこそ」

我ながらよくやった。一体どうした僕、何か悪い物でも食ったのか。自分にもこんな事が出来たのかと驚いた。

一週間後、僕は住宅手当の変更のために総務課を訪れた。

「先生、お引っ越しするんですね」

「はい。で、ですね、ちょっと事情があってルームシェアする事になりまして、こういう時って住宅手当の扱いってどうすればいいんですか？」

「ルームシェア！」

事務員の彼は目を見開いた。探るような視線が飛んでくる。

「ええと、確認ですが、配偶者ではないんですよね」

「あ、はい。違うのでどうしたらいいかわからなくて」

無精な僕も院内規程を一応は読んだのだ。

「ご婚約者とか、恋人とかではないんですか？」

「違います」

「ご家族ですか？」

「いいえ、友人、ですかね」

「弓削先生が……ルームシェア」

ここまで言われてようやく彼が僕という人間とルームシェアという単語のミスマッチに驚いているのだとわかった。確かにルームシェアというとなんとなくネットワーク作りに熱心な意識の高い若者達の文化というイメージがある。それはわかるのだが、事務手続きのために時々話す程度の彼ですら、どうやら僕の根暗で人付き合いが苦手な性格を知っているらしいのはどういうわけなのか。やはり僕は見た目からして駄目なのか。彼はくいっと眼鏡を指で押し上げ、興味津々といった様子で僕の方へ身を乗り出してきた。

「これは手続きとは関係ありませんので、弓削先生が答えたくなければ無理しなくて結構なんですが、ご友人という事は、学生時代のお友達ですか？　お医者さんですか？」

「いいえ」

「女性ですか？　男性ですか？　何人でルームシェアするんです？」

「男性です。僕と彼の二人です」

そこで彼は微妙な顔をした。彼の顔を見て、やはりこれが当たり前の反応なのだと改めて思い知り少しだけ怯んだ。僕もこの状況が一般的でない事くらいはわかっている。

「どういった事情なのかお聞きしても？」

下手に隠してもある事ない事噂されるのは目に見えている。事務方の彼は顔が広い。僕は岩本がMFUUであるという事と、僕の患者であるという事を隠して、だいたいの事情を話して聞かせた。共通の知人を介して知り合ったというくだりのあまりの嘘臭さに自分でもびっくりしたが、彼は気にしなかったようだ。特に震災で親を亡くし、の部分で彼は痛ましげな顔をして、大きく頷いた。

「で、先生、家賃の支払いの割合はどんなもんなんですか？」

聞かれて金額を告げる。

「少なっ！　先生、律儀ですねえ！　黙っとけばいいような金額じゃないですか！」

聞いて彼は仰け反る。

「ていうか、黙ってる人もいますよ、それくらいなら」

「え、そうなんですか？」

「本来なら賃貸契約と併せて、簡単でいいので家賃のうちのいくらを誰それが払いますよというような契約書を作って貰って提出、なんですが」

彼はにっこりと笑った。

「うん、黙っておきましょう。不動産屋と契約するのは先生なんですよね」

いいのだろうか。

「書類作るほうが面倒ですし、たぶんそういう事情ならそんなに長くは一緒に暮らさないような気がしますし」

長くは一緒に暮らさない、そうかもしれない。その事実に一抹《いちまつ》の寂しさを感じたが今は事務手続きを済ませてしまう方が先だ。

「というわけで先生は独り暮らし。まあその額なら問題にはなりませんよ。ただ拡大解釈されると困るので他言無用で。弓削先生なら大丈夫でしょう。口堅そうですもんね」

貰えるものはありがたく貰っておこう。確かに書類を増やすのは面倒だ。悪意はないのだから、もしも事態が明るみに出て問題だと言われたら差額を払えば済む話だ。

しかし住宅手当を上限額ぎりぎりまで使ってやろうなどという八つ当たりじみた理由で選んだ物件であったのに、そんな事をいつの間にかすっかり忘れていた自分に驚いた。

歩きながら赤面する。赤面するのはおかしいし、必死でにやつくのを堪えているのはもっとおかしい。何もかもがおかしい。もちろん、僕がにやついている理由は住宅手当の件を目こぼしして貰えたからではない。

これから気の重い病理カンファレンスが始まるというのに僕は浮足立っている。自分でも少し心配になるほど。

僕はこれから岩本と一緒に暮らすのだ。人生で初めて赤の他人と。

契約はもう済ませた。鍵も貰っている。今週末には引っ越しだ。幸い岩本の月経は少し遅れている。そんなものだろう。女性も初経からしばらくは周期は安定しないものだ。楽しみ過ぎて二人暮らし用に思い切って家財道具を買い直した。元々どれも買い替え時だったのだが、岩本にばれたら少し恥ずかしい。なぜこんなに楽しみなのかと聞かれると正直言って困ってしまう。僕にもよくわからない。僕はたぶん今まで変化を恐れながらも、ずっと変化を求めていたのだ。望む変化がすぐそこまでやってきている、前に進んでいる、そんな気がしていた。

きっとそうだ、それだけだ。岩本の笑顔ばかり頭に浮かぶのは彼がその変化の象徴だからなのだ。その時の僕は愚かにもそう思っていた。

　そして迎えた引っ越しの日、ちょうど遅れていた岩本の月経が始まった。少し間が空いたせいか今回は特に生理痛が酷いようだ。

「悪い先生……」

「いいんですよ。こういう時のための同居じゃないですか」

「俺、力仕事ぐらいでしか役に立たねえのに」

「何言ってるんですか、休んでて下さい。大きなものはあんまりないし、引っ越し屋さんが全部やってくれましたから」

「間が悪いんだよなぁ……」

　岩本は青い顔をして先ほど運んだばかりの布団の上で丸まった。つらそうだ。

「いやいや、逆です。ナイスタイミングですよ。今日からは一人でゆっくりお風呂に入れます。好きな時間にね」

　笑いかけて岩本の逞しい丸く盛り上がった肩を叩く。風呂と聞いて岩本の表情がやっとやわらぐ。彼は初めてこの部屋を見た時に足をゆったり伸ばせる湯舟と広いタイル張りの浴室を見て嬉しそうにしていた。

　しかし彼の表情がぎくりと歪んだ。布団を被ったまま、もぞもぞと荷物に手を伸ばす。

「どうしたんですか？」

「やばい、どっと出てきた。染み出しそうな気がする。ちょっと替えてくる」

生理用品を探しているのか。つらそうな彼に代わってボストンバッグを開けた。見覚えのある茶色の紙袋を見つけ中身を取り出そうとした。

「そ、それは！　せ、先生、あ、ありがとな。いいから、それは置いといて」

後ろから慌てた声が聞こえる。振り返ると顔を赤くした岩本が手を伸ばしていた。僕の記憶違いでなければこれば僕がドラッグストアに多大なる迷惑をかけて買ってきたその生理用品だと思われるのだが、何か問題でもあるのだろうか。しかし岩本は僕の疑問には答えてくれず目を逸らして恥ずかしそうに言った。

「その傍にビニール袋あるだろ？　悪いんだけど、それくれる？」

使いやすい銘柄などがあるのだろう。深く考えない事にした。岩本は袋を抱えて逃げるようにトイレに向かった。

少し気になったが、気にしても仕方がない。僕など他人から見れば不審な行動しか取っていないのだろうし。

やる事は山ほどあった。

僕の荷物も岩本ほどではないが、少ない。物欲はない方だ。むしろこの引っ越しで家電製品や家具のためにようやく眠っていた物欲が目を覚ましたような状態だ。本棚や照明を設置し終えて満足げに溜息を吐く。テレビの前に置いたソファーに座ってみた。いい座り心地だ。奮発してみてよかった。後で岩本にも座ってもらおう。大の男二人でも平気なように丈夫なものを選んだ。岩本の部屋以外はすでにカーテンも取り付けてある。我ながらなかなかの手際だった。

気が付けば日は落ちている。食料と日用品を買い出しに行く前に岩本に声を掛けようと思いつく。ノックをすると寝起きの声で返事があった。

「あ、先生、わー、やべえ、もう暗いじゃん。結構長い事寝てた俺？」

寝癖の付いた頭で岩本がもぞもぞと布団から顔を出す。彼は僕を見て眩しそうに目を細めた。その声にほとんどつらさがないのでほっとした。どうやら痛みのピークは過ぎたようだ。

「大丈夫ですか？」

「ああ、寝たらだいぶマシになったよ。腰は少し痛てえけど」

そう言って彼は布団から出ると同時にごろんとうつぶせになった。引き締まった腰がジャージとTシャツの間から覗いている。艶《つや》やかな肌だった。彼はそこを無造作に大きな手でさする。吸い寄せられるように彼の傍にしゃがんだ。半ば無意識にその日に焼けた滑らかな肌に手を添わせる。弾力があって温かい。弾けそうな若さが皮膚の下にある。厚みのある見事な背筋だ。背筋の窪みはくっきりと深い。

岩本は触れた瞬間に息を吐いた。そこでようやく自分のした事に気が付いた。何回同じ過ちを犯せば気が済むのだ。僕は軽々しく岩本に触り過ぎている。手を引っ込めようとした時だった。

薄暗い部屋の中、吐息のような声で呼ばれてどきりとした。

「先生、腰さすってくれんの？　手、冷たくて気持ちいい……ちょっと暑かったんだ」

岩本は顔だけで振り返り、男臭く微笑んだ。かっと頬に血が上るのがわかった。部屋が暗くてよかった。僕はきっと今情けない顔をしている。

「きょ、今日は天気よかったですもんね」

日当たりのいい南側のこの部屋で寝ていたのだ。寝汗をかいたのかもしれない。少しだけ汗の匂いがする。だが、それが全く不快ではないのはどういう訳なのだ。そんな事を考えていたら、岩本の大きな手が僕の貧弱な手の上に置かれた。

「手、当てるだけでも違うもんだな」

掠れた低い美声、この声で囁《ささや》かれたらどんな命令にも従ってしまいそうだ。

「つ、続けますか？」

「いいの？」

笑いを含んだ声だった。いいの、も何も、高貴な獣の毛皮に触れるお許しを頂いた気分だ。体軸に沿って走る筋肉で出来た溝に中指を這《は》わせ、手のひら全体で彼の鍛え上げられた美しい肉体を味わう。今ほど自分の手が冷たくてよかったと思った事はない。小さく岩本が息をつめた。

「どうですか？」

「先生……さすが、上手いなあ」

褒められてたじろぐ。どうすれば相手が気持ちがいいかなど、全く知らなかった。ただ僕は目の前にある生き物の熱に圧倒されていた。

「患者さんにもしてあげてんの？」

「した事ないですよ」

患者どころか他の誰にもだ。即答した僕に岩本はくすりと笑った。嬉しそうだった。

「へえ、そっかあ」

すると彼は腕を身体の前に回して顔を埋めた。どうしたのだろう。

やがて彼はまたごろりと転がって仰向けになった。今度は窪んだ臍と割れた腹筋がむき出しになる。いちいち目のやり場に困ってしまう。住み込みで生活していた時もこんなふうだったのだろうか。あまりにも無防備で心配になってきた。

「ありがと、先生」

岩本は照れたように微笑む。心地いい熱を取り上げられて残念だったがなんとなくほっとする。よくわからないが、一歩間違えばとんでもない粗相をしでかしてしまいそうな危ういひと時だった。

「あ、お風呂、もう入れますよ。石鹸《せっけん》とかシャンプー置いておきました。お湯使えるようになってます。湯舟は溜めてないけどシャワーだけでも」

間が持たなくなったので提案する。汗を流したいのではないだろうか。

「え、いいの？　先生、一日働いて疲れてるだろ？　先入ったら？」

「僕は後でいいです。買い出しに行ってきますね。今日は出来合いのもので済まそうかと思うんですが、いいですか？」

「いいに決まってんだろ。本当に悪いな、何もかも」

「食べたいものありますか？」

「あんまり食欲ねえんだけど、そうだな。うどんかな。冷凍の、火にかければそれでいいやつ。あれ台所あんまり汚れないし、タヌキでもキツネでもいいからさ」

部屋を出ようとしたら呼び止められた。

「あ、待って先生、食費の事なんだけどさ、光熱費、ネット、水道代も全部気が付いたら先生の口座から引き落としになってただろ」

恨《うら》みがましく言われた。そうだった。そういえばそれを岩本に知られた時には随分と面白くなさそうな顔をされた。家賃が安過ぎるので払うつもりだったのだと言われた。僕としてはただ引っ越しが楽しみで、気が逸《はや》ってさっさと契約をしてしまっただけなのだが、それが裏目に出るとは思いもしなかった。

「食費は俺が出すよ」

「え、いいですよそんな」

「よくねえよ、今度こそマジで絶対よくねえよ！」

岩本は笑顔だが目が全く笑っていない。だいぶ根に持っているようだ。彼の剣幕に気圧されていたら無理やり紙幣を握らされた。

「はい、ほら、じゃ、いってらっしゃい」

岩本はようやく裏のない笑顔を見せてくれた。

「いってきます」

いってきます、この言葉を自宅で口にするのは何年ぶりだろうか。最近だと同僚相手に学会で休む時ぐらいにしか言っていないのではなかろうか。

僕の両親は医者同士で結婚したが、僕が小さい頃に離婚した。母は医者として働きながら僕を育ててくれた。放任主義の母との暮らしは気楽だったが、祖母の家に預けられる事も多く、家族の団欒《だんらん》とはもともと縁がない。父は再婚してすでに家庭があり、もう何年も顔を合わせていない。母方の祖母には何度も、ありがとう、また来るね、と言ってきたが、誰かに見送られて、いってきます、などと言うのは久しぶりだった。

これから本当に一緒に暮らし始めるのだ、ようやくその実感が湧いてきた。

駐車場に出ると、今までいた生暖かい室内が嘘のように肌寒かった。空は暗く、すでに星が出ている。先ほど触れた岩本の肌を思い出す。それだけで寒さが吹っ飛ぶようだ。

浮かれている場合ではないのはわかっていた。同居は始まったばかりだ。きっとなぜこんな事を言いだしてしまったのだろうと後悔する日が必ずやってくる。彼と僕はあまりにも違う。それを乗り越えてお互いに譲歩するには並々ならぬ努力が必要となるだろう。甘い考えは捨てた方がいい。必死でそう言い聞かせないとスキップでもしてしまいそうだ。

いってらっしゃいと言われた。だって、それはつまり帰ったらきっと、おかえり、と言ってもらえるわけだろう。あの彼に、岩本に。若くて素直で魅力的な笑顔の青年に。なんと贅沢な事だろうか。

翌朝、目覚めるともう岩本はいなかった。駐車場にも彼の軽トラはない。大工の朝は早いのだ。昨日買っておいた調理パンが数個なくなっていた。僕も残りをもそもそと食べた。荷物を片付け、ゴミを捨て、部屋の掃除を始めたところで病院から呼び出された。少し仕事をして帰ると、岩本はすでに帰ってきており、食事を作っていてくれた。昨日は悪かった、これからは作れる日は食事を作るので、飲み会などがあれば連絡をくれと言われた。最初からそのつもりで食費を出すと言ってくれたのだろう。

彼の作る食事は確かにメニューに名前が付けにくいものが多かった。回鍋肉のようだが肉の代わりに厚揚げが入っているもの、赤だしの味噌汁のようだが、鶏肉と玉ねぎと茄子が入っているもの。どれも少し味が濃いが美味しかった。米がすすむ。僕が褒めると岩本はとても嬉しそうに頬を染めて笑った。洗い物は僕がした。朝の早い彼はその間に風呂に入るのが習慣となった。僕も彼の作る夕食を温かいうちに一緒に食べたいので、よほどの事がない限りは七時頃には帰るようにし、その代わりに翌朝早めに出勤した。上手くすれば朝ごはんも彼と一緒に食べられるからだ。

今まで僕には朝食を摂《と》る習慣はなかった。ぎりぎりに目覚めて身だしなみだけ整えて病院へ駆け込む毎日だった。朝は胃が食べ物を受け付けない体質なのだと思い込んでいた。しかし不思議な事にテレビのニュースや天気予報を見ながら岩本と二人で納豆ご飯を掻き込んでいるといつの間にか茶碗が空になっている。彼は寝起きはあまりよくなく朝は無口だが、明るい朝日の中で彼の眠そうな顔を見ると気分が上向いた。何かいい事が起こりそうな気がした。朝食を食べるようになったせいだろうか、この頃は身体が軽い気がする。同僚には顔色がよくなったと言われた。

　岩本はほとんど酒を嗜《たしな》まない。僕もだ。たまにビールを飲むくらいである。喫煙もしない。音楽はイヤホンで聞いているようだ。仕事柄、早寝早起きが習慣になっているのだろう、深夜番組も見ない。たまに一緒にお笑い番組を見て笑う。チャンネル主導権争いもなかった。僕はほとんどそういったものに執着がないので全権移譲するつもりだったのだが、その必要すらなかった。

　つまり岩本は非常に同居するのに都合がいい人間だった。都合がよ過ぎて心配になったほどだ。彼はまだ若い。よほど我慢しているのではないだろうか。

　同居が始まって瞬《またた》く間に一か月が過ぎた。

　いつものように岩本が風呂に入っている間に洗い物を済ませる。風呂上りにスウェットを着て頭を拭いている彼に聞いてみた。

「あの、岩本さん」

「何？　つか先生、敬語いらねえって何度も言ってんじゃん」

　そう言われてもすでに癖になってしまっていてなかなか直せない。

「うーん、まあいいか、俺も先生って呼んでるしな……で、なんすか？」

「一か月経ちますけど、何か不都合はありますか？　無理してませんか？」

「え、してねえけど」

　岩本はタオルを被ったまま目を見開く。シャンプーのいい香りがする。汗をたっぷりかくであろう肉体労働者の岩本だが、僕は彼を臭いと思った事は一度もない。

「食事、ほとんど毎日作ってくれてるじゃないですか、大変なんじゃないかと思って」

激しい肉体労働の後、スーパーで買い出しをして食事を作るのだ。毎日となればかなりの負担だろう。

「いいよ、そのくらい。それに食費が安く上がると俺が嬉しいんだ……あ、もしかしてたまにはもっといい物食いてえ？　牛肉とか、刺身とか」

「いえ、ご飯は凄く美味しいです。出来たらずっと岩本さんのご飯を食べたいです」

「先生、舌が貧乏で助かるぜ。今まで何食って生きてきたんだよ」

岩本は苦笑するが嬉しそうだった。彼が嬉しそうだと最近僕はなぜかじんわりと胸が苦しくなるのだ。

「先生こそなんかねえの？　俺、住み心地よ過ぎてちょっと怖えんだけど。先生、ほとんど部屋散らかさねえし。コンロの掃除も定期的にやってくれるし、換気扇のカバーもいつの間にか替えてくれるし、生ごみ片付けてくれるし、俺、めっちゃ楽。正直言って先生家事全般壊滅的だろうって思ってたから騙《だま》されたって感じだぜ。料理の楽しいとこだけやればいいって天国じゃね？」

それは母子家庭で育って、その後独り暮らしを続けていたら当たり前だ。そんな事よりも岩本は料理が楽しいのか、そうか、それはよかった。

「特には……とにかく食事がありがたいですね。僕、ちょっと健康になった気がします」

「マジで先生、何食って生きてきたんだよ、俺と一緒に住まなかったらそのうち死んでたんじゃねえか？」

冗談を言う口調ではなかった。本気で心配されているらしい。

「岩本さんは僕にして欲しい事はないんですか？」

岩本は少しだけ考えるそぶりを見せた後、僕をちらりと見て、そして慌てた様子で俯いた。タオルで隠されて表情はよく見えない。耳が赤い。風呂上りだからかもしれないが。

「と、と、特に、ねえ、大丈夫」

とても大丈夫そうには見えない。何かあるのか。僕に出来る事ならなんでもしてやりたい。恩返しがしたい。覗き込もうとしたら思い切り避けられた。軽く傷付く。逃げなくてもいいではないか。

「あ、あのさ、俺さ……」

さすがに悪いと思ったのか岩本が顔を伏せたまま言う。消え入りそうな声だった。

「はい、なんですか？」

なんでも言ってくれ、車が欲しいと言われたら買おう、そのくらいの気持ちで聞いた。

「俺、ふ、風呂、好きなんだ」

それは気付いていた。

「たまに、すげえ長風呂するかもしんないけど、あとシャワーたくさん使うけど」

岩本はさらに俯いた。

「倒れたりとかはしてねえから、覗いたりしないでほっといてくれると嬉しい、かな」

拍子抜けした。なんだその小さ過ぎる我儘《わがまま》は。元々彼の風呂を覗く気などない。しかし、彼がわざわざ言うくらいなのだ。彼にとっては重要な事なのだろう。長風呂ぐらいいくらでもしてくれていい。

「わかりました」

僕は重々しく頷いた。


「先にカードとお控えになります、どうもありがとうございました」

今日僕は人生で初めて、ドラッグストアでコンドームというものを買った。薄さを表す数字だけが書いてある真っ赤なパッケージは思ったよりもずっとスタイリッシュだ。

なぜ、コンドームなどというものを突然購入したのか。正直言って、僕にもよくわからない。言うまでもなく使う予定は全くない。強いて言うなら、僕はこの間、学生達の会話で自分が一般的に使われるコンドームというものをほとんど触った事がない、というのに初めて気が付いたからだ。

糸ようじや足りなくなった歯磨き粉、ボディーソープなどをカゴに放り込みながらドラッグストアを歩き回っていたら、ローションやコンドーム、妊娠検査薬などの売り場を通りかかった。始めはこの赤や金や青のシンプルなパッケージや黒地に蝶《ちょう》の描かれたラメ入りのパッケージがなんなのかわからなかった。よくよく見ればどうやらこれがいわゆる「普通の」コンドームというものらしい。確かに僕が毎日使っている検査用のコンドームとは似ても似つかない外見だ。様々なメーカーに混じって見覚えのあるメーカーを見つけた。病院でもお世話になっているメーカーだ。

拍子抜けする。所詮、コンドームはコンドームという事か。少なくとも生産ラインまで全く違う、という事はなさそうだ。中身はどうなのだろう。先端に精液が入る部分が付いている以外に何か違うのだろうか。純粋に興味が湧いた。ちらりとレジを見ると、年配の男性が担当しているようだ。僕はそのままそれをカゴに入れ、レジへ向かった。

案外、なんでもないものだ。レジへと歩きながら、さすがにバーコードを当てられる時には赤面ぐらいしてしまうのではないか、と思ったが全くの杞憂《きゆう》だった。そのまま小さな茶色い紙袋に入ったそれをデンタルリンスやらカミソリやらと一緒にビニール袋に入れてもらい、店を後にした。

どういうわけか愉快な気分だった。鮮やかな黄色の柑橘類《かんきつるい》を店に置き去りにする有名な文学作品をなぜか思い出した。店の駐車場で僕は小さく笑った。かの芳《かぐわ》しい果物とラテックス製の避妊具を並べて扱うのはさすがに気が引けるが、そんな事をつい考えてしまった自分を僕はさほど嫌いではなかった。

岩本と暮らし始めてから二か月が経った。残暑の厳しい時期に同居を始めたが、もうすっかり秋だ。朝夕は寒い。岩本はまだTシャツで通している。暑がりなのだそうだ。

彼は穏やかで忍耐強い男だった。自分の感情の不安定さは月経前症候群のせいなのかもしれない、というような事を以前に中華屋で言っていたが、あれ以来、彼はほとんど僕にそれを悟らせなかった。月経中の腹痛や腰痛にはさすがにつらそうな様子を見せたが、月経前に苛立ったり、物に当たったりしているのを見たことはない。

引っ越しの日以来、痛みが酷い時には彼の腰をさすってやるのが僕の役目になった。僕はもちろんマッサージについてはずぶのど素人だ。こんな役を仰せつかる資格は本来ないのだが、彼にせがまれるのをいい事に、やり方が正しいのかどうかもわからぬまま彼に触れている。

「はあ、気持ちいい……悪いな、先生。ありがとな」

彼がすっかり肩の力を抜いて、筋肉質で大きな身体を僕が買った丈夫なソファーに横たえているのを見るのは楽しかった。厳ついと表現されてもおかしくはなさそうな眉が緩み、分厚い唇がうっすらと笑みの形になる。息をするたびに逞しい背中が膨らんでは萎《しぼ》む。清潔な白いTシャツに包まれた鍛え上げられた身体にはどこにも不健康な要素などないはずなのに、僕はそれを見るといつも後ろめたい気分になる。実家の犬が僕に撫でられて腹を見せる時とは全く違う、もっとずっと邪《よこしま》な喜びがあるからだ。その罪悪感と一体化した快楽が何に由来するのか、その時の僕はまだ気が付いていなかった。

「痛くて大変なのに今日も結局ご飯作ってくれて……外食でもいいんですよ。またあの中華屋さんにでも行きましょうよ」

「あー、いいんだよ。さっきまではわりと平気だったんだ」

「波があるらしいですね」

「さすが先生、よく知ってんな」

「調べたんですよ」

「仕事熱心だね、先生」

彼がうつぶせのまま笑ったので僕の手にも振動が伝わってきた。

実を言えば、僕の患者が僕に生理痛の細かな悩みを言う事はあまりない。僕が男性で、さらに癌患者の割合が高いせいかもしれない。数少ない良性疾患の患者も、脂汗をかくような酷い痛みがあって初めて、内膜症の有無を確認しに来たり、ホルモン療法の説明を受けに来たりするだけだ。はっきり言ってしまえば岩本のためだけに調べたのだ。あえて言う事はしなかったが。

「まあ、正直不便も多いけど、嫌な事ばっかりじゃないぜ？」

「そうなんですか？」

「腹冷やしちゃって翌日便が緩い時とか、尻拭くの結構大変じゃねえか？」

「ああ、そうですよね。拭いても拭いても紙が汚れて」

「そうそう、綺麗になってんだかなってないんだかいまいちわかんねえし、毛にこびりついてる気がするし」

「ウォシュレットも出先で使うのは不潔な気がして嫌なんですよね。まあ、使っちゃうんですけどね」

下着が汚れるのは嫌なものだ。背に腹は替えられない。

「だよなあ。絶対知らないやつのションベン付いているだろうしさ。つっても、現場ではだいたい簡易トイレだから、ウォシュレット付きのトイレみたいな上等なもんはねえけどな」

「あ、そっか。じゃあ、僕より大変だ」

「そうなんだよ。でも俺今そういうの全くねえんだよ」

岩本は嬉しそうだった。

「なんていうの、どんな時でもつるっと出るっつーかさ」

そこでようやく僕はMFUUの特性に思い至った。粘液で便が包み込まれるという記載があった。

「俺、前は結構しょっちゅう下してたんだよ。便秘することもたまにあったしさ。でも今じゃ全然、拭いてもたまに透明なトロッとしたもんが紙に付くくらいで、それも嗅いでも臭くもねえし、下着汚すほどじゃねえし。楽だよなあ。俺、絶対年取ったら痔になるって思ってたけど、たぶんそれないわ」

何気ない口調で岩本が言う。彼が本当にそれを気負いなく言っている事がわかるからだろうか。こちらまで、そういうものか、案外MFUUも悪くないものなのかもしれない、などと思ってしまいそうになる。けれどそうでない事はわかっていた。今まで彼はずっと普通の男性として生きてきたのだ。彼がこの状態を受け入れられるようになるまでにどんなに葛藤《かっとう》したか僕は知っている。今だってきっと表に出さないだけで不安はあるのだろう。

「先生と暮らすのも結構楽しいしさ、悪くねえかなって思ってるよ。先生のおかげ」

振り返って、鼻に皺を寄せて少し照れくさそうに岩本が笑う。ただそれだけの事がどれほど得難いものであるか、どれだけの強さを必要とするものか、MFUUでない僕には想像する事しか出来ない。

なんだか堪らなくなった。彼への称賛をどう言葉にすればいいかわからなかった。ただ、これだけは間違いない。彼は僕よりもずっと若いが、尊敬に値する男だった。

彼がそんなふうに自分の身体の変化と健気《けなげ》に向き合う様を見たからだろうか、それともただ単に、食生活が改善されて沈んでいた気持ちに光が差したからだろうか。僕は新しい事を始めるのが前ほどは怖くなくなった。

この間、僕は初めてコンビニで紙カップ入りの温かいコーヒーを買った。

今までは、美味しそうだな、とは思ってもどうやって買えばいいかわからないので尻ごみしていた。店員に聞くのも億劫《おっくう》だ。何より、忙しい朝の時間帯に皆黙って手慣れた様子でコーヒーを買って行く。そこに割り込むのは勇気がいる。だが、ついこの間、昼下がりの暇な時間にちょうど病院内のコンビニに寄る機会があった。客はそう多くない。医師室には島袋の持ってきたバームクーヘンがある。思い切って店員に買い方を尋ねた。思ったよりもずっと簡単だった。買ったコーヒーはもの凄く美味しかったかというとそんな事はなく、残念ながら値段相応だったが、温かかった。

それから公共放送の受信料を銀行引き落としに変えた。新しい床屋に行ってみた。螺子《ねじ》のいかれた眼鏡ケースをもう三年も惰性で使い続けていたのをようやく捨てて新調した。そして最たるものがコンドームだ。

今までの僕であれば、自分を大嫌いなもう一人の自分が僕を窘《たしな》める言葉に従っていたことだろう。その場の思い付きを行動に移してみたりはしなかっただろう。

使う予定もないコンドームを買うなんて気でも触れたのか。考え直せ。お前はただでさえ見た目が怪しげで陰気なのだ。妙な態度は案外人にすぐばれる。お前が童貞である事などレジの男は見抜いているかもしれないぞ。見抜かれていなくても虚しさは変わらない。好奇心だけで何かをするのは危険だ。

それがどうした。

僕は童貞で、確かに普通の人からすれば変わり者だろう。けれど僕には他人に迷惑をかけるのでなければ、ちょっとした楽しみのためだけに思い付きで何かをする権利があるのだ。普通はそんな事はしないだとか、人に変に思われるだとか、これだけ平均から外れてしまった僕が何を今更うじうじと気にする事がある。

そのうち、パチンコにだって行くかもしれない。競馬で大損だってするかもしれない。突然ロードバイクを買うかもしれない。僕は自由だ。笑いたければ笑うがいい。僕の人生は僕のものだ。

珍しく鼻歌でも歌いたい気分で帰宅した。

「ただいま。ちょっと買い物に寄っていました」

「おかえり、あ、そっか、もしかしてボディーソープ切れてたの買って来てくれたの？　サンキュー、助かった。スーパーで買おうと思ってたの忘れてたぜ。今日はサンマだよ」

いい匂いがする。

「食費以外はちゃんと請求して下さいね」

彼は僕が多めに出すと怒るのだが、自分については無頓着だ。

「あー、いいよ、面倒臭せえ」

いつもこの調子だった。なので、なるべく日用品の買い出しには僕がこまめに行くようにしている。

ドラッグストアの買い物袋を大きなダイニングテーブルに置いて、しかるべきところに品物をしまった。洗面所から戻り、テーブルの上に無造作に置きっ放しになっていた茶色い紙袋を手に取る。さすがにコンドームの収納場所など決めていない。しばし思案する。岩本は作り置きのおでんの鍋を持ってそんな僕を凝視していた。彼にしては珍しく無表情だ。

「どうしたんですか？」

視線に気づいて尋ねる。すると彼はすぐに笑顔を見せた。

「あ、な、なんでもねえよ」

彼はテーブルに鍋を置くとすぐに台所へ戻ってしまった。しゃがんで皿を取り出している。

顔は見えない。

「サンマ焼けたらもう食えるぜ」

微かな違和感があったが、その時僕は上機嫌で目の前のサンマも美味しそうだったのであまり深くは考えなかった。

その日、彼は珍しく烏の行水だった。疲れているのだろうか。最近は風呂上りにテレビを眺めながら一緒に洗濯物を畳んだりもしていたのだが、彼は僕を見ず、おやすみ、と言いおいて、すぐに自室に入ってしまった。

そこでようやく僕は岩本が心配になった。

今すぐ彼の部屋のドアをノックして何かあったのかと聞きたい。けれど、疲れているのかもしれないと思うとそれも憚られた。

翌朝、岩本は拍子抜けするほどいつも通りだった。てきぱきと朝の支度をする彼を見ていると、昨日はどうしたのだと蒸し返すのも申し訳ないような気がした。彼も大人だ。悩みの一つや二つあるに決まっている。いちいちそれを他人に突かれたくない時もあるだろう。自分にそう言い聞かせ、耐えた。過干渉はよくない。特に僕は人と関わるのが苦手なのだ。下手な事をして怒らせたくない。

だが、それから二日後、岩本は言った。

「先生、悪いんだけどさ、金曜日、俺ご飯作れないや」

「大丈夫ですよ、飲み会か何かですか？」

僕が聞くと、彼は困ったように笑った。

「いや、うーん、人生相談かな。本当に悪いな、先生。毎日仕事で大変なのに。冷凍したお好み焼きがあるから、もしも外で食べるのがどうしても嫌だったら、それ食ってくれよ」

労りに満ちた岩本の言葉も、全く耳に入って来ない。

「え、誰に……」

「この間の炒め物の残りもあるからさ……て、は？　何？」

「だ、誰に人生相談をするんです？」

気が付いたら、尋ねていた。プライベートに立ち入るような質問だが、撤回する気はなかった。どうしても知りたかった。

「ああ、社長の奥さんだよ」

岩本は怒るでもなく苦笑して教えてくれた。その様子に少しだけ安心する。

「長い付き合いだし、半分お袋みたいなもんだよな。ありがてえよ」

しかし、そんな気持ちは次の言葉を聞いた瞬間に消え失せた。

「こんな相談、他に誰にしたらいいかわかんねえし」

岩本が俯いて頭を掻きながら小さな声でそう付け加えたからだ。

目の前が暗くなった。

やはり岩本は何かに悩んでいた。そして岩本は僕ではなく別の誰かを頼った。その事実が僕にとって予想以上に痛手だったのだ。

「久しぶりに賄い食べてくるわ。まあ、お茶飲みながら事務所でちょっと話すだけだから、九時には帰ると思う。土曜も仕事あるしな」

僕と一緒に暮らし始めてから岩本が夜に一人で出掛ける事はほとんどなかった。なさ過ぎたくらいだ。僕が不満を感じるような事はないはずだ。食事だって、いい大人なのだから勝手にしろと言われたって文句は言えない。残り物の事まで丁寧に言いおいてくれる彼は、僕に対して最大限に気を遣ってくれている。ほとんど毎日彼が食事を作ってくれる現状こそが破格の扱いなのだ。帰宅時間もこの年の男性とは思えないほど早い。そう頭ではわかっていたが、心の中は繰り言《ごと》でいっぱいだった。

僕に相談するのでは駄目なのか。勇気が出なくて言い出せなかったが、ここ数日、ずっと岩本を心配していた。岩本がまた屈託なく笑ってくれるようになるなら僕はどんな事だってする。どうして他の人に頼るのだ。こんなに毎日一緒にいるのだから少しくらい頼ってくれてもいいではないか。僕にならいろいろ相談出来ると言っていたではないか。僕は凄く嬉しかった。僕は岩本に頼られたい。頼りない僕だが、岩本にだけは頼られたい。もしも僕を頼ってくれたら、僕はなんだって……。

けれどそんな事を言う度胸などないのは自分が一番よく知っていた。

「あ、はい、わかりました。そんなに謝らないで下さいよ。ゆっくりして来て下さい」

無理やり微笑んで言った。

「いつもありがとうございます。どうか気にせず。こういう時はお互い様です。僕なんか仕事でしょっちゅう皿洗いすっぽかしてるし、それを言ったら僕は毎回土下座しなきゃならなくなる」

　僕の言葉で岩本は目に見えてほっとしていた。胸の奥が鉛《なまり》のように重い。だが、眉を下げて謝る彼に行くなと言う事など出来るわけがなかった。

　よく考えてみればおかしな事など何もない。僕ほど人生相談に適さない人間もいないからだ。それなのに後輩や友達にしばしば深刻な相談をされる理由も実はわかっていた。友達が少なく口が堅いからだ。僕に不倫を打ち明けたり、中絶した過去を隠して結婚した事を懺悔《ざんげ》したりしても誰かにそれが知られる可能性はほとんどない。僕はそういった話題を人前でするのが好きではない。他人の話は特に。軽々しく言いふらすべきではないと思っているし、もともとそれほど興味もない。

　そして僕は悩んでいる相手を貶《おとし》める事が出来ない。悩むつらさは嫌というほど知っている。それにどんな悩みであっても僕の悩みに比べたらまだ上等だ、そんないじけた気持ちがどこかにあった。友人達は本能的に僕の弱さを嗅ぎ取って油断し、僕に秘密を漏らすのだ。コミュニケーションに自信がないので茶化す事もない。下手な反応をしないので傷付けられる心配もないのだろう。それだけだ。

　彼らは僕に天啓《てんけい》のようなアドバイスや、事態を打開するための助けを求めて相談するわけではないのだ。童話に出てくる森の中の葦《あし》と同じだ。王様の耳はロバの耳と叫ぶためだけの相手、しかも僕は突然喋《しゃべ》り出したりもしない。

本気で事態をどうにかしようと思うのなら、僕なら絶対に僕を相談相手には選ばない。僕の人生経験、特に人間関係に関する経験値は恐ろしく低い。その辺の中学生でも僕よりはましだろうと思うほどに。誰かを真剣に愛した事もなければ、死ぬほどつらい裏切りに遭《あ》ったこともない。つま弾きにされた事なら数えきれないほどあるが、本気の喧嘩をした事は覚えている限りは皆無だ。何より童貞である。

僕は勘違いしていた。確かに岩本は「先生にしか相談出来ない」と僕に言った事がある。だがそれは弓削崇個人にという意味ではない。MFUUというやや理解されにくい彼の身体の状態をわかっている産婦人科の主治医にしか相談出来ない、という意味だ。そんな事は改めて言われるまでもなくわかっていたはずだ。僕は一体いつから勘違いしてしまっていたのだろうか。

昔からそうだ。小学校の頃からだ。二人組を作れと体育教師が命じる。周りの子供達はどんどん相手を見つける。僕は取り残される。僕以外の最後のもう一人もおろおろしながらそれを見ている。そして僕以外誰もいなくなったら初めてその子は僕を見る。ほっとした顔で駆け寄ってくる。あの頃と変わらない。僕は僕以外の選択肢が全て消え失せない限り決して選んでは貰えない相手なのだ。

僕は岩本の友人ですらないのかもしれない。事情があって間借りしているだけの同居人。それでも岩本が優しいのは、彼が礼儀正しい男だったからだ。けれど僕にとっては彼の行動は決して当たり前のものではなかったのだ。僕を尊厳ある存在として扱う人間はほとんどいない。

僕は医者であるという社会的な鎧《よろい》があっても見えない階級差に阻《はば》まれるような男なのだ。だから人並みに尊重されて舞い上がってしまった。あまつさえ、彼と出会ってから変わる事が出来たのではないかとすら思っていた。結果は無残なものだ。僕の本質は変わらない。相変わらず卑屈《ひくつ》でしみったれていて矮小《わいしょう》だ。

今となっては浮かれてしでかしてしまった様々な事が恨めしい。コンドームなど買ってどうするつもりだ。岩本に掃除の時などに見つかったらなんとなく気まずい。しまった、全く考えていなかった。しまう場所を考えなければ。

「先生、ただいま！」

そうこうしているうちに岩本が帰宅した。時計を見ると九時を回ったところだった。食欲がなかったのでまだ何も食べていない。ずっと自室で鬱々《うつうつ》としていたのだ。

岩本は上機嫌だ。きっといいアドバイスを貰えたのだ。社長の奥様とやらはＭＦＵの事も知っているらしいので、月経の対処も覚えた今、彼が他の誰でもなく僕を必要とする場面などよく考えてみたら全くないではないか。

「おかえりなさい」

けれど僕はそれでも彼が笑うと嬉しいのだ。

「先生、何か食った？」

「いや、まだです。帰ってきたところで」

心配させたくなくて咄嗟に嘘を吐いてしまった。

「あのさ、先生、豚の角煮好き？　煮卵もあるぜ」

岩本はごそごそと袋から保存容器に入った食料を取り出した。

「奥さんから先生に、だって」

なんて罪深い笑顔なのだろう。僕は医療関係以外の相談をする相手ではないし、頼るべき相手だとも認識されていないのに。

「なんだよ、元気ねえな先生、疲れてんの？」

岩本は首をかしげて僕を覗き込む。ほんのりと煙草の臭いがする。彼は煙草を吸わない。これは彼以外の誰かの匂いだ。それが不快なのに、彼に気遣われると僕は馬鹿みたいに浮かれてしまう。

「大丈夫です、嬉しいな。角煮好きですよ」

「そっか、チンゲン菜もあるからさ、ちょっと待っててくれよ。米は昨日の残りがあったはず
……」

にかっと歯を見せて笑って彼は手際よく食事の準備を始めた。レンジに冷凍の米を放り込んでから彼はテレビを付けどっとソファーに座った。

「あー、疲れた」

僕は彼が途中までやってくれた食事の支度を疲れている彼に代わって引き継いだ。

テレビではちょうど古い恋愛映画がやっていた。女優が涙をこぼす場面だった。有名な曲が

流れる。シンプルなのに美しくてゴージャスだ。岩本がメロディーだけを、ふんふんとなぞって歌った。なかなか音感がいい。

「先生、この曲、なんて曲？」

　僕も知らなかった。とても有名な古い曲だ。スローなテンポの英語の歌詞は映画のセリフと混じって聞き取りづらい。

「調べます？」

「え、調べられんの？」

　スマートフォンに尋ねたところ、題名と歌詞がヒットした。

「へえ、すぐわかるんだなあ」

　岩本はスマートフォンをいつも手放さないような今どきの若者とは違っていた。その点だけで言えば、僕の方がよっぽど若者らしかった。

「この曲、好きなんですか？　いい曲ですよね」

「いい曲だよな」

　岩本の同意が得られた事が嬉しくて、僕は歌詞を見ながらサビの部分を歌った。メロディーはよく知っていた。歌詞さえわかれば案外歌えるものだ。孤独な男の愛の歌だった。

　岩本が黙り込んでいるのでふと横を見ると彼は目を丸くしていた。

「先生、歌うまっ⁉　つか発音すげえいい！」

　褒められるとは思っていなかったので驚いた。初めて歌った曲だ。まあ、僕が人に聞かせるために練習した事がある歌謡曲などないのだが。

「先生、話すみたいな声で歌うんだな。カッコいいわ。なああ、サビ以外も歌ってよ」

肩に手をかけられた。岩本の顔が近づく。急に恥ずかしくなってきた。

「い、いや、その、僕は……全然、歌なんか歌った事なくて……」

「なんだよけちけちすんなよ。先生、カラオケとか実は凄く上手いんじゃねえ？」

カラオケ、言われて初めて気が付いた。人前で歌うなど僕が最も苦手とする事だ。カラオケ屋で酷い目にあってからは特に。なぜ今僕は歌など口ずさんでしまったんだ。

ああ、そうか。そうだったんだ。

急に涙が溢れそうになって咄嗟に顔を背《そむ》けた。岩本が気付いて慌てる。

「あ、悪い……いや、先生すげえいい声だから、もっと聞きてえなって思っただけなんだよ。からかったわけじゃねえ」

岩本は僕が馬鹿にされたと勘違いして歌うのをやめたのだと思って、困惑している。僕は首を振った。そうではない。言葉にすると何かが堰《せき》を切って溢れ出してしまいそうだったので、僕は半ばやけくそでその愛の歌を歌った。

「やっぱ歌ってくれんの？　おお、マジで上手いし！」

岩本は小さな声で自分も一緒にメロディーを口ずさむ。彼は突然歌い出した僕を楽しそうに見ていた。どこにも嘲《あざけ》りの色など見当たらない優しい顔で。

違うんです、岩本さん。僕は本当は人前で歌うことなんて出来る人間じゃないんです。冗談交じりにでも歌えと強要されたら、もしも他の人相手ならきっとどうしていいかわからない。僕は怯えてしまうだろう。たぶん声が震えて歌うどころじゃない。けど、僕は岩本さんの前なら歌えるんだ。

それが一体何を意味するか。きっと岩本は知らないだろう。知ったところで困るだろう。彼は僕に何も要求していない。出会ってまだ半年にも満たない。でももう仕方がない。僕はとうに彼に心を預けてしまっていたのだ。そして今初めてそれに気が付いた。彼が僕を信用していようがいまいが、そんな事はもはや関係なかった。もう取り返しのつかないレベルで僕の心は彼のものだった。

彼に頼られたいなど、なんて大それた事を考えていたんだろう。頼っていたのは僕の方だ。救いの神を崇《あが》めるように。そんな綺麗なものじゃない。もっと意地汚くて、卑《いや》しい気持ちだ。でも、なぜだろう。捧げるものは汚物だとわかっているのに、僕はきっとそれを撥ね除けられたら死んでしまう。そんな気がする。

僕が今泣き叫ぶように歌っている美しい旋律《せんりつ》とは裏腹に、初めて自覚した恋心はあまりにも醜かった。

岩本の顔がすぐ傍にあった。岩本はいつぞやのように診察室でタンクトップと靴下だけを身に着けて内診台に乗り、足を大きく開いていた。僕はいつも患者を診察する時のようにその向かいに座っている。引き締まった腹筋の下にはゆるく立ち上がった彼の性器と、そして、そのさらに下には、ああ、正視出来ない。この場所に平然と超音波のプローベを突っ込むなんて真似がよく出来たものだ。

　診察室にはあの時と同じ、真昼の光がカーテン越しに差し込んでいて、岩本の長くて濃い睫毛が彼の艶々して赤みを帯びた頬に影を作っている。吹き出物一つない若々しい頬、顎には無精髭が生えている。あの時と違ってここはびっくりするほど静かだ。人の気配もしない。一番の違いは岩本だ。怯え切って緊張していたはずの彼は今、ほんのりと頬を上気させて目を細め、誘うように微笑んでいる。男臭い風貌の彼が、ゆっくりと瞬《まばた》きしてこちらを見上げるさまは驚くほど妖艶《ようえん》だった。彼の半開きの厚い唇は濡れて光っている。

「なあ、先生」

　ぞくりとするような、ほとんど吐息で出来た低い声。

「先生なら、いいよ、何したって」

　岩本が大きな手で僕の腕を縋るように摑む。熱い手の平の感触が鳥肌が立ちそうなほど心地いい。岩本の濡れた瞳から目が離せない。岩本が僕の手を取って彼の頬に当て、僕の手の甲に自分の手を重ねた。そしてうっとりと目を閉じる。彼はなんて美しいのだろう。

「冷たくて、気持ちいい……」

　岩本は僕のもう片方の手を彼の足の間へと誘う。操られるようにして僕は彼の肉棒に指を這わせた。突っ張るような弾力と重み、僕の手の中でみるみるうちに硬くなってゆく。その太さ、熱さに思わず生唾を飲み込む。

「ん……先生、さすが、上手いなあ」

何度も息を詰め、そして吐き、岩本は身をよじった。黒いタンクトップの下で厚みのある胸筋がうごめく。尖った小さな乳首が生地にこすれている。太い首に美しい筋が走る。岩本の匂いがする。使っているシャンプーの匂いと混じって、遊び疲れた子供のような、日向に干したシーツのような匂いが。

岩本は褒めるが、自分の愛撫《あいぶ》が決して褒められたものではないのはもちろん知っていた。他人の物など触るのも初めてだ。自分の物は一応触った事があるが、もともとあまり頻回に自慰《じい》をする方ではない。具体的な欲望の対象を思い描けないままに行う自慰は数ある自慰の中でもきっと特に虚しいものだったのだろうと思う。思春期には何度か自分でした事があるが、もうこれ以上自らの異質さをまざまざと見せつけられるのは嫌だという気持ちは、僕の場合は肉体的な快感への欲求に勝った。僕の経験は自慰すら、性的な妄想の豊かさという点だけでなく回数においても、ありとあらゆる意味で惨めなものだった。思春期も大昔となった今は勝手に排出されるのに任せてしまっている。僕の男性器には形態的異常があるわけではなかったが、きっともう役立たずも同然なのだろうと思っていた。

それが、どうだ。岩本が目の前で身をよじって息を漏らすだけで、痛いほどそこに血が集まった。僕の積極性に欠ける愚息《ぐそく》は今やかつての彼ではなかった。十分に漲《みなぎ》り下着の中で窮屈そうに立ち上がっていた。初のレースを前にいきり立ち、鼻息荒く蹄《ひづめ》で土を削り鬣《たてがみ》を振り乱す若い競走馬のように、引き絞られた弓矢のように。戦い方もろくに知らないのに、血走り、腫《は》れ上がり、己の内で暴れる本能を抑え込めず闘志に震えていた。

欲望のままに岩本の頬に添えていた手を顎、彼の首筋、胸元に滑り下ろす。人の肌特有のわずかな湿り気、弾力のある筋肉と滑らかで硬い骨、時おりちくりと手に感じる無精髭の感触さえも、全てが僕を惹きつけてやまない。

差し出された彼の性器の生々しい量感を手の平で存分に味わいながら、彼の腰に手を回した。くっきりとした背中の筋肉の谷間を指でなぞる。すべすべのひんやりした尻を撫で下ろし、その間にひっそりと息づく彼のもう一つの性器を指の先で確かめる。わずかな高まりが、僕の指に媚《こ》びるようにひくひくと動く。

「はあ……」

岩本は眉根を寄せて僕を見た。詰《なじ》りながら強請《ねだ》るようなその熱い視線で僕の理性はいとも簡単に焼け落ちた。

しっとりとしたそこを宥《なだ》めるようにして押し開く。岩本はまるで迎え入れようとするかのようにそこを緩めてくれた。あの日教えた通り従順に。窄まった輪をくぐるとすっかり中はとろけている。中で指を開けばくちゃっと水音がした。曝《さら》け出されたその場所へと熱に唆《そその》かされて指をさらに深く挿入する。

「く……はっ」

岩本が顎を反らした。赤い舌がちらりと彼の健康そうな白い歯の間から覗く。目を奪われた。僕は彼の中を彷徨う指を止めて見惚れた。

「ん、先生、もう、終わり？」

「続けますか？」

「いいの？」

岩本はとろりと笑う。はあっと気持ちよさそうに息を吐いて、僕の方へ手を伸ばした。彼の大きくて温かい手が僕の項を包む。

「先生、もっと」

わずかに残った良心さえも欲望で焼け爛《ただ》れさせるような悪い声だ。岩本の手が僕の性器に触れる。勃起したそこを彼に触れられる快感に眩暈がした。溶けてしまいそうだ。

「先生、あんたなら、いいよ」

岩本がもう一度、苦し気に言った。優しく項に触れていた彼の手が、次第に強く、縋るように僕を摑む。もっと縋って欲しい。僕にしがみついて離さないで欲しい。僕が欲しいと言って欲しい。

「岩本さん……」

僕はあなたに触れたいです。あなたに触れるなら死んでもいい……。

「……はぁっ！」

明るい朝日が遮光カーテンの隙間から差し込んでいる。

人生で初めて人前で歌を披露した数日後、僕は淫夢《いんむ》の強過ぎる刺激に耐えかねて目を覚ました。もしやと思って寝巻を捲って下半身を覗き込むと、下着が汚れていた。塩素系漂白剤をぬるめたような独特の臭いに焦った。岩本に勘付かれないうちに洗ってしまわなければ。

ドラム式洗濯機の中に岩本の下着があるのを見つけて、僕の精液塗れの汚れものと一緒に洗ってしまっていいのだろうかと産婦人科医にあるまじき妙な心配が頭をよぎった。そしてついでとばかりに今朝見た夢の中の光景が怒涛のように押し寄せてくる。駄目だ。今思い出してはいけない。僕はこれから彼と顔を突き合わせて朝ごはんを食べなければならないのだ。笑って、いってらっしゃい、いってきます、と言い合うのだ。そう自分に言い聞かせて落ち着こうとすればするほど逆効果だった。僕にとってはすでに「いってきます」と言って笑う岩本も、台所から「おかえり」と言ってくれる岩本も、妖艶な笑みを浮かべて足を開いて僕を誘う岩本もどれもみな平等に愛おしくいやらしい存在なのだ。

思春期が始まってから三十年近くグラビアアイドルにもAV女優にもゲイ雑誌のモデルにも反応しなかったこの僕が、たった一晩でどうしたのだ。

しかし戸惑《とまど》いは意外なほどに少ない。なるべくしてなったという気がしている。自覚が足りないせいで今までは性欲に結び付けていなかっただけなのだ。何より僕の気持ちも性的衝動も一ミリのずれもなく一致して岩本に向かっている。清々しいほどだ。

「先生」

洗濯機の扉を閉めた途端に岩本がひょいと洗面所を覗き込む。心臓が縮み上がった。あと数秒早ければ臭いに勘付かれていたかもしれない。ふと見ると岩本の頭の寝癖が酷い。可愛らしい。頭のてっぺんを撫でさせてくれないだろうか。ふとした事でも欲望が募る。いよいよ危ない。そんな僕に気付くことなく岩本は気負いのない声で続けた。

「あ、洗濯、そっかありがと。遅いからどうしたのかと」

寝起きの岩本は表情に乏しいが、不機嫌なわけではない。彼はあっさりと台所へ戻る。

「食べようぜ」

岩本はいつも通り眠そうに目を擦《こす》りつつ、凄まじい速さでどんぶり飯を平らげる。

「先生、洗濯物干しといてくれんだよな？」

岩本に合わせて早く起きているだけで病院の診療開始時間にはまだ余裕がある。今日の予報は晴れ、洗濯日和だった。洗濯物を干してから一休みしても出勤時間には間に合う。

「はい、帰ったら取り込みお願いしますね」

「お、了解！　じゃ、お先。いってきます」

「いってらっしゃい」

リビングで座ったまま彼を見送った。扉の閉まる音がして、彼が外の廊下を早足で歩く音がそれに続く。やがてそれも消える。ニュースの音だけがテレビから聞こえてくる。昨日も一昨日もこの状況は変わらなかったはずなのに今日はなぜか寂しかった。

自分の中の岩本への強過ぎる執着心の正体に気付いてしまった日からこの何日か、ずっと僕はこうなる事を恐れていた。どう考えても僕のこれはただの友人に対する好意ではない。恋愛経験のない僕だが、さすがにそれはわかった。

思い返せば僕は岩本に出会ってから理屈に合わない強い感情に振り回され続けてきた。それなのに岩本といるのは不快ではない。むしろ楽しい。楽しいなんて生易しい言葉では表しきれないほど。僕が岩本に恋愛感情を抱いていたとすれば全ての謎は解ける。どうして今まで気が付かなかったのかわからないくらいだ。仕方ないのかもしれない。僕はずっと恋愛感情とも性欲ともほとんど無縁の人生を送ってきた。それがコンプレックスでつらくて仕方なかった。重い十字架のように感じていた。人生で初めてまともに恋をしたのだ。春がやって来た。喜んでいいはずだった。

だが、恋をして僕が一番初めに覚えたのは罪悪感だった。

僕は無意識にとは言え、岩本に恋愛感情を抱いているにもかかわらず彼の弱みに付け込んで同居に漕ぎつけたのだ。MFUUであり男性との性交渉で妊娠する可能性のある岩本が住み込みで働いていると知って、僕は憤《いきどお》った。今考えればその理由はよくわかる。僕はその衝動の正体を全て把握しきれないまでも、醜いものだとは感じていたのだ。醜いと思うのも道理だ。あれは独占欲だった。他の雄に好いた相手を盗られたくなかったのだ。何が彼の貞操が心配だ、だ。一番危険なのは自分ではないか。

それでも僕は一縷《いちる》の望みを捨てられなかった。

岩本と生活するのは楽しい。恋を知って苦しいが、その苦しさは僕の無味乾燥な人生にとっては唯一の彩りだった。美しい音楽だった。

快活な彼が痛みに弱っている時、彼に触れる許しを得た。彼の力強い顎、少し出た頬骨、笑うと縦皺の寄る鼻、日に焼けた赤い頬、濃い睫毛、それらを間近で見るだけで心が震えた。生まれて来てよかったと思えた。彼は僕の拙《つたな》く他愛のない話を馬鹿にするでもなく聞いてくれ、低くて心地いい声で笑ってくれるのだ。それだけでどんな苦労も報われる気がした。これで十分だ。他に何を欲しがる事がある。僕はそれでなくても性欲に乏しく生まれついた。性的欲求を彼に抱かなければこの同居に何一つ問題などないだろう。

今となっては淡い期待を抱いた自分のあまりの馬鹿さ加減に呆れる。そんな都合のいい事があるはずがなかろう。僕は岩本に出会ったその日から妙にべたべたと彼に触りたがる自分に戸惑っていたではないか。二回目はさらに、そして今は戸惑いさえなくなり、どうしようもなく彼に触れたい。今日はあからさまな夢を見てしまった。夢精までした。もう数年で不惑になろうというのに。

彼への欲望は強くなるばかりだ。次の彼の月経が怖かった。そ知らぬ顔で彼の腰をさすってやる事など出来るのだろうか。トイレに駆け込む羽目になりはしまいか。今日も朝のわずかな時間に何度彼に見惚れたかわからない。寝癖や、わずかな体臭、胸筋でつっぱる服の生地、どこもかしこも匂い立つようだった。僕はまるで発情期の犬だ。

それよりももっと酷い。

欲情する云々はもちろん問題である。彼は僕より圧倒的に強いだろうから、僕が獣欲に我を忘れて彼に襲い掛かったところで一瞬で返り討ちにされるだろうが、その気もないのに男に襲われるのは不快だろう。僕も彼が嫌がる事はしたくない。けれど、欲望を抱いてしまうのは仕方がない。彼が好きなのだ。他の誰でもなく彼だけにその衝動は向かう。それはどうしようもないではないか。自分を嫌いになるほどの事ではない。生物として当たり前だ。

僕が罪悪感を抱くもっと大きな理由は他にもあった。それは僕という人間の奥深くに根を張っている弱さと卑しさに起因している。これと比べれば性欲など実は大した問題ではない。僕は僕の恋心のあまりにも打算的な由来を知っていた。僕が彼に恋をした理由、それはきっと、彼が僕に頼ったからなのだ。僕は弱い人間として扱われ続けて来た。他人に対して優位に立ったことなどない男だ。その僕が、見目もよく逞しく強い男に一度でも頼られた。そして礼を言われた。嬉しかった。人として底辺にいた僕がようやくまともな人間の仲間入りをしたような気分になれた。要は初めて味わう優位性の心地よさに溺《おぼ》れたのだ。彼が困っているならなんでもしてやろうと思ったのも、突き詰めればなんのことはない。虚栄心と歪んだ承認欲求を満足させるためだ。純粋な親切心などではない。成長過程でまともな自尊心を構築出来なかった僕に、純粋な親切心などあるわけがないではないか。

母が昔言っていた。他人を支えるにはまず自分の足でしっかり立てるようになれ、と。好きな人が出来た時に支えてやれるように自分の面倒は自分で見られる人間になれ。

そうなりたかった。ずっとそう願って生きてきた。しかし、そうはなれなかった。

社会的な面や経済状況だけを見れば、そんな事はないと言ってもらえるのかもしれない。稼ぎがあり、衣食住を自分の力で賄っている。だが、僕の根っこが弱くて腐りきっているのはどうあがいても変えようのない事実だ。

僕の心の中は暗く、狭く、冷たく、湿っていて誰も招き入れる事の出来ない部屋だ。作りも弱くて、誰かが入ったら床が抜ける。その誰かは暗い床下に落ち、唾を吐いて出て行くだろう。恥ずかしくて誰も踏み込ませないようにしてきた。その末路がこれだ。誰でも招き入れればよかったのだ。何度も壊して作り直せばよかったのだ。それを怖がっているうちに気が付けば誰もノックさえしてくれない部屋になった。もう直せない。こんなにも滑稽《こっけい》で醜い初恋をこの年でする事になろうとは思わなかった。

そして不幸な事に僕は自分の醜さに気付かないほど愚かではなかった。そしてこの身勝手な執着心に岩本を付き合わせる事が出来るほど厚顔でもなかった。

いっその事悪役になりきって開き直ってしまえればよかったのに。岩本の逃げ道を塞《ふさ》いで甘やかし、借金でもさせて縛り付けてしまうのはやろうと思えば簡単なのだ。彼は素直で人が好い。義理堅く情に厚い。彼は僕を信用しきってはいないかもしれないが、狡猾《こうかつ》な人間だとは思っていない。彼にばれないように外堀を埋めてしまえば見返りに彼の身体を要求する事だって出来るかもしれない。だが僕は自分がいかに醜いか知っているのに、彼には笑っていて欲しいのだ。暗い情念を彼に見せて、怯えた顔をさせたくない。

暗澹《あんたん》とした気分で車に乗り込む。朝日の眩しさが今はつらい。もう六年も乗っている国産の小型車のエアコンをつけるとカビ臭かった。岩本と暮らし始めて、一人きりの小さな部屋から飛び出せたように思えた。だが僕の魂は相変わらず恐ろしく臆病で、この臭くて小さな車の中に閉じこもっているようなものだ。傷付きたくなくて、でも今の状態も嫌で、情けなくも誰かが連れ出してくれるのを待っている。そんな人間はろくなものではない。

ふと見上げると僕らの住む四階の部屋のベランダの洗濯物が目に入った。生活感に溢れていて色鮮やかで、なんだか場違いに綺麗だった。だがそれも視界の隅に消える。きっともう僕は一生誰とも一緒に暮らさないだろう。


それから数週間たったある日、僕は必要なものを全て揃えて岩本が風呂から出るのを待っていた。岩本は明日は休みだと言っていた。ようやく繁忙期が終わったのだそうだ。今日の朝は機嫌がよさそうだった。久しぶりの連休だ、ちゃんとしたご飯作るから早く帰って来いよ、今朝の彼はそう言って笑っていた。僕にとっても都合がよかった。込み入った話になる。深夜まで僕の個人的な都合に彼を付き合わせて翌日の仕事に差し支えたら申し訳ない。随分寒くなってきたので、さすがの彼も最近はTシャツにブルゾンを羽織るようになった。なんの変哲もない茶色いブルゾンも体格のいい彼が着るとそれだけで様になる。朝日の中で笑う彼に見惚れた。きっと彼は人生で僕が目にする最も美しい生き物だ。

ダイニングテーブルに書類を広げてなんとなく部屋を見渡す。大型テレビ、そしてその前には一人で座るには大き過ぎる濃いグレーのソファー。結局一度も一緒に並んで座る事はなかった。三人掛けとは言え近過ぎる距離は僕を躊躇させた。きっと彼にとっても同じだったのではないか。一般的に言って男二人の距離ではない。特に僕は彼を意識し過ぎていた。軽々しく近付くことは出来なかった。二人で座るのだとなぜか頑《かたく》なに思い込んで家具屋でこのソファーを選んだ事を思い出す。あの頃の僕はなんて無邪気だった事だろう。忌々《いまいま》しさより今となってはむしろ懐かしい。岩本がこのソファーに座って頭を拭きながらテレビを見ているのを、ダイニングテーブルの脇の椅子に腰かけてぼんやりと眺めるのが好きだった。彼はたまに鼻に皺を寄せて笑いながら振り返り、僕に話しかけてくれた。職場の誰それがこの芸能人に似ているだとか、そんな気安い話題だ。どんな意図もオチもない、ただの会話。無為であればあるほど僕は嬉しかった。

改めて、目の前の書類に目を落とす。それは僕が探して来た賃貸物件の見積書だった。値段も安く、彼の職場に近いものを選んだ。僕は部屋を紹介して彼にこの部屋を出て行けと告げるつもりだった。なんだかんだと、数週間もかかってしまった。やはり心のどこかに少しでも長く岩本と一緒に過ごしたいという思いがあったのかもしれない。このままずるずると同居を続けてしまいたい。椅子に残る彼のぬくもりや、すれ違う時に感じる芳しい香り、そんなものに一喜一憂する絶望と紙一重の幸せな日々。だが、僕の欲望は増すばかりだった。毎日のように彼の夢を見た。やはりこの状態を隠しながら同居を続けるのは彼にとっても僕にとってもいいことではない。

彼が風呂を出た音がする。今は洗面所で着替えている。もうすぐここへやって来る。いつものように、先生、お先、と言うだろう。

いつの間にか台所には僕はどうやって使ったらいいかよくわからない調理器具が随分と増えていた。赤い圧力鍋、クリーム色のフードプロセッサ、緑の野菜の水切り、岩本が欲しがっていたので僕が勝手に買ったのだ。彼は恐縮しつつも使ってくれた。ありがとうと言って笑ってくれた。今日の食事も美味しかった。圧力鍋を使って豚の角煮を作ってくれた。僕が好きだと言ったのを覚えていてくれたのだ。

急に怖くなった。やっぱり嫌だ。全てなかった事にしたい。このアパートの見積書は全部捨てて忘れてしまえばいいんだ。そして今まで通りに接する。それの何が悪い。僕の夢が誰かに迷惑をかけたのか。僕が岩本の裸を想像して自らを慰めている事など誰も知らない。黙っておけばいい。まだ一緒にいたいんだ。

思わず手が伸びた。間取り図を印刷した紙を握りしめる。書類がくしゃりと歪む。今ならまだ引き返せる。

「先生、お先」

しかし、岩本の顔を見た瞬間にそれが幻想でしかない事がわかった。

「先生、何してんの？」

風呂上りの岩本がいつものようにタオルでがしがしと頭を拭きながら歩いてくる。それだけで僕の顔は見てそれとわかるほど強張った。岩本も僕の表情を見て驚いている。僕は一体今どんな顔をしているのだろう。いつの間にか僕は岩本の目をまっすぐに見られなくなってしまっていたのだ。僕は変わってしまった。変わりたかった部分は少しも変わる事が出来ないまま歪な恋だけ覚えてしまった。もう僕は今までの僕ではないのだ。岩本が同居を許してくれた僕では。

ようやく覚悟が決まった。

「岩本さん、ちょっと話したい事があるんです」

ダイニングテーブルの脇に突っ立ったまま、僕は岩本に告げた。

「どしたの、先生、あらたまって」

岩本は僕を心配するように首をかしげて覗き込んでくる。

「へえ、何これ？」

岩本はテーブルに手を突いて僕がくしゃくしゃにしてしまった用紙を手に取る。

「物件です」

僕が言うのと同時に岩本も僕の意図に気が付いたのだろう。彼の動きが止まった。岩本は手に取った書類をじっと見つめたまま動かなかった。彼は頭にタオルを被っていて顔は見えない。彼の黒い髪からぽたりと滴《しずく》が落ちた。

「出て行って欲しいんです。同居は終わりにしましょう。急に言い出してすみません。僕が強引に誘ったのに」

岩本はそれでもまだ動かない。

「も、もちろん、今すぐに出てけって言うわけじゃないです。岩本さんも都合があるでしょうし……あの、差し出がましいとは思ったのですが、いくつか物件を見繕ってみました。前に岩本さんが言ってた予算でだいたい収まるものばかりです。海東工務店にも近い。もし必要なら僕が保証人になります。岩本さんなら安心ですから」

黙ったままの岩本に焦った。やはり怒っているのだろうか。覚悟はしていた。あれだけ強引に話を進めておきながら一方的にルームシェアを止めると言い出したのだ。

「最初は岩本さんもこうするつもりだったんですよね？　本当にすみません。一人で住むつもりでいた岩本さんに横から口出しして。この数か月間、ありがとうございました。ご飯、美味しかったです。すごく楽しかった。岩本さんには何一つ落ち度はなくてですね、えっと、僕の、その、個人的な、本当に個人的な都合なんです……」

さすがにあなたに恋をしたのであなたを襲わずにいる自信がありません、とは言えなかった。あたふたと手振りを交えて言い募る。過呼吸になってきた。いかん、目の前が暗くなりそうだ。

「も、申し訳ありませ……ん」

結局、はっはっと浅い呼吸を繰り返しながら僕はしゃがみ込んでしまった。一体なんなんだ僕は、軟弱過ぎるだろう。手術では八時間近く立ちっ放しでいることも稀ではないのに、朝礼の最中に校長先生の長い話を聞きながら貧血で倒れる小学生のような有様だった。その様子に今まで微動だにしなかった岩本が僕を追うように屈んだ。背中に温かい手のひらを感じる。

「お、おい!?　だ、大丈夫かよ!?」

「だ、だ、だいじょう、ぶ、です」

「大丈夫じゃねえだろ!?　ちょ、救急車！」

「い、いらないです！」

冗談ではない。ここで救急車を呼ばれたら確実に職場へと運ばれるではないか。いい笑い物だ。

「か、軽い迷走神経反射と、か、過呼吸、で」

「え、な？　わ、わかんねえよ！　俺にもわかるように言え！」

「緊張して気持ち悪くなっただけです！　ちょっと休んだら治ります！」

ああ、情けない。僕は大声で何を言っているんだ。

「き、きんちょう？」

「はい、お恥ずかしい」

「大丈夫って事？　よかった、先生が死んだらどうしようかと」

顔から火が出そうだ。

「心配したぜ、先生、座ろう、ほら」

彼に支えられ、ソファーに座らされた。僕は俯いたまま顔を上げられなかった。いくらなんでもみっともなさ過ぎる。岩本はソファーの脇に立ち、僕を見下ろしてしばらく黙っていた。

「あのさ、理由、聞いてもいいかな？」

やはりそう来たか。僕は思案した。実は上手い言い訳は考えていなかった。それらしい理由をでっちあげようかとも思ったが、嘘を吐くのは最小限にしたかった。僕は岩本の知らないところで決して彼に言えない想像を何度もしているのだ。隠し事はそれだけで十分だ。一度、言いたくない、と断ってしまえばきっと彼は困ったような顔をして許してくれるだろう。岩本は僕の急な心変わりを訝るが、そんなものだろうと納得してくれる。その想像は僕の心にじくじくと沁《し》みた。だがこれでいいのだ。しかし、息を吸い込み顔を上げた瞬間に岩本の慌てたような声が降ってきた。

「や、やっぱいい！　言わなくていい！　言わないでくれ。わ、わかってる、は、ははは……せ、先生も水臭いよな」

わかっているだと。まさか僕の気持ちは岩本に筒抜けだったのだろうか。ありうる。僕の恋愛経験は皆無だ。自分では隠しおおせているつもりでも傍目には僕が彼に恋をしている事は明白だったのかもしれない。僕は真っ青になった。

「あ、か、彼女、出来たんだろ？　ゴム買ってたもんな。悪い、見ちゃったんだよ。わ、わざとじゃねえよ？　鍋載せようとしたらテーブルの上に置いてあるから片付けようと思って……」

しかし、続く岩本のあまりにも予想外な言葉にぽかんとする。

「か、のじょ？」

出来ていない。出来た事もない。そしてどちらかと言えば今は彼氏が欲しい。あの思い付きで買ったコンドームで彼がそんな勘違いをしているとは思いもしなかった。

「俺がいたら家に彼女呼べないもんな。うん、ははは、し、仕方ねえよな。知ってたよ。いつか来るだろって思ってたら今日なんだもんな。なんだよ、ははは、病院の人？　先生も隅に置けないよな」

驚きのあまり岩本への罪悪感を一瞬忘れ彼をまじまじと見てしまった。彼は笑っていたが、こっちを見てはいなかった。泣きそうに顔を歪めて僕から目を逸らしていた。軽い調子の言葉とは裏腹に彼はつらそうだった。普段の彼はあっけらかんとした男だ。嬉しい時は笑い、怒っているときは眉を吊り上げる。彼の台詞と表情が一致していない姿を僕は初めて見た。状況を忘れて心配になった。僕はもともと嘘を吐くのは苦手だった。

「え、ち、違います」

思わず動揺して正直に言ってからしまったと思った。そういう事にしておけばよかったのに。訂正する必要はなかった。だが、僕の狼狽《ろうばい》から彼にも正しく真実が伝わってしまったのだろう。

彼は目を見開いて驚いていた。

「はあ⁉　違げえのかよ⁉　じゃ、なんでゴムなんか！」

不義を詰るような口調に焦った。

「いや、僕、その普通のコンドームって触った事、なくて、興味本位で……」

勢いに押されてつい言わなくていい事まで言ってしまう。何を言っているのだ、僕は。馬鹿正直にもほどがある。

「え……触った事ねえって、先生、もしかしてエッチした事ねえの？」

対する岩本はあまりにも直球だった。きっと今僕の顔は茹蛸のように赤い。

「ないです……」

何が悲しくて三十七歳にもなって初恋の相手に童貞である事を白状せねばならぬのだ。

岩本は唖然《あぜん》としていた。眉間の皺も一瞬消えた。しかしすぐに彼はまた顔を歪めた。そんな事は今はどうでもいいと言わんばかりだ。

「な、なら、なんでだよ！　なあ、俺なんか駄目なとこあった？　食事の味が濃いかな？　先生が薄味が好きなら薄くするよ。なんでも直すよ。言ってくれよ」

「さっきも言ったように岩本さんには何一つ悪いところはありません。食事は本当に美味しいしありがたいです。毎日のように用意してくれて拝みたいぐらいです」

「あ、朝が早過ぎるとか？　だから、わざわざ俺と一緒に早起きしなくていいっつってんじゃん！　食事は用意しといてやっからさ！　ぎりぎりまで寝てろよ！　疲れてんだろ!?　もしかして夜、俺が早寝だから気を遣って静かにしてんのがつらい？　俺寝付きいいから多少うるさくても明るくても眠ってられんだよ。前は寝てる最中に部屋で明かり点けられるのもざらだったんだ。住み込み歴七年、舐《な》めんなよ。好きな事しろよ。音楽聞くでも動画見るでも」

「だ、だから、ちが……」

否定しながら気が付いた。岩本は僕が想定した様子とは全く異なっていた。びっくりするほど食い下がられている。貧血でしゃがみ込むのに始まり、予想外な事態が続いたせいで逆に冷静になってきた。岩本は僕に対して一線引いているようには見えなかった。本気で憤り、疑問をそのままぶつけてきた。何かを呑み込んで、踏み込む事を諦めるような、ある意味大人な態度は一切なかった。真っ直《す》ぐ僕を見ていた。

そこで僕は僕の岩本に対する酷い勘違いにようやく気が付いた。たった一回彼に相談相手として選ばれなかったというだけの理由で、彼は僕を本当の意味では信頼してくれてはいないのだろうと思い込んでいた。

馬鹿だった。少し考えればわかったはずだ。彼の普段の態度、言動、僕へ向ける表情、そこには確かに本物の信頼があったのだから。

だが僕は見たままを信じるにはあまりにも自分に自信がなかった。頼られたくて躍起《やっき》になっていた。彼にとって価値あるものが何か一かけらでも僕の中に見つけられればそれで安心出来るのに、と浅ましくも確証を欲した。

そんなものは必要なかった。共に過ごす日々に僕の求める全てがあった。こんな土壇場《どたんば》になって、もう彼との生活を終わらせようというその日に一番大切な事に気が付くとは、なんとも間抜けで僕らしい。僕と暮らして彼は安らいでいた。朗《ほが》らかで楽しそうだった。身体の変化に怯えて、自らの不甲斐なさに泣いていた彼が曇りのない笑顔を見せてくれた。それが答えだ。僕が貰えるこれよりも上等な勲章はなかったのだ。嬉しかった。彼が僕に謝りに来てくれた時以上の歓喜に心が震えた。だが、同時に絶望した。

それでは、彼は本当に知らないのだ。僕の邪な思いには全く気が付いていないのだ。

僕のような気味の悪い人間が自分を思い浮かべて毎晩のように下半身をいきり立たせていると知ったら普通ならどう思うだろうか。きっと嫌悪感を抱く。たとえ純粋な友情を僕に対して抱いてくれていたとしても、僕をこれ以上付け上がらせないために距離を取ろうとする。冗談ではない、やめてくれ、そんなつもりはなかったと、拒絶の態度を露わにするだろう。

ましてや彼は異性愛者だ。同性の僕への嫌悪感は強いに違いない。腕を撥ね除けられ、ホモ野郎と叫ばれた事を思い出す。さらに彼は僕を医師として信頼して下半身を曝け出してくれた事があるのだ。彼にしてみれば僕の恋情は裏切り以外の何物でもない。

その上、僕の恋心の根底にあるものが優越感を得たいというだけの下衆《げす》な欲求だと知ったら、僕の行動が、弱くて醜い僕でも強くて美しい彼を助けることが出来るのだという浅ましい功名心に駆られてのものだと知ったら。きっと彼は僕を軽蔑する。彼は施しを嫌う誇り高い男だ。

けれどそんな事とは露《つゆ》ほども知らない彼は純粋に僕との生活を続けたいと思ってくれている。泣きたくなった。僕はどうして彼からの友情と、この信頼だけで満足出来なかったのか。理由はわかっている。僕が底なしに飢《う》えているからだ。身内以外の誰かに親愛の情を向けられた事がない僕は、好意を持った相手にどこまで求めていいかなどわからない。欲求の止め方も知らない。ただ、あるだけ全て、どこまでも貪欲に食い尽くしてしまおうとするのだ。笑えてきた。本当に僕はどうしようもない。

「岩本さん」

急に声のトーンを落とした僕に、岩本は機関銃のようにまくし立てていた口をぴたりと閉じた。

「もう、いいんです。僕があなたと一緒に住めなくなった理由、言いますよ」

ソファーに座ったまま僕は項垂れた。はあっと大きく息を吐く。彼の顔を見ながら言うのはあまりにもつらかったのでそのまま僕は下を向いて続けた。

「あなたが好きです、岩本さん」

岩本はまだ新たな住処を確保していない。今しばらく僕と同居を続けなければならないというのに惨《むご》い事をしているという自覚はあった。だが仕方ない。

「僕はあなたに欲情するんです。何度も岩本さんの夢を見ました……あなたが診察台の上で僕に向かって足を開いている夢です」

あの時彼は僕を信頼し、勇気を振り絞って僕に検査をさせてくれた。そのことを思うと、それを性的に消費している自分が情けなくて死にたくなる。だからこそ敢《あ》えて言うのだ。僕がいかに卑劣で信頼に値しない人間であるか、彼の僕に向ける信頼がどんなに危険なものであるかを。

「自覚したのは最近です。僕が岩本さんにルームシェアをしようと言った時には僕はまだ自分の気持ちに気が付いていませんでした。誓ってそれは本当です。信じてもらえなくても仕方ありませんが」

凪《な》いだように心が静かだ。

「僕は先ほど言ったように童貞です。僕は性欲が人より少ないようで男性にも女性にもほとんど欲情した事がありませんでした。そのせいでわからなかったのですが、僕はどうやら同性愛者だったようです。岩本さんを好きになって初めて気が付いたんです。知っていたら軽々しく同居しようなどと持ち掛けなかったでしょう。本当に申し訳ない」

僕のせいで彼はもう一度引っ越しをしなければならない。今彼は自分に性的欲望を抱いている相手と無防備に同居していたという事実に震えているだろう。おぞましいとすら思っているかもしれない。

「これが、真相です。聞かなければよかったと思ってるでしょう？」

ついに僕は声を出して笑った。もちろん自分自身を嘲笑ったのだ。

「岩本さんと暮らして、楽しかったです。天国のようでした」

だが、本音を言った途端に笑いは消えて泣き声になった。

「僕はずっと独りだったから」

自分でも呆れるほど、僕は孤独だった。

「出来る事ならこれからも一生、岩本さんと一緒に暮らしていたかった。岩本さんは本当に素敵な人です。人と一緒にいてこんなにも楽しいと思った事はありませんでした。あなたがいたら僕はどんなにつらい事だって耐えられる。なんでも出来る。そう思ったほど」

人と目も合わせられず、誰からも侮《あなど》られるこの僕が。

「すぐに言えなくて、すみませんでした。岩本さんと暮らすのがあんまりにも……」

俯いて自分の足を見ているのに、頭の中は岩本でいっぱいだった。彼の笑顔、彼の声、彼の匂い。

「し、幸せで」

もう一度息を吸い込んで続けた。僕の罪はこれだけではない。

「僕は誰からも頼られた事のない男でした。そりゃあそうだ。僕だって僕みたいなおどおどしたもやしに頼ろうなんて思わない。だからあなたに助けを求められて僕は有頂天《うちょうてん》になってしまった。力が湧いてきた」

僕に縋る彼の大きな手を思い出した。きっと一生忘れない。

「ＭＦＵという状態を受け入れられずに弱っているあなたが、僕以外に頼る人がいないと知って嬉しかった。妹さんの他に身寄りもなく、金銭的に余裕もない岩本さんならこの僕にでも助けてやる事が出来るんじゃないかと思った。施しの機会を得たと」

殴られるのを覚悟して言った。

「もちろんあの時はあなたが自分以外の男と暮らしている状態が我慢出来なかったんですが、僕が岩本さんを手に入れたいと思った理由の根底にあるのは……」

僕など殴られればいいのだ。

「岩本さんなら僕に尊敬を抱いてくれるんじゃないかと思ったからなんです。たぶん、そうなんです。この状態、岩本さんの身体、社会的状況全てが僕にとって都合がよかった。今ならこの僕でも岩本さんのような立派な人と対等になれると、いや、優位に立てると……浅ましいですよね。あなたの不運を、好きな人の不運を僕は喜んでいた」

改めて口にして自分の卑小《ひしょう》さに驚いた。

「人に頼るのは心苦しい、誰の力も借りず一人で立ちたいと言って悔し泣きしていた岩本さんを、そんなふうに思っていたんです」

そして、今は妄想の中で何度も彼を犯している。逞しく僕より強い彼を組み敷いて快楽に耽《ふけ》っている様を思い浮かべて悦《えつ》に入る。

「僕は最低の人間です」

　肩が震えた。

「僕はもうこれ以上自分を嫌いになりたくないんだ。だから……っ？」

　膝に突然触れられて思わず顔を上げた。

「先生、それほんと？」

　目の前に岩本の顔があった。岩本の大きな熱い手が僕の膝の上に置かれている。僕に視線を合わせるようにしゃがみ込んだ岩本がタオルを頭に被ったまま僕を見ていた。岩本の視線に嫌悪感はなかった。混乱して何も言えずにいると、岩本はさらに言った。

「先生、俺が好きなの？　俺と……や、やりてえの？」

　岩本が言葉の最後で真っ赤になる。僕は訳がわからず反射的に頷いた。

「お、俺、俺も……」

　僕の膝を握る力が強くなる。岩本はいっそ苦し気と言っていいほど小さな声で言った。

「俺も先生としてえよ」

「へ……？」

「してえ、あんたが好きだ」

　ようやく言葉の意味を頭が理解する。途端に猛烈な憤りを感じた。一体何を言っているのだ。無性愛者かと思ったら実は同性愛者だったというような僕と違って、彼にはきっとしっかりとした異性愛の経験がある。そして経験があるだけではなく、肛門性交を想起させる検査への忌避感情を見るに、彼は筋金入りの異性愛者なのだろう。

「そんな訳ないでしょう。岩本さんは女性が好きなんですよね？」

「そ、そうだったけどよ、でも先生なら……」

その言い方で僕にもやっとわかった。特殊な状況に酔って自分すら騙してしまっていたのは僕だけではなかったのだ。彼もまた極度の不安に晒された時に傍にいた僕を特別だと勘違いした。吊り橋効果のようなものだ。

「岩本さん、さっき言ったじゃないですか。僕があなたに親切だった理由を……僕がどんなに弱くて汚いか」

目を伏せる僕に彼は怒鳴った。

「だから、それがわかんねえよ。それの何が悪いんだ。頼られて嬉しい、守ってやりてえ、普通だろ！　先生が俺に威張《いば》り散らしたいだけで、実際には俺を守らずに逃げるような奴なら俺だってあんたを好きにならねえよ、でも違った。あんたは何度も俺を守ってくれただろ。自分が怪我しても、上司に楯突いても。声張り上げるのも目立つのも苦手なくせに。身体だって細くて、暴力なんか振るったこともないだろ、先生。そんなあんたが何度もだ！　優越感じゃねえよ、それは誇らしいっていうんだよ。誰かを守って誇らしいと思う事がどうして恥ずかしいんだ？」

彼は今、誇らしい、と言ったのか。怒りに燃える目で岩本は僕を睨みつけている。

「で、でも、人の性的な好みはそんなに簡単に変わるものじゃ……」

「先生、馬鹿なのかよ。それを言うならあんただって一緒じゃねえか。今までほとんど誰にも勃った事ねえっつったな？　なのに俺には勃つんだろ？」

　それはもう自分でも困ってしまうほどに。

「そっちのがよっぽどすげえよ！」

　そうなのだろうか。だが、僕が彼を信じられない理由は他にもある。

「岩本さんは弱ってたんですよ。普通じゃなかった。だから僕みたいな奴にでも縋りたくなって……きっと本当の僕を知ったら失望する」

「それこそ、ふざけんじゃねえよ！　なんで先生に勝手に俺の気持ちを気のせいみたいに片付けちまう権利があんだよ！」

　岩本は本気で怒っていた。

「なんだよそれ、じゃあ、何か？　あんたが尻から血流して腹が痛くて苦しんでる俺を警備員引き連れて追い返すような酷い男で、それでも俺があんたを好きだって言ってたら、俺があんたを本当に好きだって信じるっていうのかよ！　なんだよそれ、おかしいだろ！　優しくされて好きになるのの何が悪いんだよ！　あんたの傍にいたいって思って何がおかしいんだよ！」

　僕はそれに答えられなかった。

「っんっとにふざけんな！　馬鹿言うんじゃねえ、失望なんかするくらいならとっくにしてるだろ？　もうすぐ四か月だぞ、俺があんたと暮らし始めて。あんたは確かに普通じゃねえよ。自分に全然自信がなくて、いっつもおどおど他人の顔色窺ってる。なのに他人のためならどんなに恥ずかしい事もやるし、自分の身の危険も顧《かえり》みずに動くだろ？　弱くねえよ。本当に弱い奴は自分を守るのに必死で他の事なんか出来ないんだよ。それで、それが普通なんだよ。あんたはおかしい。おかしいくらいに強いし、馬鹿が付くくらい優しいよ。それをカッコいいって思ったらどうしていけないんだよ……」

岩本の声は次第に勢いをなくす。

「俺を拒まないでくれよ。俺だってさあ、自信満々であんたを口説いてるわけじゃねえ。男に迫るなんて初めてだよ。それに俺はＭＦＵＵでちょっと身体が普通じゃねえし、す、すげえ、勇気出してんだよ、これでも」

震えながら口元に手をやり目を伏せる岩本を見ていられなくて目を逸らす。なんという顔をするのだ。

「なあ、頼むよ、こっち向いてくれよ。ていうかさ、好きになる理由なんてさ、アンケートのチェックボックス埋めるようなもんじゃねえだろ？」

岩本は口籠ってからさらに続けた。耳まで赤い。

「そ、それによ、あ、あんたで抜くとか言ったら、俺だって、そうだ、し……」

「え？」

「だから！　あの検査を何度も思い出してたのは先生だけじゃねえって事！　俺も風呂でケツ弄《いじ》って抜いてたんだよ！　何百回も！　それ言い出したら俺の方がよっぽど謝らなきゃならねーじゃねーか！」

とんでもない告白に頭が真っ白になった。今彼はなんと言ったのだ。ケツ、肛門を自分で慰めていたという事か。あの長風呂宣言にはそんな意味があったのか。熱いシャワーを浴びながら尻の穴に自らの指を深々と差し込む岩本をつい思い浮かべてしまった。想像の中の岩本は息を乱して切なげに僕を呼ぶ。先生、と。体中の血管がどくどくと音を立てている。爆発しそうだ。

「先生の事好きになった途端にあんたはコンドームなんか買ってくるし、絶対恋人が出来たんだと思ってよ。がらにもなく社長の奥さんに恋愛相談なんかしちまったよ……すげえ揶揄《からか》われたよ。めっちゃ応援されたけど。胃袋摑めとか言われてよ。なんだよ、違げえのかよ、損したよ」

なんという事だ。あの人生相談とやらは恋愛相談だったのか、しかも僕の事だったのか。僕はそのせいでだいぶ悩んだというのに。

「なあ、ここまで言わせたんだ。いい加減に信じてくれよ。俺は先生とやりてえよ。あんたはそうじゃねえのかよ？　俺に触りたくねえのかよ？」

僕はこの時、もっと他に考えるべき事があったのかもしれなかった。今までの自分の事、自分の弱さ、醜さを。けれどその全てが今はもやのように霞《かす》んで形のないものになってしまっていた。

目の前に岩本がいる。熱い身体がある。僕を好きだと言う。それが全てだ。

そうだ、僕は。

「触りたいです」

長い間……願っていた。

「ずっと、あなたに触りたかった」

岩本が無言で頭上のタオルを毟《むし》って、荒々しく放り投げた。そして腰掛ける僕を跨《また》ぐようにして膝でソファーに乗り上げる。息遣いが聞こえるほど近くに彼がいる。僕は圧倒され、彼に見惚れていた。逆光でも岩本の表情は僕からよく見えた。凄まじく飢えているようにもこの上なく満足しているようにも見える不思議な表情だった。彼は僕を見下ろしたままそんな自分に照れたように小さく笑って首を傾げた。

「緊張、してる……か？」

岩本は僕の首筋に触れて囁いた。彼の言う通りだった。僕はがちがちに硬くなっていた。されるがまま彼に手を取られ、彼の腰に手を回させられた。弾力のある殿筋《でんきん》、逞しく太い腿、欲望のままに撫で回してもいいのだろうか。触れているだけで熱い湯が胸に湧きあがってくるような感覚があった。

「先生、童貞ってマジ？」

僕の肩や背中を慈《いつく》しむように撫でながら岩本は聞いた。彼の熱い手の平が動くたびにぞくぞくした快感が背筋を駆け上がる。震えながら顎を反らし口を半開きにして彼を見上げた。これだけでもう喘《あえ》いでしまいそうだ。彼の犬になった気分だった。

「……っ、はい……っ、僕は……どうて……い、です」

ごくっと唾を飲む音が聞こえてきた。

「こういう事すんの初めて？」

「はい……し、診療行為以外で……誰かに触った事は……全然」

「キスも？」

「はい……っ！」

彼が首筋から耳を撫で上げてくれたので、切羽詰まって泣きそうな声が出た。なんて気持ちがいいんだ。

「へえ……」

岩本がにやあっと舌なめずりでもしそうな顔で笑った。悪い顔だった。実に嬉しそうだった。死ぬほど魅力的な顔だった。

途端に眼鏡を外された。口にびっくりするほど柔らかくて熱くて冷たくて濡れたものが触れる。岩本の唇と舌だ。僕の薄くて荒れた唇を彼の肉厚な舌がなぞっている。髭の剃り跡のある人中や口の端ごと彼の唇に包まれる。食べられてしまいそうだ。

ゆっくりと彼のしなやかな腰がうごめいて、重い尻が僕の腿に乗る。体重を掛けられて喜びに震えた。幸せの重みだった。今この瞬間、彼は僕だけのものなのだ。無我夢中で彼の背中に手を回し、抱き寄せた。僕の腕は人より長い。彼の厚く逞しく広い背中を存分に味わう事が出来る。それだけで僕は今まで大嫌いだった自分の身体を少しだけ好きになった。

口を開けてゆっくり彼の舌を味わった。やり方は知らない。知っている必要もないとすら思えた。くちゃくちゃと口を大きく開けて、お互いを飲み込もうとするかのように貪《むさぼ》り合う。うっすら目を開けると、彼も目を開けるところだった。目じりを染め、少し潤んだ目を細めて僕を見ていた。かっと頭の芯が熱くなる。息が上がる。緩いスウェットの下から手を入れ、彼の滑らかな裸の背を撫で回した。彼が息を詰めて目を瞑《つむ》ったので思わず唇が離れる。

「つめてえ……」

しまった、僕の手はひんやりしている事が多いのだ。だが岩本はだらしないとすら表現してもよいような緩んだ顔で笑った。

「でも、きもちいい……」

唐突に、許されている、と感じた。

僕はすでに信じられないくらい多くの事を彼に許されてきたが、彼は僕を許しているという意識すらないのだろう。そしてこれから僕がどんな事をしても許してくれるのだろう。僕は見えない何かに感謝した。彼を僕の前に現れさせてくれた何かに。

「ん？　ん……！」

岩本を抱き寄せてもう一度唇を奪った。彼が慄いているのをいい事に彼の口の中に舌を潜《もぐ》り込ませ、好き勝手に味わった。無礼過ぎただろうかと思ったが、彼が僕の首に太い腕を回してくれたのに気をよくする。片手を動かして岩本の背中から脇腹を通り、彼の腹、彼の胸へと手の平を滑らせた。思ったよりもずっと大きく盛り上がった胸の筋肉に溜息を吐く。素晴らしい感触だった。その頂に尖った小さな突起を見つける。服の上からその突起が見えてしまうたびに、つい目が行ってしまい、何度自分を叱《しか》った事だろう。僕はそれに触れてもいいのだ。

ゆっくりと指の腹でなぞる。思ったよりも湿っている。僕の指が湿っているのだろうか。それはじっくりと頭を押し込むと溶けるように柔らかくなるのに、触れるか触れないかの微かなタッチで育てると硬くしこった。

「んん……」

岩本が身を捩《よじ》る。苦し気に眉根を寄せている。嫌がっているのかと思ったが違っていた。もっと、と差し出された。名残惜しいが彼の唇は解放することにした。

「はあっ」

すっかり頬を上気させてとろんとした目をしている岩本が愛《いと》しくて口の端にもう一度唇を落とす。どうしても唇で触れたい場所が他にも出来てしまったのだ。ああ、彼の全てを同時に口の粘膜で愛《め》でる事が出来たらいいのに。僕はそんな痴《し》れ者のような事を一瞬本気で願った。

彼の息が整わないうちに僕は彼のスウェットを捲り上げ、鍛え上げられた胸板をむき出しにする。日に焼けた褐色の首筋と比べると白い胸、それでも日に焼け僕よりもだいぶ赤みを帯びた肌、その中にさらに赤みを帯びた乳輪、小指の先の半分ほどの乳首がある。迷わず吸い付いた。もう片方は指で育てては押しつぶし、健気なそこを苛《さいな》む。

「ちょ……！　せ、先生、黙って……やんなって！」

焦った声が聞こえたので慌てて口を離した。透明な唾液の糸が指に落ちる。

「す、すみませ」

何度でも言うが僕はこういう事は初めてなのだ。声をかけるタイミングもわからなかった。何より目の前の身体に夢中になり過ぎていた。

「きゅ、急に……な、なんなんだよ」

はあはあと息を乱しながら岩本は口に手の甲を当てて目を逸らした。耳まで真っ赤になっている。先ほどまで飼い主然として僕に愛撫を施してくれていたのにいつの間にこんなふうになったのだろう。なんと可愛らしいのだ。僕の前でそんな顔をしてはいけない。

「あ、あの、乳首舐めていいですか」

「おおおおお、お、遅せえよ！　い、いいよ……」

許しを得た途端、一瞬の迷いもなく僕は再び彼のスウェットに頭を潜り込ませた。

「わっ！　だから無言が怖えんだよ、しかもなんか凄げえ勢い……あっ……はぁ……っ」

岩本の低くて太い声が上ずっている。舌の先でぷっくりと膨らんだそれを左右に倒し、唇で挟んで吸い上げ、嬲《なぶ》った。豊かな胸筋にわずかに歯を立て、べろべろと舐めた。大きく口を開き乳輪ごと吸い付く。

「あっ……は」

岩本がぐっと身体を反らした。彼の殿筋に力が入り、尻にえくぼが出来る。僕の腿とボリュームと弾力に富んだ岩本の肉体がじりっと擦れた。堪らなかった。この素晴らしい身体に触れる権利を手にしているだなんて。

彼の背中をあてどなく撫でまわしていた僕の手が勝手に下に降りていく。彼の腰を両手で抱え、引き締まった大きな尻を摑む。僕の手に反応して硬くなり、そして緩み、快感にとろけてしまうのを恥じるようにまた強張る。それを繰り返してだんだんと解れていく。豊かな尻肉の重みを手に感じてうっとりした。

「な、なあ……黙んなって……あっ……あっ」

と言われても何を言ったらいいのかわからないので、思ったままを口に出した。

「すごい、かわいい、岩本さん、すきです……だいすき」

僕のよれよれのワイシャツにしがみ付いて悶《もだ》える彼を見上げて、彼の胸を舐めまわしていたせいで唾液塗れの口で、うわ言のように。

「や、やっぱり黙れ!」

太い腕を僕の首に巻き付けて岩本が叫んだ。僕はまた失敗したらしい。けれど縋られて幸せだ。彼の匂いがする。体中が痺《しび》れるようだ。抱きついてくれたのが嬉しくてふっと笑うと、何かを勘違いした岩本が不貞腐《ふてくさ》れた声を出す。

「先生……初めてって、本当かよ、こんなのっ……反則だろ……んっ」

反則も何も、僕はルールもよくわかっていない初心者なのだ。許してほしい。双丘の間のきわどい部分にまで指を伸ばしながら僕は迷っていた。この先はさすがに許可が必要だろうか。それからもう一度キスがしたい。要求ばかりしてまた怒られるだろうか。しかし怒られても殴られても正直言って自分を止められる自信がない。触れたい。全てを。

「ま、また……あっ……黙っちまうし……、も、ちょっと、待て……はぁっ！」

喋れば黙れと言われるし、黙ればそれはそれで怒られる、どうすれば彼は満足なのだろう。考えたいが僕にも余裕がない。岩本が目の前で喘いでいるだけで頭が沸騰しそうなのだ。待てと言われても、待てない。

「岩本、さんっ」

僕も息が上がっている。

「肛門と性器を触っても……いいですか？　それからもう一回、キスを……」

「うわあああ！　だからぁ！」

岩本は叫んで顔を覆ってしまった。

「くっそ！」

岩本がさっと立ち上がって、ガシガシと頭を掻きながらどこかへ歩いて行ってしまう。

ショックのあまり咄嗟に動けなかった。怒らせてしまった。つい先ほどまで腕の中には愛しい身体があったのに、今はもう寒いだけだ。僕の身体だけがどうしようもなく火照《ほて》っている。絶望と焦りで目の前が真っ暗になった。

「ま、待って！　岩本さん！　ごめんなさい！　もうしませんから！」

慌てて立ち上がり、彼を追いかける。痛いほどに勃起しているせいで非常に歩きにくい。今までこの愚息に苦労した事はほとんどなかった。むしろ大人し過ぎて失望していたほどだというのに、今は彼の元気のよさが恨めしい。これが性欲が暴走する、という事なのだろうか。性欲とはなんて恐ろしいものなのだろう。普段ならば決してしないような事をたくさんしてしまったような気がする。岩本の制止を無視するなんてありえない事だ。

半狂乱になって岩本の部屋のドアを開けた。よかった。鍵は掛かっていない。閉じこもるつもりで逃げたのではなさそうだ。しかし岩本がいない。どこだ。どこに行った。無我夢中で家中のドアを開ける。見つけた。岩本はなぜか僕の部屋にいた。ＰＣデスクの方を向いて僕に背を向けている。転びそうになりながら慌ただしく駆け寄り岩本の頼もしい腰に後ろから抱き着いた。

「うお⁉」

「岩本さん、怒らないで下さい。僕が全部悪かったです！　お願いです。嫌わないで」

岩本に愛想を尽かされたらと思うとそれだけで胸が死ぬほど痛んだ。岩本に好意を抱いてもらえているという今の状態が奇跡なのだ。僕の些細な過ちでこのとてつもない幸運が泡のように消えてしまったとしても全くおかしくはない。

「い、岩本さんが嫌なら二度とこんな事は……！」

「だ、大丈夫だよ！　落ち着けよ、ほら！　これ！　これ取りに来ただけだって！」

岩本が振り返り、僕の顔の前に赤い箱を差し出す。それは僕が先日興味本位で購入したコンドームだった。岩本はどうして隠し場所を知っているのだ。いや、そういえば隠してすらいなかった。隠そうと思ったすぐ後で、僕は岩本と離れなければならないと思い詰めて忙しく不動産屋巡りなどしていたのですっかり忘れていた。検分するために買ったはずなのに封も切っていない。結果、自室のモニターの後ろに無造作に放置していた。岩本は掃除の時にでもこれを見つけたのだろう。

「え」

呆けた顔をしている僕に岩本が顔を引き攣らせる。

「え……って、ちょっと！　おい！」

「は、はい！」

「なんだそのぽかんとした顔は！　挿《い》れるんだよな？　これが要るよな？　な！」

「あ、ああ……あ、はい。はい！　要ります！」

彼はＭＦＵＵだ。男性だが僕との性行為で妊娠する可能性がある。もし彼がＭＦＵＵでなかったとしても着ける方が望ましいのだろう。もちろん頭ではわかっている。だが、どうか僕の事情も汲んで欲しい。僕は童貞なのだ。先ほど人生で初めて好きな人の肌に触れたのだ。頭がその刺激にやられている状態なのだ。はっきり言えばいつもよりさらに馬鹿になっているのだ。避妊具を装着するという過程がセックスには必要だという事を失念してしまうほどに。少しくらい反応が鈍くなっても仕方ないではないか。

「俺、あんたとやったら出来ちゃうかもなんだよな？　ちょっと待ってくれよ、先生、産婦人科医だろ？　俺の主治医だろ？　あんたがそこあやふやだと俺何を信じりゃいいのかわかんねえんだけど！　そりゃ、生理は来るけどよ、たまにやっぱ夢だったんじゃねえのってまだ思う事あるんだぜ？　先生がそんなんだと、あれ？　俺もしかして今めちゃくちゃアホな事してんのかなって気になってきちまうじゃねえか……勘弁してくれよ」

彼はもともと同性愛者ではなかった。男性同士の性交にも避妊具が有効だという認識はないらしい。

「ちちち、違います違います！　そういう意味の、え、ではなくて！」

「あー、はいはい、わかったわかった。慌てさせて悪かったよ、ほら」

そう言って岩本はどっと背中を僕に預けてきた。そして僕の手を摑んで彼の前に回す。そのままスウェットの緩いゴムをくぐり、彼の性器を直に触れさせられた。

「ん、……な？」

夢の中で触れたものよりもずっと熱くて重い。僕の手の中で脈打つそれに、絶望で萎《な》えかけていた僕の愚息も元気を取り戻す。

「俺だってこんなになってんのにやめるわけねえだろ？　なんか先生、俺が思ってたより全然ヤる気満々だし、その、結構上手いし……あのまんまだとなし崩しに挿れられちまいそうだったからな」

僕の手を包み込むようにして自らの性器を握らせ、岩本は首だけで僕を振り返る。

「ん……」

唇が重なった。優しく宥めるような口づけから、次第に誘い込み、唆すようなそれに変化する。僕は彼の唇を味わいながらゆっくりと彼のいきり立った男性器を愛撫した。硬い。もう片方の手で陰嚢を揉み込み、さらにその下の会陰にまで指を這わす。

「んあっ……」

岩本が身じろぎすると彼の尻肉の間にちょうど僕の腫れ上がった陰茎が挟まる形になった。それに気づいた岩本が口づけをやめないまま目だけで微笑んだ。岩本は身体を反転させ僕に向かい合い、互いの膨張しきった性器を擦り付け合うようにして、さらに深く口づける。岩本は僕の首に縋るように腕を回している。僕の両手は彼の臀部《でんぶ》に添えられて、物欲しげにそこを揉み続けている。浅ましいとはわかっていた。しかし先ほどから散々焦《じ》らされているのだ。どうかいい加減に許してくれ。ここが欲しくて堪らない。

「ん、先生、尻ばっか」

「す、すみません」

彼はそんな僕を緩く笑った。弄《もてあそ》ばれている。けれどそれが不快ではない。愛おしさで鼻の奥がつんと痛んだ。

岩本がゆっくりとベッドに座り後ろに倒れる。僕も彼の身体を逃がさないように追いかけた。圧《の》し掛かる体勢に興奮した。彼の脚の間に僕の腰がある。はあはあと互いに荒い息を吐きながら寝たままベッドの頭側に這いずる。岩本がいつの間にかコンドームのパッケージを開けていた。彼は僕を挑発するように見上げる。

「なあ、先生教えてくれよ」

僕は誘われるままに彼の上に覆いかぶさる。

「何をですか？」

「先生の夢の中で俺はどうやってあんたを誘うんだ？」

質問の意図を理解するや否や僕は真っ赤になった。けれどこの状況では、彼は僕にとって絶対君主である。彼の許しを得るまでは僕は少しも先に進めないのだ。

「か、下半身は裸で」

「ふうん」

にやりと笑って、岩本は緩いスウェットとボクサーパンツを脱ぎ捨てた。彼の立派な性器と太腿、臍まで生えた陰毛が露わになる。薄暗い僕の部屋のベッドの上で褐色の彼の身体がうごめく。前に一度目にしているはずであるし、夢で毎日のように見た光景だが、どれも今ほどはいやらしくなかった。今ほどは魅力的ではなかった。

「岩本さんの頰を僕に触らせてくれて」

「へえ」

上半身の服も脱ぎ捨てて、岩本は大きな手で僕の手を取り自分の頰に当て手の平を重ねる。温かい。思わず目を細める。僕の一番大切な人、僕の神様。

「それで、あんたなら何したっていいよって……言ってくれるんです」

それを聞いて岩本は目を見開いた。俯いて肩を震わせる。ははははっと笑い声が聞こえた。次に彼が顔を上げた時、僕は驚いた。

岩本は笑いながら泣いていた。

「そうだよ」

気が付くと僕の頬も濡れている。いつの間にか僕も泣いていた。

「そう」

岩本は僕を抱き寄せてもう一度言った。

「なんだよ、わかってんじゃねえか、わかってねえかと思ったよ」

夢の中の彼など比べ物にならない。夢の中の彼は僕をこんなにも歓喜させ、僕に涙を溢れさせたりはしない。

「そうだよ。あんたなら、俺に何したっていいんだ」

「岩本さん」

泣きながら互いの首筋に鼻先を擦りつけ、身を寄せ合う。岩本の手を借りながら服を脱ぐ。岩本と比べると僕の身体は随分と貧弱だ。肩幅はそれなりにあるがとかく肉付きが薄い。しかし、今は自分の痩せた身体を恥じる事さえ忘れていた。少しの隙間もなく彼と触れ合いたかった。

「んぁっ」

太く滑らかな岩本の首筋を吸い上げ彼の黒くて豊かな短い髪をかき回す。鎖骨を甘く噛んで脇の下から手を入れ深く抱きしめる。彼の身体の上を滑り落ち、腰の骨に頬擦りする。そして彼の性器にたどり着いた。ちらりと見上げると岩本は苦笑する。涙の滴が僕の頬に落ちてきた。無意識に舐め取る。本当に僕はまるで犬だ。

「……んな顔、すんなって……」

自分がどんな顔をしているかは僕にもわかっていた。情けない懇願《こんがん》の表情だろう。犬にぴったりだ。

「何してもいいって……言ったじゃん」

岩本は少し脚を開いて僕を迎え入れてくれた。濃いピンク色の先端を口に含む。頭の中でちらりとこれがフェラチオというやつか、と思ったが、もはや僕は彼の快感を引き出そうとする事すら忘れていた。ただ舐めたかったから舐めたのだ。舌先で割れ目を探り、指で根元を皮ごと扱きあげる。

「ふ……んっ」

押し殺した声が聞こえ、後ろに手を突いて僕を見ていた岩本の肘がかくんと折れる。彼はすっかり頽れて眉根を寄せ顎を引き、快感に耐えていた。先端からとろりとした液体が溢れ出し、彼の男性器はいっそう硬くなった。

思い返せば僕の初めてのそれは上手いものであるはずがなく、岩本の表情や反応は僕の拙い口淫に報いるものとしては過分な褒美《ほうび》だった。彼の赦《ゆる》しは決して口先だけのものではなかったのだ。しかしその時の僕はそれに気付く余裕すらなかった。すっかり僕を支配してしまった僕の中の獣はそれを見てただ歓喜し、猛《たけ》り狂っていた。

思春期以来ずっと眠ったままだった僕の本能は僕が思うよりもずっと凶暴だった。獣性が命じるままに、僕は彼の引き締まった膝裏を持ち上げ、脚を開かせた。岩本が息を飲むのにも構わず、ぐっと腰を上向かせる。亀頭を口に含んでだらだらと唾液を零《こぼ》しながら、曝け出された菊座を指で押し開く。

「だ、だから！……黙ってやんな……って……あっ……くっ！」

急に体内に侵入されて驚いたのか、岩本の腰が戦慄《わなな》く。逞しい大腿で頬を挟まれ、思わず口を彼の性器から離した。謝罪や手加減のためではない。彼が見たかった。口を手で押さえて悶える彼の顔も、僕の指を食《は》んでいるそこも。

岩本の中は熱く濡れていた。ＭＦＵＵの恩恵だろう。すっかり僕の指を受け入れ離そうとしなかった。指を開いた時の心地よい陰圧と締め付け。

「はあ……んあ！」

奥を掻き分け深く差し込むと太い首を反らして岩本が善《よ》がる。堪らない。僕はうっすら微笑んだ。岩本はそんな僕を見て一瞬目を見張る。僕はそれに構わず、もう一度彼の先端を口に咥《くわ》え、たっぷりと愛した。

「せ、せんせ……ふあっ!?」

唇をすぼめて松かさの部分を何度も往復すると彼の反応がいいのでそれを繰り返す。同時にぐちょぐちょと卑猥な音を立てて僕の指を逃すまいとする健気な穴を存分に躾《しつ》ける。僕の指に従って開くように、逆らわず受け入れるように、僕が主人であると徹底的に教え込んだ。三本まとめて根元まで押し込み、回転させ、奥を突く。直腸の壁を苛んでいると、指の先にかすかに弾力のあるものが触れた。

これは前立腺だろうか、子宮頸部だろうか。もっと乱れさせたい。ぐいぐいと尻の穴ごと移動させようとでもするかのようにかき回し、蹂躙《じゅうりん》する。

「ちょ、ちょっと……それ、やべ……わっ……まっ……あっ！」

声はひたすら甘いばかりで、僕を正気に戻らせる役には立たなかった。火に油だ。彼の男性らしく低い喘ぎ声がこれほど艶やかな響きであるとは知らなかった。

彼は何度も直腸を自らの指で慰めていたと言っていた。彼のそこは確かに指を受け入れるのには慣れているようで、僕の拙い技にも痛がりはしなかったが、刺激には全く無防備だった。僕を拒むにはまるで見当違いなタイミングで何度もきつく締まり、快感を受け流す事さえ出来ず、戦慄いていた。なんともいやらしく愛らしい滑稽さで僕を喜ばせた。

「あっ……あっ……あふ」

もうすでに彼の肉感的で厚い唇は意味のある言葉を紡《つむ》ぐことは出来なくなっていた。岩本は大きな手で僕の後頭部と肩を掴み、うねうねと腰を捻《ひね》って悶えるだけだ。その頼りなさ、無様さが、たまらなく愛おしかった。

僕は彼のそこがどれほど素直になったか確かめるために、ぐっと指を開いて空気を食ませた。ぐぱっと恥知らずな音が響き、岩本はひっと息を吸い込んだ。彼の口の端からとろりと唾液が滴《したた》る。苦痛は感じていないようだ。彼の秘所はすっかり愛撫に溶けて従順になっている。たとえようもない満足感を覚えた。僕は彼に対して後ろ暗い欲望をいくつも抱いてきたが、どれも今僕が感じているものほどの心地よさは与えてくれなかった。とてつもなく甘く、邪悪な喜び

だった。

頃合いだ。そうだ、コンドーム。

不思議な事に僕は全く迷わなかった。しばしの別れを詫びるように岩本の入り口の部分をくちゅくちゅと宥めてから指を引き抜く。指の間に糸を引くほど濡れている。岩本の直腸に住む桿菌はしっかりと仕事をしているようだ。赤い粘膜をさらすそこが寂しがるようにぎゅっと縮んだ。岩本もなぜ止めるのかと目で問う。僕は身体を起こし彼の手を取った。握りしめた指をそっと解し、避妊具を受け取る。

「へ？……あ」

岩本はとろんとした目で僕の行動を追っている。先ほど僕にコンドームの存在を思い出させてくれたのは彼だったはずなのに、今ようやくそれを自分が握りしめていたと気が付いたかのような顔だった。僕が乱暴にその包みを破いて中身を出すのを見て彼が慌てた。

「付け方わかんの？……あ、先っぽ空気抜いたほうが……」

そしてどこか舌っ足らずな口調で僕を気遣ってくれる。我慢出来なくなりそうだ。付ける手間も惜しくなるではないか。

僕を悩ませたそのラテックス製の避妊具は使ってみればなんの事はなかった。少しきついくらいで違和感もほとんどない。いつも僕が検査に使っているものと基本的な構造は変わらない。避妊具を使った経験がない事にあんなにも引け目を感じていたのが嘘のようだ。

「あ、うん、それで大丈夫……付けんの速っ！　つか、思ったよりでけえな、先生」

僕は今珍しく褒められているのかもしれなかったが、聞いている余裕はなかった。はあはあと息を荒げて、起き上がりかけた岩本の肩に体重を掛けて押した。きっと岩本がその気になれば簡単に僕を撥ね除ける事が出来るのだろう。肩は筋肉で丸く盛り上がり硬かった。けれど彼は僕に逆らわない。だが、その意味を考える暇すら惜しかった。これ以上焦らされたら僕は世を儚《はかな》んでしまうかもしれない。

血走った目に涙すら溜めて岩本を見下ろす。全く余裕のない僕を、岩本は笑って抱き寄せてくれた。誘うように目を細め、にやりと男臭く笑いながら、ちゅっと僕の頬に口づけ、僕の耳に口を寄せて彼は言った。

「先生激しいから驚いた。何したっていいって言ったけどさ、俺、一応処女なんだぜ？」

なんていやらしい声を出すのだろう。そして彼はほとんど喘ぎ声と言ってもいいような吐息で続けた。

「優しくして」

この瞬間に暴発せずに堪えた童貞の僕を誰か褒めてやってくれ。限界だった。優しくしてと言われたのに全く優しくない動きで、彼の腿を両手で摑んで広げる。全てを曝け出させられて岩本は照れたように横を向いてしまった。先ほどまで僕を余裕な態度で誘惑していたのに。その落差に僕の前は痛いほど張り詰めた。彼の仕草の何もかもに駆り立てられた。

先端をあてがうと岩本は導くように手を添えてくれる。同時に入り口が緩んだ。ぬっと先端が入り込む。

「ん……」

岩本は目を閉じ眉根を寄せているが、痛くはなさそうだ。

「大丈夫、ですか？」

聞きながらもつい奥へ奥へと進んでしまう。腰が止まらない。熱くてぬかるんでいて目がくらみそうだ。

「あ、あ……だいじょ……ぶ、……んあっ！」

全て岩本の中に入った時に、ぐっと先端が肉の壁を押した感触があった。彼は僕を受け入れたまま背を丸めて震えている。

「い、痛いですか!?」

「い、痛くね……けど、あっ……はあっ！」

岩本の中がぎゅっと収縮し、うねる。何もかも持っていかれてしまいそうだ。世の男性は皆このような強烈な快感に耐えて腰を振っているのだろうか。それともこの凄まじい絶妙な締め付けは彼特有のものなのだろうか。こみ上げる射精感を必死で散らしながら彼を窺う。そういえば検査の時にもプローべが奥に突き当たった瞬間に彼は激しく身体を緊張させていた。刺激が強過ぎるのだろうか。しかし、止めたくない。喘ぐ彼はなんと魅力的なのだ。もっと声が聞きたい。

「あ……ふ、あっ！　あっあっあっ……先生……先生、あ」

痛いわけではないと聞いてしまってはもう我慢出来なかった。圧し掛かり、腰を振る。次第に速くなっていく。陰嚢が彼の豊かな尻肉にぶつかる。

岩本の顔の脇に肘を突き、夢中で彼の耳のあたりに顔を埋める。岩本の強い腕が僕の背中に回る。彼の匂いを吸い込み、耳朶《じだ》を食み、何度も何度も腰を打ち付けた。どちゅっどちゅっと淫靡《いんび》というよりもむしろ凶暴な肉と肉がぶつかる音が響く。

「ちょっ……まっ……なんか……これやべ……奥、なんか、やべえって先生」

僕の律動にいちいち言葉を途切れさせながら岩本が切羽詰まった声で言う。僕に動くのをやめさせようとしているなら完全に逆効果だった。彼の声は僕にとって悪い呪文と同じだ。

「痛くっ……ないんっ……ですよねっ」

「痛く……ねえっ、あ、でも、も、出ちまう……かも、んはっ……ちが……わかんね……自分でやってた時と、ちが……っん、なんだこれ？」

可愛い。聞いていられない。僕を逃すまいとするかのように腕だけでなく脚まで僕に巻き付け、顔を快楽にとろけさせているのに、岩本は初めての感覚に混乱して怯えていた。

彼のそこが僕を引き込むようにうねる。強請られるままにそこを突き荒らした。

「ひっ！　せ、せんせ……あっ……んっ……んっ……出るっ……出る……で……んっ……っっ……っっ!!」

彼の抱き着く力が強くなる。僕も限界が近い。無我夢中で腰を振った。

彼の身体が腕の中で強張る。僕を咥え込むそこがびくびくと痙攣する。彼は声も出せずに口を開け、震えていた。僕も強い締め付けに逆らえず射精した。

散々、出る、と言っていたが、彼の性器は何も放出せず、まだ可哀想なくらい反り返っている。身体を支えながら腰を動かすのに精いっぱいで挿入している最中は触れてやっていなかった。もったいない事をしてしまった。そっと触れてやると岩本は泣き出すようにとぷとぷと力なく射精した。

「……っあ！　はぁはぁはぁはぁ……」

ようやく彼の厚い胸板が上に覆いかぶさった僕の身体ごと大きく浮き沈み始める。ぜいぜいと荒い呼吸を繰り返しながら岩本は涙が幾筋も光る目で一瞬だけ僕を捉える。そして何かに驚いたかのように目を見開き虚空を見つめ、すぐにきつく閉じる。

「ん……また!?　ふあ……あっ……あっ」

切なげに小さく喘がれて驚いた。射精はしても今しばらくは硬度を保っている僕の性器を最後まで貪欲に搾《しぼ》り取ろうとするがごとくそこがはしたなく蠢《うごめ》く。これには僕もたまらず彼にしがみ付いた。魔性の生き物のような動きだった。

射精を伴わない絶頂が長く彼を苛んでいるようだ。前立腺のドライオーガズムなのか女性のオーガズムと似ているものなのか、その両方か、はたまたそれらは彼の身体の中では一体化しているのか、メカニズムはよくわからないが、岩本は心地よさそうに身を捩って、まだ僕を貪っている。一度射精したはずの僕の陰茎はすでに新たに芯を持ち始めてしまっている。もう数年で不惑になろうという僕が。

このままではまずい。避妊も忘れてもう一戦始めてしまいそうだ。抜かずに再び抱き合ってしまっては一体なんのためにあんなに何度もお預けを食わされながら避妊具を使ったのかわからない。慌ててコンドームのふちを押さえながらそっと抜き取る。ちり紙で処理し、急いで岩本のところへ戻った。岩本は脚を開いたまま虚空を見つめて呆然としていた。そうして横たわっていると岩本は本当に神話に出てくる男神のようだ。大きく見事な身体だった。つい先ほどまで自分はこの男にしがみ付かれていたのだ、と思うと顔がにやついてしまいそうだ。布団を掛けてやりながら彼の隣に身体を滑り込ませる。

「だ、大丈夫ですか？」

ようやく岩本の目の焦点が合う。

「たぶん俺、ケツでイった……先生、すげえな。俺さ、風呂で自分でケツ弄っててもいっつもチンコも一緒に弄っててイってたんだぜ」

あっけらかんとした口調にほっとした。岩本は僕を見てにっと笑った。

「先生、上手いんだな」

岩本はごろりと転がって僕の上に乗り上げ頭を撫でてくれた。布団があっという間に意味をなさないものになる。

「すげえびっくりしたけど、気持ちよかった」

童貞の僕が床上手なわけがない。甘やかされているのはわかっていたが嬉しかった。つられて笑う。幸せだった。

「僕も気持ちよかったです。凄く」

気持ちいいなどという軽い言葉で片付けていいものなのか迷うほど。

「そっか」

岩本も眉尻を下げて笑った。

「なんか先生、途中ちょっと人が変わったみたいだったよな。いつもうぜえくらい人に気遣うのにさ、急に無口になるし」

言われて俯いた。それについては申し開きのしようがない。実際、相手の自由意志を尊重していないと判じられても文句を言えない場面もあった。自分の中にこんなにも自己中心的な部分があったのかと驚いた。追い詰められて恥ずべき本性が露見したのだ。僕の獣性は僕の一部だ。僕の人としての理性も獣の部分も結局は彼を貪りたがっていた。岩本にそれを見られてしまった。

「食われるかと思った」

けれど岩本はからからと笑う。

「先生、普段全然そういう感じじゃねえじゃん。だから、すげえエロくてドキドキした」

岩本が頬を染めて言うので僕は真顔になって彼を見つめてしまった。

「なんだよ、本当だって。先生が笑った時はぞくっとしたぜ」

今ようやく僕は嵐のような獣欲に目を覆われて見落としてしまっていたものを思い起こしていた。彼は僕を一度も拒まなかった。待てとは言っても決して止めろとは言わなかった。征服《せいふく》する喜びに後ろめたさを感じた。無理やり押さえ付けて奪ったような罪悪感さえあった。そもそもそんな事は出来ないのに。

「先生、あれだな、エッチの時はケダモノなんだな」

岩本は欲望を滲ませた声で笑い交じりに言った。岩本が僕の頬に大きな手を当て顔を近づける。僕の獣性は彼にとっては忌避すべきものではないのだ。

「処女だっつってんのに……ん」

キスされた。睫毛がぶつかりそうなほど近くで岩本が揶揄うように囁く。彼の目は情欲でとろりと潤んでいる。

「がっつきやがって」

もう一度キスされた。今度はもう少し長い。舌を絡ませ合うごとに、互いの息が上がっていく。

「初めてのくせに」

岩本が喋るたびに唇が離れる。焦らされているようだ。

「俺の尻がそんなに好きかよ」

好きです。大好きです。

「変態野郎が」

息を乱して、変態、と僕を罵《ののし》りながら岩本が僕の上に覆いかぶさる。罵られて興奮する僕は本物の変態かもしれなかった。下品な水音を立て、歯をぶつからせながら何度も何度もキスをした。

「俺と、まだやりてえだろ？　先生」

互いに裸のままだ。触れ合うはしから熱くなる。こうなってしまえばもう止まらない。もちろん僕の答えは一つしかなかった。

「はい」

岩本は勝ち誇ったように笑う。ああ、一生こうしていたい。そのまま日付が変わるまで愛し合った。


目が覚めるとすでに日は高かった。傍らに岩本はいない。僕は僕のベッドの上で裸のまま独りで寝ていた。

夢のような一夜だった。岩本は素晴らしかった。岩本曰く「ケツでイく」という状態には限界がないようだった。その未知の快感を覚えてしまった彼はどんな刺激にも過敏に反応して、僕を決して休ませなかった。僕の下手糞な突き上げにも陰茎をいきり立たせたまま逞しい背中を震わせて何度も達し、涎を垂らして、もっと、と強請った。最後には僕の上に跨り、僕に縋りつきながら引き締まった腰を波打たせて僕を貪った。止まらない、と言って泣いた。

岩本の括約筋は僕の男性器にすっかり気を許していた。気を許すどころか、逃すまいと引き込み、長居を強請ってもてなした。

岩本は何もかもを溶け崩れさせるような声で鳴き、嗚咽を漏らしていた。苦し気に眉根を寄せているのに、気持ちがいいと言い、僕の腕を必死に掴んで動きを封じているくせに、それ、と言った。思い切りよく乱れる彼に僕が我慢出来ようはずもなく、彼のもう一つの性器が僕を拒まないのをいい事に、絶頂の最中にあって痙攣する彼を何度も惨たらしく抉《えぐ》り、着地する暇を与えなかった。彼は快楽に翻弄《ほんろう》されていた。それは僕も同じだった。同じ地獄と天国を味わうのが僕の望みで、そしてそれは叶えられた。

あまりに素晴らしかったので本当に夢だったのではないかという気がしてくる。そんなまさか。岩本をこの手に抱きしめ愛した感触はあまりにも鮮明に残っている。そんなはずはない、と思いながらも不安になって、ベッドから飛び起きあたふたと服を着て部屋を出た。

「おー、先生、目え覚めた？」

岩本はすでにジーンズ姿で台所に立っていた。シャワーを浴びたのだろう。さっぱりと清潔で、爽《さわ》やかで、笑顔が素敵で、男らしくて、そんな彼に僕は昨日……気を抜くと脱線しそうになる思考を首を振って追い払う。

「おは……いや、早くないですよね。もう昼だ。すみません」

「よく寝てたな。俺いっつも朝早いから目え覚めちゃった。これでも寝坊したんだぜ」

岩本はすっかりいつも通りだ。昨晩は相当な無体を働いたと思ったのだが、僕の方がよほどへばっている。だが、元の作りが丈夫だからと言ってもダメージがないわけではないだろう。

「あの、身体は、大丈夫ですか？」

岩本はぽかんとした後で大笑いした。

「大丈夫だよ！　見りゃわかんだろ？　こっちのセリフだよ、先生。普段髪の毛サラサラなのにどうなってんだよ、その寝癖。眼鏡しねーでそんな髪してっとマジで学生にしか見えねえよな」

　頭を触ると後ろがばっくり割れている。きっと面白い感じになっているのだろう。

「飯作ったから食おうぜ、野菜ラーメン」

だが、よかった。安心した。岩本が大丈夫ならそれでいい。彼のような偉丈夫《いじょうふ》を相手に僕のようなもやしが、しかも寝坊してぼろぼろの状態で何を言っているのだと言われるかもしれないが、聞かずにはおれなかったのだ。

「あ、ありがとうございます。いい匂い」

しょうゆ味の即席ラーメンにイカげそとキャベツやニンジンを胡椒《こしょう》とごま油で炒めて山盛りに載せたものだ。前にも作ってくれた事がある。岩本の料理はいつもそうだが、余計な手間がかからず単純で、美味しかった。いい時に起きてきたものだ。そういえば腹ペコだ。安心と空腹が満たされる期待に気の抜けた顔で笑う僕を見て岩本はにやりと笑った。僕にレンゲを渡してくれながら彼は言った。

「先生、なんか俺のヒモみてえだな」

　その顔で僕はやはり昨日の事は夢ではなかったのだ、と再確認した。思わず見惚れるほど性的な表情だ。言われている内容は容赦がないのに僕はその気安さにすらときめいてしまう。

「いいなあ……岩本さんのヒモ」

「いいのかよ、先生」

岩本が麺を勢いよく啜りながら笑う。

朝起きて、岩本を見送る。病院へは行かずに二度寝する。部屋の掃除をして、洗濯物を干して、台所をピカピカに磨き上げる。きっと岩本はメールで夕飯の食材を指示してくれる。僕はそれを見ながらスーパーで買い物をしてだらだらと岩本を待つ。待つ間はもちろん岩本の事ばかり考える。帰ってきた岩本は夕食を作ってくれる。僕はそれを美味しいと言って食べる。日中怠《なま》けているから夜の僕は元気だ。岩本に奉仕するのだ。腰を摩《さす》れと言われれば摩り、足を揉めと言われれば揉む。そしてベッドの上でどんな要求にも応える。お預けをきちんと守り、彼に跪《ひざまず》く。きっと彼は素晴らしいご褒美をくれる。

「いいですよ。最高です」

僕は何もかも一瞬忘れ、本当にそうだったらいいのにと思う。

「先生、お医者さんだろ？　やりがいのあるいい仕事なんじゃねえの？」

不埒《ふらち》な妄想に耽ってにやつく僕を岩本は面白そうに見た。岩本はすでに食べ終わっている。彼の早飯にはいつも目を見張ってしまう。職業柄だろうか。僕もどちらかと言えば早飯の業種だが全く歯が立たない。

「どんな仕事も仕事は仕事ですよ」

思わず苦笑した。仕事をおろそかにした事はないが、医師としての仕事に特別な誇りや思い入れはない。僕ほど消極的な理由で医学を志した医師もいないだろう。

「そういや先生、どうしてお医者さんになろうと思ったの？」

岩本の妹は医学生だと言っていた。呆れられるかもしれないとは思った。自分の生い立ちを彼に語るのはそう言えば初めてだ。しかし不思議な事に岩本に対しては取り繕おうだとかそういう気持ちが少しも湧いてこなかった。僕が何を言っても彼は僕を軽蔑したりはしないだろうと僕の魂はすっかり信じ込んでしまっているようで、僕もそれを訂正する気がない。

僕の母親は医者だった。定年後も勤務先の病院に勤め続け、丁度去年退職した。小児科医だった。女性と言えば小児科か産婦人科か眼科、そういう時代だったのだと母は言っていた。

「へえ、じゃあ、お母さんに憧れて？」

「ちょっと違うかな」

僕は母子家庭で育った。同じく医者だった父とは父の浮気が原因で別れたと母は言っていた。さもありなんだ。小さい頃は父が母を裏切って別の女に走った事、そしてその男の血が自分にも流れている事にショックを受けていたが、大人になり、そして医者として働き始め、僕の父と母のような別れはごくありふれたものだと知った。

母には率直《そっちょく》過ぎるところや人目を気にしなさ過ぎるところ、どんな時も自分の知性を隠さないところなどの、いくつもの欠点があった。長じるにつれその欠点は男性と、特にマッチョイズム溢れる男性医師と上手くやって行くには致命的である、と僕は学んだ。母は十人中十人が認める美人だったが、父との別れは必然だった。再婚もしなかった。

しかし僕は母を反面教師としながらも尊敬していた。母は嘘を吐かなかった。常に公正でフランクだった。息子の僕から見てもびっくりするほど、拗《ねじ》けた悪意やじめじめした感傷とは無縁だった。

　僕が高校生だった時の事だ。僕は有名な私立の男子校に通っていた。全学年の半分が一流大学へ行くか、医学部へ行くかというような学校だ。成績はよかった。真面目だけが取り柄だ。だが僕にはやりたい事などなかった。ただこのまま漫然《まんぜん》と偏差値だけを見て大学を選ぶのは避けたくて母に相談した。

「そうだねえ、あんた私と一緒で目上の人にそつなく挨拶《あいさつ》する、とか、話合わせる、とか苦手だもんね」

　母と僕とではだいぶ方向性が異なるが人と接するのが苦手な点はよく似ていた。嘘が下手なところも。

「医者どう？　医者、いいよ。就活しなくていいもん。資格職だし」

　医師、考えた事もなかった。母は明るく笑って続けた。

「いいわよ、医者は。とりあえず医師免許貰って剝奪《はくだつ》されない程度にまっとうに生きて真面目にやってりゃ私みたいな粗忽《そこつ》な女も離婚したってあんたの事一人で育てられるしね」

　僕はそれを聞いて進路を決めた。僕は誰にも頼らず生きていけるようになりたかった。そして出来れば他人に頼られる側の人間になりたかったのだ。頷いた僕に母の方が慌てていた。

「いや、一人で育てられるっつっても金銭的な面だけね？　ばあちゃんに手伝って貰わないと駄目だったし、凄く大変だよ！　体力要るよ？　あんた大丈夫？」

　けれど僕の心はすでに決まっていた。

「……というかなり打算的な理由で医者になったんですよ。困っている患者さんを一人でも多く助けたい、とか言ってる人見ると頭が下がります。産婦人科を選んだのは、女性に対する欲求がほとんどないので他の男性よりは向いてるんじゃないかと思ったからです。本当は人と話すのが苦手な奴は医者なんか目指しちゃいけないんだけど、馬車馬のように働いてるから許して下さいって感じですかね」

そう、僕は誰かを支える事が出来るように、早く自立したかったのだ。それなのに、先ほど岩本のヒモになるという妄想をした時には露ほども疑問を抱かなかった。僕の中で岩本に頼られたいという思いと岩本に全てを預けてしまいたいという思いは矛盾なく同居しているらしい。きっとこんな思いを抱く相手はこの世に彼だけだろう。

「でも先生、医者に向いてると思うぜ。少なくとも俺は先生が主治医でよかったし、俺の妹も話聞いただけで、すげえいい先生引き当てたなって言ってた」

岩本の目が柔らかい光を宿して僕を見ている。照れてしまう。

「僕なんか患者に手を出す医者ですよ。産婦人科医の風上にも置けない、でしょ？」

岩本はそれを聞いて目を見開いた。

「ははは、びっくりした。先生、あんたそういう事も言えるんだな」

確かに言われてみれば際どい発言だった。デリカシーに欠ける気もする。照れ隠しとは言え、普段の僕なら絶対に言わないような事だ。相手が岩本だからだろうか。

「先生は人と話すの苦手だ、冗談も言えないってよく言うけどさ。俺、全然そんなの思った事ねえよ。俺は先生と話すの楽しいぜ。もっと言ってよ、そういうなんつーか、ふざけた感じの事もさ。真面目な人が聞いたら怒るような事とか。俺は先生が言う事ならくそみたいな下ネタも聞いてみたい。一緒にたくさん悪い事しようぜ」

岩本は椅子から立ち上がり僕の肩に手を回し、後ろから抱き着いてきた。石鹸のいい香りがする。嬉しいが素直に喜べない。きっと僕は汗臭いはずだ。目脂《めやに》だって付いているかもしれない。けれど岩本は全く気にした様子がない。先ほど僕の寝癖を見て笑っていたのに、今はその酷い寝癖のついた脂臭いであろう僕の後頭部に鼻先を埋めている。

彼の熱い腕が身体に触れるだけで前に血が集まるのを感じた。僕はもう三十七歳なのに。そして昨日あんなにもたくさん致したというのに。

「なあ、患者に手え出しちゃういけない弓削先生、とりあえず俺とお医者さんごっこしよっか、すげえエロいやつ」

いけない、という言葉で僕の愚息が完全に臨戦態勢になった。どうやら僕は岩本に罵られると条件反射で興奮するようになってしまったらしい。今僕が着ているのは寝巻にしているゆったりしたジャージだ。彼からは僕の股間の素直過ぎる反応が丸見えに違いない。岩本はそれを見ても笑わなかった。ただ、さらに吐息の温度を上げ、続けた。

「先生、昨日から俺、ずっと身体が熱いんです」

岩本の唇が僕の耳に触れる。僕もすでにはあはあと息が荒い。前屈みになってしまう。

「先生が昨日、いっぱいいしてくれたとこ、先生と笑って話してるだけですげえ疼《うず》いてて……治して欲しいんです」

岩本の台詞は僕でもわかるほど陳腐《ちんぷ》だった。少し芝居がかってもいる。彼はお医者さんごっこと言った。わざとだろう。けれど岩本が言っているというだけで、ジョークやパロディの類としては流せない。現に頭の悪そうな台詞を言う岩本の目は潤んでいる。息が出来ないくらいに欲情した。

「太いお注射……して下さい」

我慢出来なかった。椅子を蹴倒し岩本の太い首に腕を回し唇を貪った。岩本は目尻を赤く染めて相手を食い尽くそうとするかのような僕の口づけを素直に受けていた。

「せんせ……俺、マジで……ちょっと変なんだよ……ん」

口づけの合間に岩本が先ほどまでとは打って変わった真に迫った口調で言う。

「すげえやりてえの」

「僕もです、僕も……っ」

僕の手は条件反射のように彼の臀部をまさぐっている。相変わらず素晴らしい弾力と質量だ。そして彼の殿筋は昨日よりもいくぶん寛容になった。快感に反応して収縮するが、もう僕の手には怯えない。安心して身を任せてくれている。両手を使って大きく回すように揉み込むと僕にしがみつく岩本の腕の力が強まった。

「ぷは……っ」

キスから逃げ出されてしまったが、それでもよかった。岩本ははあはあと息を乱してくったりと僕の肩にもたれ掛かっている。彼に縋られるのはどんな時でも僕にとってはこの上ない栄誉なのだ。

しかし岩本に首筋に鼻先を埋められ、冷たく感じるほど息を吸い込まれてぎくりとした。昨日から僕はずっと身体を洗っていない。岩本から臭いと苦情を貰った事はないが、彼はあまりそういった不満を表に出す人間には思えない。むさ苦しい住み込みの部屋でずっと生活してきたのだ。僕がどんなに臭かろうと彼にとっては些事《さじ》だろう。しかしこのような場面で相手のきつい体臭に思わず我に返る事はありはすまいか。僕に関していえば岩本のどんな匂いも発情する助けにしかならないので問題ないが。加齢臭、という言葉が頭をよぎる。ほぼ同世代の島袋がそろそろ我々も気を付けるべきだと言っていたような気がする。僕の体臭はどうなのだろう。今まで真面目に気にした事がなかった。

「か、嗅がないで下さい」

思わず赤くなって叫ぶ。せっかくの雰囲気を壊してしまうとは思ったが背に腹は替えられない。彼が僕の臭いで興ざめしてしまったら、想像するだけで恐ろしい。しかし岩本はますます僕に身を寄せてくる。ぎゅっと抱きしめられて息が詰まった。苦しい。しかも、なんと岩本は必死な僕を笑っているではないか。声は出していないが気配とわずかな空気の動きでわかってしまった。

「僕、風呂に入ってないんですよ。臭い……でしょう？」

くくく、と声が聞こえる。今度こそ間違いなく岩本は笑っている。

「なんだよ、俺にお預けすんの、先生？　酷でえなあ。シャワー浴びるわね、先にベッドで待っててって？」

にやりと男臭く笑いながら岩本はべろりと僕の鼻先を舐めた。お預けなんて昨日から岩本が僕に散々している側なのに酷い言い草だった。岩本は弾力のある太腿を僕のすでに硬くなった股間に擦り付けた。こんなに盛っておきながら何を言っているのだと詰られているようだ。

「駄目、無理。嗅がせろよ……匂い」

笑顔のままくんくんと体中を鼻先で探られる。

「あ、……はっ」

首筋や耳や頬に唇の先と鼻を使った愛撫を施されて僕はいとも簡単に喘いでしまう。彼がひとたび本気を出せば僕など一捻りだ。一切拘束されずとも彼の言いなりになってしまうだろう。ジャージの下に手を入れられた。裸の胸を大きな熱い手の平で撫で上げられる。彼の欲に潤んだ目が誘うように僕を見ていた。

「先生は匂い嗅ぐの嫌い？　俺は好きだぜ、先生の匂い」

降参だった。正直言って身体の臭いは気になる。岩本に失望されたくない。だが、ベッドに行く間すらも惜しいと思ってしまっている僕に身体を洗う余裕があろうはずもない。僕は下半身の熱に足をもつれさせながら、半ば岩本に支えられるようにして寝室へなだれ込んだ。

岩本のジーンズを手間取りながら脱がせる。気ばかり急いてしまって上手くいかない。ジーンズはどうしてこう脱がせにくいのだ。遮光カーテンから漏れる真昼の光が岩本の裸身を容赦なく照らしている。昨日からもう何度も見ているのにその卑猥さに僕は毎回圧倒される。ボクサーパンツと丸首のTシャツの日焼け跡が目立つ艶やかな褐色の肌、綺麗に割れた腹筋、太い腿、引き締まった長い脛、彼は卑猥なだけでなく極めて美しかった。

僕は息を乱し、みっともないほど急いで服を脱ぎ、彼の上によじ登る。

「先生、はは、大丈夫だよ。逃げねえよ」

憎たらしい台詞だ。僕は経験がないのでわからないが岩本はきっと焦らすのも相手を煽るのもとてつもなく上手い。僕は常に彼の手の平の上で転がされているような気がする。岩本は逃げようと思えばすぐにでも僕から逃げられる。絶対に僕の思い通りにはならない。それなのに優しくて、誠実さを失わない。言っている台詞もやっている事も上品とは言い難いのに、どこか高貴ですらあった。そしてたまに尊いものを投げ捨てるように僕に寄越す。だから、そんな彼が興奮で声を掠れさせているのを聞くと僕はどうしようもなく飢えてしまう。

肩を押さえ込んでもう一度キスをした。唇より先に互いの舌が触れ合った。品のない顔で顎からだらだらと唾液を零しながら互いを貪る。鼻息荒く岩本の形のいい頭を抱き抱えるとボディーソープの匂いに混じってほのかに岩本の匂いがした。僕の中の獣を呼び覚ます匂いだ。

岩本は僕に先ほど、匂いを嗅ぐのは嫌いか、と問うた。岩本の、という意味でなら愚問である。しかし聞かれたのだ。答えてやろうではないか。大好きであると。

「ふは……っ」

ようやく僕に口を解放され、岩本は咽喉を反らしてはあはあと喘いでいる。首筋に甘く噛みつき、吸い上げる。どこもかしこもいい匂いだ。酔ってしまいそうだ。

「って、先生……あっ……また、無言……モード、かよ？」

そういえばそうだ。どうしてか今は言葉を発しようという気が全く起きない。昨日も似たような事があった。脳が言語から自由になり、ただ本能に任せて走り出す。もっと彼の匂いを味わうのに相応しい場所がある。

「え……ちょ？　はっ……！」

彼の腕を強引に上げさせて潜り込む。腋の下には自然なままの腋毛があった。毛先は柔らかい。ぐいぐいと顔を押し付け思い切り吸った。

「ひっ……！」

冷やりとしたのだろう。岩本の裏返った高い声にますます僕は勢いづく。彼の体臭は彼の体格や職業、年齢や性別を考えれば随分と控えめではあったが、確かにそこにあった。それは動物の匂いだった。彼も獣だ。僕と同じだ。

その匂いだけを集気瓶にでも詰めてしまえば、きっと誰もが顔を背けるに違いないのだが、今この状況、そしてこの僕にとっては極上の香りだった。口を開け、唇で柔らかな毛に触れながら顔中で彼の匂いを味わう。

「や、やめ……やめろって……ふはっひはは」

くすぐったさに岩本が笑った瞬間に肩のあたりに肘鉄を食らう。

「あ、悪い……あっ……はあ……っ」

彼は基本的にはとても僕に甘い。腕力の差もわかっている。

「やめろって、言ってん……のに……ふあ……ははっ……ああもう……」

本気で嫌がっているようだ。嫌がる彼も素晴らしい。岩本は顔を真っ赤にして身を捩じるが、腋への刺激でつい笑ってしまう。岩本がするどんな表情も僕にとっては媚薬のようだが、笑い、そして恥じらいと怒りの全く違う表情を行ったり来たりするその合間の、途方に暮れているような一瞬の顔が特にそそる。

「ああ……」

匂いを嗅ぎながらひとりでに声が出た。まるで僕のものではないような掠れて低い飢えた声音に驚く。そうか、わかった。僕は今、人ではないのだ。顔に岩本の匂いを沁《し》みつかせようとでもいうかのように岩本の腋の窪みに鼻を擦り付ける。僕の陰茎はすでにはち切れんばかりに勃起していた。痛い。攣りそうだ。その一瞬の隙を突かれた。

「ったく、先生！　いい加減に……し、しろよな！」

岩本は毛布を抱いて蹲《うずくま》り、僕に背を向けてしまった。裸の逞しい背中、そして大きな尻、彫像のように立派な体格の彼がするには間抜けなポーズではある。だが、それがいい。僕は彼のセックス中の滑稽さに昂ぶるのだ。いい眺めだ。思わず咽喉を鳴らした。逃げられても構わない。その間に、こちらもやることがある。

獲物から目を逸らさないまま僕はベッド脇に置いてある避妊具を拾った。もうあと三つしかない。片手で開け素早く付ける。

「わ……腋の下嗅ぐとか、反則だろ⁉　そんなん……だ、誰だって臭せえに決まってんじゃねえか！」

彼はセックスにまるで人のルールがあるように言うが、そんなものはないのだと僕はもう理解しつつあった。ルールは一つ、やるのか、やらないのか、お互いの合意に則った開始の合図だけだ。彼が本気を出せば簡単に僕を殴り倒して逃げられる。嫌なら逃げてみろ。僕は血塗れになっても追いかける。

今の自分が不道徳の境界線を歩いている自覚はあった。だが性交とは本来そういうものだろう。人と獣の間を行き来する行為だ。愛している人に己の最も凶暴で最も醜く、最も純粋な部分を見せるのだ。肉体においても、おそらく魂においても。

「へ、変態かよ……マジで……くそっ」

自然と笑みが浮かぶ。僕は岩本に罵られると興奮してしまう。彼が知ったらまた、変態、と言うかもしれない。その想像すら僕を沸き立たせる。

まだ背中を見せている彼を怯えさせないように覆いかぶさる。けれどしっかりと首に顔を寄せる。無意識のうちに急所に牙《きば》を立てようとしているのかもしれない。

「へ？　あ？」

腋の下から両手を入れ、岩本の豊かな胸の筋肉を揉みしだく。うつ伏せになっているせいで力が入っていつも以上に硬い。頼もしい硬さの中の無防備な小さな突起が愛しい。口で触れさせてもらえないのが残念だ。仕方ないが今は我慢しよう。僕にはやりたい事がある。

「ん……」

甘やかすような優しい愛撫に岩本の力が抜けていく。後ろから項に何度も口付けた。強請られていると思ったのだろう。こちらを振り向こうとした岩本の肩を押し、やんわりと押しとどめた。

訝る岩本に笑みで答えた。彼はこの体勢がどんなに無防備なものかわかっていないのだ。背中に舌を這わせながら手を下へと滑らせる。僕と同様にいきり立ち、露を零す彼の男性器を捕らえた。ぬるつく先端を指先で撫で、根元を握って扱く。

「んっ……あっ！」

そしてすでに濡れそぼちぬかるむ後ろを指で貫く。岩本の身体が逃げを打っても許さなかった。

「ひっ……はっ……あっあっあっ……ああ、先生っ……やめ……両方は無理……」

岩本の腰から上は必死に僕から逃れようとしている。腕は僕を押し、だらしない表情を晒すまいと顔を背けている。だが、どれも弱々しかった。彼の下半身はすっかり僕の虜《とりこ》だった。誘うようにうねり、四つん這いになって尻を突き出す。陰茎を硬く育てれば育てるほど、尻の奥も狭くなる。尻頬を窪ませ、背を震わせて岩本の身体は僕の指を全身で味わっている。彼の腕からもついに力が抜け、今や腰だけを僕に捧げるようなポーズだ。足を開き、身体の一番深い場所を僕の好きにさせ、快感の吐息を漏らし、甘い泣き声しか上げなくなる。

「先生……いい、もう、俺……で、ああっ……あっ……」

出そうだ、とでも言うつもりだったのかもしれない。けれど僕は指を突き立て先を封じた。指を引き抜いて切っ先を触れさせる。長く執拗《しつよう》な愛撫でぽってりと腫れ上がったピンク色のそこが期待するようにひくりと震える。

「あ……ちょ！　ご、ゴム」

完全に緩んだ顔にほんの少しだけ理性を戻らせた岩本が慌てて振り返る。その触れなば落ちん風情に余計に我慢が利《き》かなくなる。彼の目がラテックスを被って完全に上向いた僕の性器を一瞬だけ捉えた。

「え、いつの間に⁉　つか早⁉……あっ……っ……っ！」

お構いなしに貫いた。ようやくだ。ぜえぜえと荒い呼吸を繰り返しながら最初から深く抉る。ぬうっと抜き取り、勢いよく突きこむ。その間にも彼の前を扱く手は緩めてやらない。彼の尻にこれでもかと腰を叩きつけながら、会陰から陰嚢に至るまで撫で回し、もう片方の手で亀頭をいじめる。

「ひっ……ひっ……いっ……あっ……待て、待てって、先生！　いく……っっ……っ！」

ほんの数回のストロークで岩本は派手に前を噴きこぼれさせた。僕を包み込む肉筒も収縮し、彼が二つの絶頂を同時に極めてしまった事を知る。シーツに縋り付く拳すら震わせて快感に蹂躙されている彼にも僕は容赦をしなかった。

「ん！……んあっ……んあ、はあ……あっあっ、や、ちょ……あっ」

背をぐっと丸めて硬直する彼の中で、唯一柔らかな場所、昇りつめて油断している直腸を変

わらぬ速度で苛んだ。腰を抱え突き出すと同時に引き寄せ、出したばかりの彼の精液が僕の腿に飛び散るほど揺らす。

「あ……ひでえっ……せんせ、それやめ……待って……まっ、ああっ、んあ、いあっ」

一度絶頂に至った直腸は温《ぬく》み、充血し、ぼってりと腫れ上がっており、僕を甘やかすようにしっとりと締め上げてくる。寛容で淫《みだ》らだ。それでいて敏感に反応する。すでに極上の住み心地のそこを何度も何度も耕《たがや》す。昨日も後ろでの長い絶頂が冷めやらぬままの彼を、奔流《ほんりゅう》から解放されるのを待たずに穿《うが》ったが、同時に射精までさせたのは初めてだった。出した直後は気を遣って岩本の前を扱くことはせず、ただ握りしめるにとどめていた。しかし、若い雄はすぐに回復した。手の中で弾けてしまいそうだ。彼の肩を甘く噛みながらえげつない手淫を再開する。

「だ、駄目だって……はあ、んあっ……や……っ」

先ほどの鮮烈過ぎる快感を身体が覚えているのだろう、岩本は怯えるようにもじもじと腰を捻り、膝を閉じようとする。すでにしっかり僕を咥えこみ彼の中も外も僕に甘く媚びを売っているというのに。あまりにも稚《いとけな》い抵抗は完全に逆効果だ。

「……ん」

ぐっと僕の性器がもう一回り大きくなってしまったのが自分でもわかった。岩本の身体がぎくりと緊張する。嫌がられてどうしようもなく感じた。腰が止まらない。

「え？　あっ……かっ……はっはっ……んあああ！　あああああ」

ドレッシングの瓶でも振るようにして岩本の肉棒を乱暴に扱き、彼の恥じらって閉じようとする膝もそのままにがつがつと後ろから攻め立てた。ぐぽっぐぽっと聞くに堪えない音が響き渡る。

「ひ……ひっ……っっ！」

岩本は声も出せずに二度目の射精に至る。頬を彼の背中に寄せて僕も彼の最奥《さいおう》に亀頭を押し付け、放出する。凄まじい締め付けに何もかも搾《しぼ》り取られてしまいそうだ。彼の絶頂後の直腸の貪欲さを知っている僕はすぐに抜き取り、代わりに指を食ませてやる。彼のそこは快楽に爛れてとろけるようだった。それなのに僕の指にしゃぶりついてくる。

岩本はようやく力を抜いて、緩やかな快感に身を任せた。彼の後ろを指であやす間にも啄《ついば》むような口付けを彼の背中に落とす。脇腹に、腰に、尻たぶに。愛しくて堪らなかった。絶頂感が少し収まってきたのだろう岩本がごろりと仰向けになり、指が抜ける。

「つめてっ!?　あ、俺の」

自分の精液が飛び散った場所に寝そべってしまったようだ。それを見て僕も次第に正気に戻る。同時に青くなった。やり過ぎた。

「だ、大丈夫、です……か？」

もう何度目かわからないが。今度こそ愛想を尽かされる気がする。しかし岩本はそんな僕を見て笑った。

「なんだよ、さっきまでと全然……」

「す、す、すみません……」

身を震わせて笑う岩本に居た堪れなくなる。どういう顔をしていいかわからなかった。

「情けない顔すんなよ。ったく、んな愉快な寝癖で俺の事がんがんに攻めてたんだよな。ぷはっ……やべえ、すげえ面白くなってきた」

思わずもう一度自分の頭を触る。確かに。だがそんな僕を岩本はぐいっと引っ張って自分の逞しい胸の上に乗せてしまった。

「先生、俺さ、先生に無理やりされんのすげえ好きかも、すぐイっちゃった」

首筋や頬を撫でながら内緒話でもするように言われた。どうやら褒められているらしい。低くて掠れた声にまた勃ってしまいそうだ。岩本の泣きはらした、しかし今は笑みを湛えた奥二重の目に釘付けになる。

「めちゃくちゃ興奮した」

岩本が笑み崩れる。

「な、また今度、今日みたいなのやろうぜ」

耳元で囁かれた。

「俺が嫌っつっても、やめんなよ」

ああ、敵わない。

自然に顔が近付く。溢れ出して止まらない何かを相手に与え合うようにして舌を絡ませる。身体の間で擦れる互いの性器にはまだ埋火《うずみび》がある。この調子では本当に避妊具が足りなくなる可能性がある。それでもいいか。買えばいいのだ。今度は僕も赤面してしまうかもしれない。

店の人に不審な目を向けられるかもしれない。だが、構うものか。そして岩本に言おう。恋人が出来たので、買ってきました、と。

僕と岩本はソファーに並んで座って岩本の妹からの連絡を待っていた。今日は医師国家試験の合格発表の日だ。岩本はソファーの前に置かれたテーブルの上の折り畳み式の携帯電話を睨みつけている。

「んだよ、昨日はさんざっぱら、落ちてたらどうしよう、だの、自己採点では大丈夫だった、だの、うだうだうだうだ長電話してたのによ……なのに肝心の電話が遅せえ！」

岩本は唸り声を上げて頭を掻き毟っている。確かに昨日は岩本にしては珍しく深夜まで電話で話し込んでいた。

思い返してみると僕も国家試験の発表前は気が気ではなかった。自己採点は何度もしたが、マークシートのミスや機械による採点の不具合はどんな成績優秀者にも起こりうる。岩本の妹なら大丈夫だろうとは思うが、万が一という事もある。

頼むから合格していてくれ。僕は岩本の妹が国家試験に合格していたら岩本に結婚を申し込もうと思っていた。

岩本と恋人として過ごしたこの数か月は本当に楽しかった。クリスマスやお正月、バレンタインデーにホワイトデー、その全てを僕は今までの人生でどうやって見ないふりをするかだけに腐心して過ごしてきた。大勢の人が楽しそうにしているだけなら何も問題はない。しかし、質問されるのだけは御免だった。先生は誰と過ごすんですか、この質問に何度心を切り裂かれて来た事だろう。今年はその苦しみからは自由なのだ。人生で初めてイベントを満喫してやる、とはならなかった。理由は簡単だ。岩本と家で過ごすのがあまりにも楽しくてそれどころではなかった。

あれからずっと僕は自分の姿を動画で撮影されて見せられたら悶死するだろうというくらいに岩本の身体に溺れていた。岩本を目で追っては見惚れた。暇さえあれば岩本に触れたがった。完全に幼な妻を貰ってのぼせ上った夫の図だった。よくもまあ愛想を尽かさずに付き合ってくれたものだ。愛想を尽かすどころか岩本は僕の心が読めるのではないかと思えるほど、僕の欲しい時に誘ってくれた。まあ、僕が欲しくない時など基本的にはないのであるが。

恋人らしいイベントに興味を示したのは意外にも岩本の方だった。僕がクリスマスや年末に街へ出掛けた事がないと知ると彼は、自分もだ、と言った。意外だった。高校を卒業してからずっと大工として働きづめだったので暇がなかったのだと言う。

「たまの休みに疲れてんのに無理して人混み行きたいとか思わなかったんだよな。でも先生も行った事ないのか……そっか」

岩本は目を輝かせて振り返った。

「よし、イルミネーション綺麗らしいから、見に行こうぜ」

久しぶりに電車に乗った。なんの下調べもせずに思い付きで来てしまったのでその場で僕が端末で調べ、目的の駅がもう間近に迫ってからどこへ行くかを決めて慌てて降りた。危なかった、よく間に合ったものだと言って笑い合った。

クリスマスまでまだ一週間はあったが、休日の都心は混み合っていた。暗くなるまでは時間がある。暇つぶしにファッションビルに入ったところショーウィンドウに映る自分の姿が気にかかった。岩本は身体が鑑賞物になりうるタイプの男なので人目を惹く。背が高く、姿勢もいい。量販店で購入したらしいシンプルなミリタリーコートとカットソーがまるで別のものに見える。それに対して僕の野暮《やぼ》ったさときたらなかった。何を着てもこうなのだから仕方がないと今までは思っていた。服飾店に入るのは気後れする。お前のような輩《やから》がなぜこのような店に、という目で見られるのも嫌だった。

だが、岩本の隣に立って初めて、外見に気を遣っていると意思表示する事も礼儀ではないかと思い始めた。特に好きな人の隣に立つのなら。

思い切って岩本に服を見立ててくれと頼んでみた。究極的には僕が外見を変えたい理由は岩本なのだから、彼に聞くのが正しい気がしたのだ。岩本は自分はこのような場所で服を買った事はないのだと慌てていた。だがそれは僕も同じだ。最初はしぶしぶといった様子だったが、いざ選び始めると楽しそうだった。なんでも楽しめるのも彼の美点だ。店員も協力的だった。酷い格好をした僕を見下すような真似はしなかった。店員の教育が行き届いた良い店だからだろうか、それとも岩本が一緒だからだろうか。おそらく両方だろう。

僕には洋服の事はわからないが、鏡に映る僕は少なくとも外見などどうでもいいと思っている人ではなかった。相変わらずひょろりと細長くて青白い気弱そうな男でしかない。だが好きな人に見せるための服を懸命に選ぶ三十七歳を、僕は笑う気になれなかった。

　買い物が長引いたせいで遅くなってしまって目的のイルミネーションはほとんど観る事が出来なかった。一体何をしに来たのかよくわからない。僕の買い物に岩本を付き合わせてしまったと恐縮したが、岩本は上機嫌だった。

「楽しいもんだな。また、どっか行こうぜ。今日買った服着てさ」

　それからも何度か岩本と出掛けた。海沿いの街に海鮮丼を食べに行った。冬の海辺を散歩した。車の試乗会に行き次に買うべき車についてああだこうだと言い合った。アクション映画を観に行った。近所の焼肉屋で食べ放題をした。岩本とするとどんな事も楽しかった。ずっとこうならどんなに幸せだろう。

　本音を言えば僕は想いが通じ合ったその日、すぐにでも彼にプロポーズしたかった。同性婚の制度はすでに一般化している。彼は成人しているし彼が同意してくれさえすれば僕達は今すぐにでも結婚出来る。けれど、いくらなんでも急ぎ過ぎだろう、と思い直し三日は待った。待つ間に冷静になる。考えてみるといくつもの問題があった。

　岩本は僕との同居をどうやら妹に伝えていないらしい、というのがまず一つ。なんとなく事情はわかる。僕が岩本の立場でもきっとそうした。彼女は大事な試験の直前である。要らぬ心労を与えたくないと思うのが兄心だろう。

　そして、岩本の妹が自立しないうちに結婚を申し込むのも抵抗がある、というのがもう一つだ。結婚、すなわち財産の共有、ではもちろんないが、彼はそれでも経済的な重荷を抱えたまま僕と籍を入れるのを嫌がるような気がした。

正直に言えば一秒でも早く結婚したい。しかし、彼の大事にしている筋のようなものに対して敬意を払わぬ輩だと思われたくはない。

だから、どうしても岩本の妹には合格して欲しいのだ。

電話が鳴った。ワンコールもしないうちに岩本が電話を取る。

「……はるか！　てめ、遅せ……マジか！」

どっちだ。受かったのか。

「そっか、そっかよかった、本当によかった。……っ、頑張ったな。馬鹿！　気にすんな！　そんなのあたりめーだろが！　おめでとう。合格祝いやんねーとな」

受かったようだ。どっと身体の力が抜けた。自分の国家試験の時の事などもう十年以上も昔なので忘れてしまったが、これほど嬉しくはなかった気がする。発表前の不安な気持ちは鮮明に覚えているのに、合格した時の嬉しさは忘れているというのは我ながら自分らし過ぎて笑えない。岩本は涙ぐみ電話に向かっている。

「うん、おお……まあ、ゆっくりしてくりゃいいんじゃねえか？」

岩本はしばらく妹の話にただ相槌《あいづち》を打っていた。積もる話もあるだろう。長くなりそうだ。僕が妙な声を出して彼の小さな嘘がばれるような事があってはまずい。そっと席を立ち自室へ引きこもろうとしたその時だった。

「あのさ、はるか。俺さ、お前に言ってねえ事あるんだよ。今時間あるか？」

思わず足を止めた。

「おお、そっか、ならいいか。俺な、今社長のとこには住んでねえんだ」

目を見開いた。

「前にさ、MFUUになった時に診てくれたすげえいい先生、ああ、そうそう、よく覚えてんな、そうだよ弓削先生、その先生のとこに住まわせて貰ってんだ、ありがてえ事に。血の付いたナプキンやらなんやら後輩には見られたくねえしさ」

岩本は僕を見ていた。彼はなんの気負いもない声で妹相手にナプキンと言った。僕も変わったが、彼も変わった。

「悪い悪い、説明すると長くなるしよ。お前言ったら絶対こっち来るとか言い出すだろ。面倒臭せえから言わなかったんだよ。試験勉強サボる口実やってもしょうがねえし」

岩本は僕を見たまま笑った。

「合格したら言おうと思ってたんだ。馬鹿、受かるに決まってんだろ。心配してねえよ」

そして岩本は言葉を切って少し目を伏せた。頬が赤い。

「で、でさ、俺さ、いろいろあってさ」

僕もつられて顔が赤くなる。

「そ、その先生の事、す、好きになってさ。付き合ってんだ、その先生と」

しばらく無音だった。そして僕にも聞こえるほどの音量で興奮した女性の高い声が電話から漏れてくる。

「あー、もううっせえな、叫ぶな……あ、あー……違うと思ってたんだけどそうだったみたいだな。はあ？　ははは、なんだよ、最初に聞くのそれかよ、イケメンだよ。優しいし強いしかっこいいぜ。クソが付くくらい綺麗な顔した兄ちゃんだ。やんねーぞ。つか他に聞く事あんだろが。あ？　……ああ、あれだよ、胃袋摑むってやつだよ。あと寝技」

僕は断じてイケメンではない。それを言うなら岩本の方がずっとイケメンの要件を満たしている。そして兄ちゃんという年齢でもない。おっさんの方が相応しい。下手にハードルを上げるのはやめてくれ。それから寝技ってなんだ、妹相手に何を言っているのだ。口をパクパクさせながら狼狽えてしまう。

「うん？　ああ、まだ駄目」

電話口からまた喚《わめ》き声がする。岩本は目を細めて嬉しそうに僕を見た。

「駄目、今度な。駄目っつってんだろ、先生今涙目でこっち見てっから。はいはい、うっせーな、また連絡するよ。じゃーな」

まだまだ続く喚き声を無視して電話を切る。岩本は眉を下げて悪戯っ子のように笑った。

「はは、言っちった」

僕はぎくしゃくとまたソファーに腰を降ろし彼の隣に戻る。

「確かに捕まえとけって言ったけど、そういう意味で捕まえちゃったの？　お兄ちゃんマジ凄くない？　どうやって捕まえたの、そんな優良物件！　だってよ」

おどけた様子で口調まで真似てくれた。ご機嫌だ。

「まあ、反対はされねえだろうと思ってたし、されても先生と別れる気ねえけど、照れ臭いもんだよな。紹介しろってさ。涙目のイケメンと話させろってうるせえし、なんなんだあいつは」

岩本は大きな手で僕の頬をそっと撫でた。違う、涙を拭ってくれたのだ。男らしい仕草だった。惚れ直してしまうではないか。

「ごめんな、先生。もっと早くに言うつもりだったんだけどさ。あいつが試験落ちたらさすがに寝覚めが悪いじゃん？　受かるの待ってたんだよ。あいつ知ったら怒るかな、人が必死こいて試験勉強してる間に色惚けしてやがったのか！　っつって」

僕は慌てて鼻水を啜った。

「ぼ、僕も、待ってました。はるかさんが国家試験に合格するのを」

「へ？　なんでよ？」

僕の頬にあった岩本の手を摑んだ。泣いたままで言うのは格好悪いような気もするが、この僕が今更格好を気にして何になるのだ。

「い、岩本さん、僕と結婚して下さい」

岩本は一瞬泣きそうな顔になってから満面の笑みをくれた。

「おう、こちらこそ」

自分で言い出しておいてなんだが、あっさりと頷いて貰えたので拍子抜けした。

「なんだよ、先生。結婚すんだろ？　しようぜ」

「い、いや、こんなにさらっと承諾して貰えると思わなくて」

「はは、だからなんでだよ。俺が先生以外の誰と結婚すんだよ」

「ぼ、僕は、も、もうおじさんだし、頼りないし」

僕がもしも岩本の父親であれば見た瞬間に追い返したくなるタイプだと自負している。

「あのさ、何度でも言うけど、先生は頼りなくねえよ」

岩本は僕よりよほど頼もしい笑みを浮かべて僕の肩を叩いてくれた。

「そういや、はるかの合格待ってたってなんで？　まあ、さすがに結婚するとなったらはるかにちゃんと話さなきゃなんねえけど、結婚しようくらいいつ言ってもいいじゃねえか」

言われて僕の方が驚いた。彼は金銭的な事について何も言わなかった。はぐらかそうとしたが結局全て白状させられる。恐る恐る岩本を見上げると岩本がなんとも言えない顔で溜息を吐くところだった。

「先生、一応自分が金出し過ぎてる自覚あったんだな」

これは怒られる。確実に怒られる。

「まあ、金の事とか全然気にしねえって言ったら言い過ぎだけどさ、俺実はもうそのへんあんまり拘《こだわ》りねえんだよな、先生に関しては」

岩本は言葉を切った。少し思案する。そして何かを思い出して笑った。

「ここに引っ越して来た日に俺、生理痛でへばってたじゃん。覚えてる？」

よく覚えている。そして岩本の腰に初めて触れさせてもらった。

「その時に、俺の荷物の中から先生が生理用品取ってくれようとして、茶色い紙袋手渡そうとしてくれたよな」

そうだった。僕が彼に進呈したものによく似ていたのできっと中身は生理用品だろうと思ってしまったのだ。何か違うものでも入っていたのだろうか。

「あれは先生がくれた生理用品なんだ。ほとんど使わずそのまま入れてあったんだよ」

「つ、使ってくれてなかったんですか？」

ショックだった。何が気に入らなかったのだろう。岩本の役に立つ事が出来たと誇らしく思っていたのに。

「ほら、先生そういう顔するし」

岩本が苦笑した。

「使わずに取ってあるの先生にばれたらがっかりするかもしれねーし、かと言ってその時はまだ先生に上手く説明出来る自信なかったから黙ってたんだよ」

大きな手で頭を乱暴に撫でられた。頭が揺れる。

「だから、違うから！　嬉しかったよ！　すげえ助かったよ！　その……嬉し過ぎてさ」

岩本はがりがりと乱暴に頭を掻いた。

「先生の言う通り、俺は人に物貰うのすげえ抵抗あったんだ。結局貰っちゃう事が多いんだけど、素直に喜べないんだよな。いつもどこかでこいつ俺の事憐れんでるんだろって思っちゃう癖、抜けなくて。震災で親が死んで、妹も養わなきゃいけない可哀想な奴だって」

中華屋でもそれは聞いていた。

「同じ部屋に住んでた奴、俺と同い年なんだけど、大学出てから弟子入りして俺よりずっと後輩のくせに、建築とかかじってるから仕事覚えるのも早くて」

岩本は目を伏せた。

「生意気だけどいい奴なんだよ。ヤな奴だったらよかったのに。俺、焼き芋が好きでさ」

それは僕も知っていた。買って帰ると嬉しそうに食べていた。食べる姿があまりにも可愛らしいので何度も買って帰った。

「でも焼き芋って結構高くねえ？　美味しいけどなあ、所詮は焼いた芋だぜ？」

焼き芋が高いか高くないか、難しい問題だった。美味しく作るには技術も根気も必要である。一概に高いとは言えない。僕は思わず黙り込む。

「仕事帰りに仲間と歩いてて焼き芋の車が通りかかった時、みんなで買って食ったんだよ。俺は金欠だったから買わなかった。そしたらそいつが俺の分も買ってくれたんだ」

岩本は顔を歪めた。

「その時は食ったぜ？　だって空気悪くなるじゃねえか。でも、その後も何度も、お前これ好きだろって」

なんだと。

今はセックス中ではないのに僕の中に棲《す》む獣が目を真っ赤に血走らせていきり立っている。

しかし岩本は気が付かない。

「食えねえよそんなの。貰いたくねえよ。ふざけんじゃねえよ。俺は高卒でそいつは大学出てる。裕福な親もいる。でもそれに引け目を感じた事なんかねえ、俺は俺だって思ってたよ。けど、そういう事されっとさ、そう思えなくなってくるんだよな。いい奴なのに」

岩本は俯く。けれど僕は全く別の事が気にかかって仕方なかった。

賭《か》けてもいい。その岩本の同室の男はただ単に岩本を喜ばせたかっただけだろう。施しているなんていう意識はまるでないに違いない。いや、あったかもしれないが、その男にとっては些事だったのだ。もっと大切な事があったのだ。そして、そのもっと大切な事とは僕の野性の勘が正しければ、食べている時の岩本の可愛い顔だ。

危険だ。やはり一刻も早く岩本と結婚したい。左手の薬指に指輪を嵌《は》めさせたい。しかも同室だと。そいつは岩本の匂いを嗅いだのか。岩本の寝顔を見たのか。しかも岩本にとってその男は、いい奴、らしい。気に入らない。どこのどいつだ。今すぐ捻り殺してやりたい。何を考えているんだ僕は。危険な考えを慌てて振り払う。今、岩本はとても大事な事を言ってくれているというのに。

「そいつに貰った焼き芋は結局その後は一度も食わなかったよ。そいつの実家から送って来る食い物とか酒だとか全部いらねえって突っぱねた。馬鹿な事してるってわかってたけど、それ貰ったら俺は本当に物乞いになっちまう気がしたんだ。今思うと、餓鬼だよなあ。そんな事はねえのにさ。ありがとうって言って貰っとけばよかったんだ。カッコ悪いよな。俺をカッコ悪いと思ってこの世で一番見下してたのはたぶん俺だった。カッコ悪くしてたのも俺だった」

　岩本は穏やかな顔でふっと息を吐いた。

「でも先生にあの生理用品貰った時は違った。最初は混乱してたし、現実的な事しか頭に浮かばなかった。早く使うのに慣れなきゃって思ってすぐに袋を開けたよ。施しだとかそんな事、全く思わなかった。開けた後でようやく人に物を貰った時の条件反射みたいにその事思い出して、そこで初めて先生の事を考えた」

　岩本は顔を上げて淡く微笑んだ。長い睫毛がけぶるように瞬く。

「あの時、先生は俺の生い立ちとか全く知らなかったんだよな。でかくてむさ苦しいただの若い男。それに先生は俺に怪我させられた直後で、まだ俺が謝りに来てもいない休みの間に、あれ買いに行ったんだよな。ただの若い男どころか、頭悪い乱暴なチンピラだって思われてたっておかしくねえ。それなのに、先生は俺だけのためじゃねえかもしんねえけど、少なくとも、俺と同じ立場の患者のために。ネットで調べて、ドラッグストアで白い目で見られながらさ」

　岩本は眉を顰めて笑った。

「なんだこれって思ったよ。とんでもねえもん貰っちまったって。生理用品握りしめて軽トラの中で泣いた。ははっ、訳わかんねえだろ？　大の男がさ。使えねえよ。っていうか捨てたくねえ」

　あの生理用品をそんなふうに思っていてくれたのか。

「たぶん俺は他人がよくしてくれるのをそのままありがたいものとして受け取れない自分が凄

く嫌だったんだ。つらかった。何か貰うたびに自分の中の何かが減ってくような気がしてた。けど、先生がくれた物の中には俺が嫌いな変な同情は入ってないんだよな。安心した。今考えればわかる。先生以外にも俺に混じりけなしのただの善意をくれてた人もいたんだろうよ。でも心がカチカチになってた俺にはそれがわからなかったんだ」

そこで岩本は少し考えた。

「その時から俺は先生の事、好きだったよ。でもそれだけで好きになったわけじゃねえな。先生はマジですげえいい人だったけど、ただ単にタイプだったのもあるな、たぶん。その時の俺は男なんか好きになるわけねえと思ってたけど、きっと先生に恋してる罪悪感だけはあったんだろうよ。頼り過ぎちゃ駄目だって、貰った生理用品握りしめて、これ貰っただけでもありがてえって思わなきゃって、先生に会いに行くのは我慢してたんだ。でもいろいろへこむ事あって、先生に不動産屋で会った時はそんなの忘れてた」

僕もそうだった。何もかも忘れていた。会えて嬉しかった。

「また、会えた。嬉しい。それだけだったよ。あ、ちゃんと困ってたんだぜ。口実にして先生を食事に誘ったわけじゃねえよ？　そもそも先生以外の奴がルームシェアしようって言ってきても絶対、うん、なんて言うはずねえんだよな。あの時先生は俺が金に困ってるって知ってたわけだしさ」

僕も岩本以外にはきっとルームシェアなど思い付きもしなかっただろう。

「一緒に暮らしても楽しいばっかりで、こんなに楽しくていいのかってくらい。先生は優しくていつでも俺の事本気で気遣ってくれて、あんなに施されるのが嫌だったのに先生にいろんな台所のもの買ってもらうのは嫌じゃなかった。先生が新しい家電揃えてたのも俺と同居するためなんだなって思ったら嬉しかった」

　やはりばれていたのか。恥ずかしい。

「嬉しかったんだ。金掛かるだろうなって思ったけどよ、先生ならいっかって。あ、先生には負担かけてもいいって言ってるんじゃねえよ？　なんつうかさ、頼ったり頼られたりするのを先生とならやりてえなって、先生が困った時は俺が助けようって本当に当たり前みたいに思ったよ。先生が買って来てくれた焼き芋は美味かった。不思議なんだけどさ、俺、最近、先生以外に何か貰ってもあんまりつらくなくなったんだ。少しずつだけどな、先生のおかげかな」

　岩本は再び僕の頬に触れた。

「先生、好きだぜ、こっちから頼みてえよ。俺と結婚してくれ」

　僕は何も言えずに頬に触れている岩本の手に手を重ねた。

「先生がもし俺とはるかの事考えて結婚した上で金の援助してくれるって言ったら、渋るし断るかもしれねえけど、俺は怒らねえよ。施しだなんて思わねえ」

　岩本はまたくくっと悪餓鬼の顔で笑った。

「つか先生、変な事気にし過ぎなんだよ！　そこ気にするならもっと家賃出させろよ！　それに先生さっきから泣き過ぎだから！　普通プロポーズされた側が泣くんだろ？　なんで先生が泣くんだよ」

言われて初めて気が付いた。顎まで濡れている。慌てて拭うがソファーの上に滴が落ちた。つい目で追うと、下から掬《すく》い上げるように短いキスをされた。

「じゃ、とりあえず俺は先生のお母さんとばあちゃんに挨拶しに行きゃいいの？　息子さんを下さいって？」

そこで、僕は大変な事に気が付いた。

「あ……まだ、言ってなかった」

「はあ!?」

岩本の妹の事で考え込んでしまってすっかり忘れていた。そうだ。僕は岩本と同居している事すら母に伝えていないではないか。元々母は放任主義でよほどの事がない限り僕に連絡してこない。その用事すらもメールで済ませようとする。岩本と一緒にいる時間が楽しくて、最近は帰ってすらいないではないか。とんだ親不孝息子だ。

しまった。

「マジでずれてんなあ、なんなの先生？　さっき先生、俺が妹にカミングアウトしたの聞いて泣いてなかった？　あの涙、なんだったの？　先生だってまだ俺の事親に言ってないんじゃん」

岩本は怒るというより呆れていた。完全に声が笑っている。

「す、すみません！　今！　今電話します」

僕の電話を受け、母はいたく驚いていた。それはそうだろう。僕だって僕は生涯独身である

に違いないと思っていた。しかも相手は世にも珍しいMFUUの男性だ。

『はあ、最近来ないと思ったらあんた部屋に男連れ込んでたの！　しかも患者に手出して！　このエロ医者！』

「お、お母さん、言い方……」

間違っていないのでつい語尾が弱くなる。

『ていうかあんた、ゲイだったんだ。童貞なのは知ってたし、びっくりするほど性欲弱いのもわかってたけど』

お母様、ざっくばらん過ぎるよ、僕は一応隠しているつもりだったよ、とは言っても無駄なのでもちろん言わない。

『そっかあ、じゃあ、いろいろ悪かったね』

あっさりした口調で謝られて驚いた。

『なんとなく異性愛者である事を前提にあんたに接してたわ。ばあちゃんが貰ってきたお見合い写真とか何も聞かずに渡してごめん。うん、よくなかったな。私は思い込みからは自由な方だって勝手に思ってたけど、全く駄目だった。反省しないと』

「僕も気が付いたのは最近なんだ。だから気にしないで」

『関係ないよ。気にするよ。結果じゃなくてスタンスの問題だよ。でも、よかった……崇に好きな人が出来てよかった』

濡れた声に驚いた。ドライな母が泣くなど珍しい事だった。

『べ、別にさ、どうしても孫の顔見たいとか思ってたわけじゃなかったよ。だけどたまにあんたの事考えると凄く悲しくなった。た、崇がこのままずっと独りで、私が死んでも、誰とも何も交わさず……っ……生きていく事になったらどうしようって……だから、嬉しい。ばあちゃんも喜ぶよ』

しばらく母は泣いていた。

「でさ、泣いてるとこ悪いんだけど、僕、岩本さんと結婚したいんだ。岩本さんと二人でお母さんとおばあちゃんに会いに行っていい？」

『切り替え早っ⁉　母はもう少し浸りたいよ⁉　相当がっついてるな、おっさん』

母はさっきまで泣いていたのが嘘のようにあっけらかんと言った。そして、いちいち母の言葉が僕に突き刺さる。がっついて、いる。その通りだ。おっさんも否定できない。

『いいよ、いつでも来なよ。こっちは年金暮らしのばばあ二人だから暇してるし』

「じゃあ、来週の……」

『あ、そこ駄目、ランチ行く』

「いつでもよくないじゃないか！」

『急に言うのが悪いんでしょ⁉　だいたい崇、私が許可しないからって結婚すんのやめたりするわけ？』

僕は思わず、電話を握ってお辞儀した。

「しません」

『うわあ、むかつく！　そういう時は嘘でもいいから、お母さんが許してくれないと僕ら結婚出来ません、くらい言え！　なんだその、反対されたらお前の意見なんか無視する気満々だけど、祝福された方が気分もいいし、許してくれるなら会ってやらなくもないですけど？　僕はどっちでもいいですよ、みたいな態度は！』

間違いなく僕のこの嘘が吐けない性格は母似である。この言い草、これでもう随分前に還暦を過ぎているのだから恐ろしい。聡明さと生来の善性に任せて好き放題生きてきた女の完成像がこれだ。清々しいが、うるさい。

「じゃ、やめる？」

『やめるわけないでしょ、一人息子が結婚相手連れてくるのなんか嬉しいに決まってるじゃない！　出来るだけ早く来なさいよ。あと、岩本さんによろしく。当日お会い出来るの楽しみにしてますって言っといて！』

その後で岩本も妹と似たようなやり取りをしたのだが、岩本の妹は合格発表翌日から県北の病院で研修を開始する直前までの日程で友人と卒業旅行を計画していたらしい。試験終了から今までバイトに明け暮れていたのだという。就業前に会っている暇はなさそうだ。

「はるかの病院、高速使えば一時間で行けるし仕事が落ち着いてからでもいいだろ」

岩本は面白そうに僕を見た。

「すっげえ、残念がってたぜ」

どうやら岩本の妹は、岩本の言葉をすっかり信じているらしい。不安だ。実際に会ったら酷くがっかりされるのではないだろうか。

そして予定を合わせた休日に実家の前に岩本と二人で車で乗り付けたはいいが、迎えに出て来てくれた母と祖母は岩本を見るなり大声を上げた。

「いい男じゃないか！」

「いい男だ！」

「お母さん！　ばあちゃん！　岩本さんを指差さないで！　失礼だろ！」

「だって、崇ちゃん、ずいっぶんいい男だよ？」

「いい身体してるし！　あんたと大違い！　まだ、若いじゃない！」

「わかったから！　わかったから黙って二人とも！　ここ往来だからね？」

気持ちはわかる。彼は僕が連れてくるにしては上玉過ぎる上玉だ。しかしこのあたりは戸建てが密集しているのだ。休日の昼ともなれば閑静《かんせい》な住宅街に声が響き渡ってしまう。

「ど、どうも、岩本太一です」

さすがの岩本も目を丸くしている。

「千賀子《ちかこ》、聞いたかい？　声もいいねえ」

卒寿を過ぎた祖母はすっかり女の顔になり岩本の低い美声に聞き惚れている。

「とにかく家に入ってからにしてってば！　ばあちゃん！　杖振り回さないで！」

ようやく全員で茶の間に座る。母と祖母は岩本の職業や生い立ちを聞いて大きく溜息を吐いた。

「本当の本当にいい男じゃないの……」

僕とそっくりの色白細面な母の顔は訝し気だった。どうしてうちの息子など選んだのだ、と目が言っている。患者と医師という関係も母を訝らせる原因の一つだろう。そこを深く掘り下げられると気まずい。患者に手を出した、という事実は非常に後ろめたいし、岩本が僕を選んでくれた理由については僕にもよくわからないのだから。

「ところで岩本さん、子供が産めるって本当かい？　身体の事は千賀子に聞いたけど半信半疑でねえ、横文字はよくわからないし」

祖母が目をらんらんと輝かせて身を乗り出す。先ほどまで岩本の男ぶりに頬を染めていたというのに、今度はひ孫を期待している。がめつい事だ。

「ばあちゃん！　そういう事言うのはやめな！　失礼だから。崇を産んだ後で私が流産した時の事忘れたの？　子供は授かりものだから周りがあれこれ言うのは駄目。それに岩本さんが子供を欲しいと思ってるかどうかなんてわからないでしょう」

母がきっぱりした声で祖母を諌める。

「ごめんね、岩本さん」

「いいじゃないか。こんな年になってもまだ生きていたい、お迎えなんて冗談じゃないなんて思ってる私はおかしいんじゃないかと思ってたけど、そんな事もなかったね！　長生きはするもんだよ。生きる楽しみが出来たよ」

「ばあちゃん、いい加減にしないと怒るよ」

「いや、大丈夫です。ありがとうございます」

岩本は浮かれる祖母に笑いかけた。

「俺も先生の子供なら欲しいです。無事に産めるかは神様に聞かなきゃわかんねえけど」

岩本の静かな表情に祖母も黙り込んだ。神様に、そう、これぱっかりは神様にしかわからない事だ。産婦人科医の僕だからこそ余計にそう思うのかもしれないが。

そして、岩本が子供を欲しがっているというのは僕も初耳だった。今まではっきり確かめたことがなかった。顔が熱い。どうしたらいいのだ。たぶん僕は今凄く嬉しい。母が見ているというのに。

母はそんな僕たちを見て口をあんぐり開けた。

「岩本さん、崇の事まだ先生って呼んでるんだ……なのに子供が欲しいとか言っちゃうんだ。うわあ！　なんかやらしい！」

「おおおおお母さん！」

これだから母を人と会わせるのは嫌なのだ。少しは胸の内に言葉をしまっておくという事を覚えて欲しい。

「そういやそうっすね、変ですよね、結婚するのに。えっと、崇さん？」

そして岩本は岩本で呼び名を変えるという貴重な瞬間をよりにもよってこんな場で消費してくれた。僕は声も出せず口を開けたり閉じたりするしかなかった。嬉しいが部屋で二人きりの時にやって欲しかった。さらに岩本は母と祖母の温《ぬる》い視線をものともせず僕に色っぽい流し目をくれてから言った。

「崇さん、俺の事も名前で呼んでよ」

「た、太一君」

岩本はそれを聞いてにんまりと笑った。

「ははは、大したたまだね、岩本さん。崇を変えちゃったんだ」

悔しいが母の言う通りだった。

「服もお洒落になっちゃってさ、最初っからそうしてりゃいいんだよ。ファーストネームで他人を呼ぶなんて成人してからは初めてじゃないの？　あんた」

母は僕の肩を叩いて腹を抱えている。そういえばそうだ。初めてだ。

「うちの駄目息子、よろしくね」

母は心底嬉しそうだった。祖母が我慢しきれないというように話に割り込む。

「ところで岩本さん、弓削家にお婿に来てくれるんだろ？　あと結婚式はするのかい？」

「ばあちゃん、それも駄目！　そんなの勝手にさせな！　そういう事言ったらいけないよって昨日も言ったでしょ！　岩本さん、本当にごめんね」

その後、近所の中華屋で食事をして帰ってきた。母が店を予約しておいてくれたのだ。岩本は中華が好きだと伝えてあった。

「あ、もしも結婚式するなら手伝うからなんでも言ってね！　今度は妹さんもよかったら一緒に来て下さい」

母は大声で言って手を振り、見送ってくれた。だから往来で叫ばないでくれと何度言ったらわかるのだ。

家に帰りようやく一息ついた。まだ日は高い。帰りに寄ったスーパーで買った食材を二人で冷蔵庫にしまいながら岩本に謝った。

「すみません、失礼な事いっぱい言う母と祖母で」

「いや、いいお母さんで安心した。先生のお母さんだし医者だっつうから、大丈夫だろうとは思ってたけど、本当に全然普通なんだな。息子が男連れて来てもさ」

「ああ、長年の訓練の成果もあるかもしれません。僕、もともと諦められてたから……同性でも異性でもとにかく人生に一人でも恋人が出来てくれれば御の字って感じだったんだと思いますよ」

「にしても似てるよなあ、お母さんと」

僕は眉を顰めて自分の頬を撫でた。確かに母の若い頃と僕の少年時代は違うのは性別だけと言われるほど似ていた。今も基本的な作りはほとんど同じなのにどうしてこうも扱いが違うのだろう。母は口さえ閉じていれば誰もが振り向く儚げな美人だった。そして僕は末成《うらな》り瓢箪だ。

「顔もそうだけど性格も似てるぜ」

「あんなにガサツじゃありませんよ、僕は！」

さすがに声が大きくなった。

「そうか？　頭よくて気が回る、すげえ優しくてフェア、けどなんかずれてる。似てるじゃねえか。先生を育てた人なんだなってよくわかったよ」

岩本はにっと笑った。騒がしくてきついところのある母を岩本にそんなふうに肯定的に受け止めてもらえるとは思わなかった。

「俺に嫌な思いさせないように自分の母親を何度も叱るし、そのために今日息子が連れてきたばっかりの男に自分が流産した事あっさり言っちゃうとかさ、普通ないぜ」

それは称賛に値する事なのかどうか微妙だ。僕が二歳の頃に母は流産した。父と別れる直前だった。そのような生々しい事情を突然打ち明けられたら戸惑う人も多いだろう。フェアであり過ぎる事は時に相手の逃げ道を奪う。母の公正さは欠点と紙一重だ。

だが、嬉しかった。僕が母を尊敬している理由はその公正さにあるからだ。そして自分を守る気のない潔さ。

すると岩本が何かに気が付いてにやっと笑った。

「やべえ、やべえ、間違えた、崇さん」

牛乳を冷蔵庫に入れて扉を閉めた岩本は首を傾げながら僕の肩に腕を回してくる。

「なあ、崇さん、俺の事も呼んでよ」

岩本が甘い声で強請る。どんな時でも僕の股間を直撃する声で。

誘うような眼差しにくらくらした。

「太一君」

「うん」

岩本に頬を擦り寄せられてうっとりする。僕も彼の背中に腕を回して、逞しい筋肉の感触を味わう。いつ触ってもいいものだ。弾けそうな生命力と熱。カウンターキッチンの内側の狭いスペースで大男が二人抱き合っている。派手に舌を絡ませ合いながら口付ける。ふうっと心地よさそうに息を吐き、岩本はキスの合間に言った。

「ん……っ……ここでキスすんの初めてじゃね？」

淫蕩《いんとう》に笑み崩れる岩本に目を奪われる。そう言えば今まではずっと寝床で抱き合っていた。たとえソファーで互いの身体に火が付いたとしてもそのままそこでする事はなかった。避妊具をベッドサイドに置いていたからだ。

「すげえ悪い事……してる感じすんな……はぁっ」

我慢できずに彼の身体をまさぐり始めた僕の手に喘ぎながら岩本が言う。

「ほんっと……尻、好きだよな……あっ」

大好きだ。もしも岩本にもう尻を触るなと言われたら断固抗議する。岩本は男らしい眉を悩ましく顰めて身体をくねらせた。分厚い下衣を介して勃起した性器が擦れ合う。お互いの硬さにますます昂ぶってしまう。そろそろ本格的に彼に触れたい。

「太一……君」

まだ慣れない。けれど呼ぶだけで何かこう感じるものがあった。

「そろそろ、ベッドに、移動しても、いい、ですか？」

期待でみっともないほど息が上がっている。しかし岩本は笑って僕の首筋や耳を愛撫するばかりで動こうとしない。生殺しだ。

「しなくて……よくね？　ここでしようぜ」

何を言っているのだ。料理を作る場所だ。僕が、信じられない、という顔をしたからだろう。

岩本は声を立てて笑った。

「昼間の明るいうちから台所で。よそ行きの服着たままでさ。興奮するだろ？」

「だってコンドーム……」

「いらねえじゃん」

「あ、そうか、いや……」

まだ籍を入れた訳ではない。

「駄目？　確かにまだ籍は入れてねえけど一日二日の違いだろ？　誰も反対してねえし」

「そ、それはそうですけど」

いいのだろうか。確かに誰にも迷惑はかけない気がするが。いや、しかしこれから何があるかわからないではないか。

「んじゃ、こう言やいいか」

岩本はカチャカチャと僕のベルトを外しながら跪いた。

「いいじゃん、出来婚する産婦人科医、上等だろ。一緒にたくさん悪い事しようって言ったじゃねえか」

上目遣いに見上げられて生唾を飲んだ。いいわけがない。母に知られたら家族計画はどうした、と散々叱られるだろう。けれどなぜだろう、岩本に言われるとそれがどうしようもなく魅力的に思える。彼とならどんな事もしてみたい。

「生ですんだよ。台所汚して、服も汚して、子供に見せられない事たくさんしとこうぜ」

岩本は僕の下着も降ろしてしまう。勢いよくまろび出た僕の愚息を見てにやりとした。

「ていうかもう俺、早くしてえんだよな、先生もそうだろ？」

その通りだった。何よりも彼の目の前でいきり立っているそれが雄弁に語っている。今すぐ彼を組み敷いてしまいたい。甘美過ぎる誘惑だった。岩本は僕を舐め上げながら急かす。岩本の口の中は熱い。あまりの心地よさにうめき声が出た。天を仰ぐ。

「子作りしようぜ、崇さん……んんっ……おばあさんも待ってるっ……らしいしさ」

断れるわけがなかった。

彼の艶々した分厚い唇は僕の今にも破裂しそうなほどいきり立った陰茎を中ほどまで咥え込んでいる。男らしい頬は陰圧を掛けるために凹んで、粘膜はぴったりと僕を包み込む。岩本は僕を見上げて微笑んでいた。行為の淫らさに比べて岩本の視線はあまりにも清らかだった。心が震えた。幸せだった。

岩本が僕を選んでくれた理由は正直今でもよくわからない。ふと我に返り全てが夢だったのではないかと疑う事もある。だが、今この瞬間、彼の目を見ている時だけは彼が僕を心底好いていてくれるのだと信じ込まずにはいられなかった。疑うべくもない。岩本が今ここにいて僕に触れているという事実と同じぐらい確かな事だった。

岩本の耳の上の生え際あたりに指を差し込み豊かな黒い毛の滑らかな感触を味わう。彼は僕を咥えてひょっとこのような顔をしたまま、うっとりと目を閉じた。美しいとは言い難い彼のこの時の表情は僕を異常に興奮させる。

「んうっ……崇さ……さっきまでいい子ぶってたのに……こんなだぜ？」

口から出して根元を指で扱きあげ、亀頭に分厚い唇を触れさせながら岩本が揶揄うように言う。僕のそれは臍に付きそうなほど硬く反り返り岩本を求めていた。先ほどから岩本の赤い舌先がひらめくのに目が行ってしまって困る。頭の芯がぼうっと痺れるようだ。

「ほんっとにいけない先生だな」

「はぁっ……」

酷く優しい声で罵られると同時に亀頭を強く吸い上げられた。零れそうだった先走りの滴が岩本の口の中に消える。飲まれてしまった。全て出してしまいそうになって足ががくがくと震えた。

今度は彼は先ほどまでの揶揄うような態度が嘘のように、僕の先端を指で優しく宥めながら、猫が甘えるようにして自分の鼻や頬や瞼《まぶた》を幹に擦り付け始めた。

「ん、俺、崇さんの……すげえ……好き」

ちゅっちゅと何度も裏筋や根元に濡れた唇を押し付けられ腰が戦慄く。僕のそれは毎晩のように岩本の中で暴れ、彼を苛んでいるというのに、何か壊れやすくて大切なものを愛でるような仕草だった。

すると突然、しゃがんでいた岩本の腰がぐらりと崩れる。僕の腰に縋りつき、先走りを零して震える陰茎に頬擦りする格好になる。透明な分泌液が彼のこめかみを汚した。驚いて咄嗟に彼の背中を摑んで支えようとしたが、彼のむっちりとした逞しい下半身からは完全に力が抜けていた。

「やっべえ……」

岩本はだらしない顔で笑いながら、こめかみから垂れて来た滴をべろりと舐めた。

「崇さんの……ははっ……めちゃくちゃ元気だからさ……腰、抜けちゃった……」

その瞬間、僕の頭の中から全ての言葉が消し飛んだ。口を開け舌を伸ばし往生際悪く僕の股間を貪ろうとする岩本を振り切り、僕の腰にしがみ付こうとする彼の肩を押す。冗談ではない。これ以上されたら持たない。

もう限界だ。この身体を僕のものにするのだ。必ず僕の子供を産ませてやる。

凹凸《おうとつ》のある分厚いキッチンマットの上に彼を突き倒す。くったりと力が抜けたままの下半身から荒々しく衣服を剝ぎ取る。

「あ……ふ……」

岩本の灰色のボクサーパンツはすっかり濡れて色が変わっていた。粘液が糸を引き、彼の筋走った腿が蛞蝓が這った後のように光る。岩本は上半身に厚めのカットソーだけを身に着け、赤ん坊のように両手を顔の脇で広げ、とろんとした目で戸惑ったように僕を見ていた。なぜ突然好物を取り上げられてしまったのかわからないのだろう。残念ながら説明してやる余裕はない。

岩本の顔のすぐ横にはいつのものかわからないパンの袋を縛っていた針金が落ちている。それすらも気にならなかった。彼の逞しい身体の線に沿うリブ編みの布に乳首がくっきりと透けていて、尖っているのが丸わかりだ。

彼は全身で発情しているのだ。僕と同じように。その事実に身体が瘧《おこり》のように震えた。

僕は陰部だけを露出した間抜けな格好のまま岩本の両膝を抱え上げ、ぐっと持ち上げた。窄まったそこはすでにどろどろに溶けている。何度も愛し合ったせいだろうか、岩本のそこは今や女性もかくやというほどしとどに濡れるようになっていた。僕を口で愛撫しただけで毎晩の営みを思い出し、受け入れる感触までなぞってしまったに違いない。

貪欲で素直で他愛なくて、最高に愛しい僕だけの穴だ。

片手を添えて先端を合わせる。多少外気に冷えても僕のものはまだ十分に熱く滾っている。軽く体重を掛けただけで慣れた身体は僕を受け入れた。初めて直接触れ合う粘膜の感触に、訳がわからなくなりそうだ。堪らずそのまま何度も腰を打ち付けた。

「あっ……うぁ……んああ！　たかひ……は……あっ！」

呂律《ろれつ》の回らない声で僕を呼ぶはしたない口はまだ何かを咥えたがって舌を見せている。欲しがりな口を叱りつけるために思い切り食いついて口の中を掻き回して犯す。僕の舌を受け入れ岩本は恍惚《こうこつ》とする。岩本の力強い腕が僕を逃すまいと背中に回る。上の口も下の口も彼の身体のどこもかしこも僕に飢え、僕を欲しがっていた。

「んっ……んっ……んっんっんっんっんっんん！」

上から腰を叩きつける。じゅこっじゅこっと酷く濡れた音がした。岩本は開いた脚を突っ張らせて奥を荒らしまわる僕の狼藉《ろうぜき》を堪能していた。彼の膝がぶつかり流し台を揺らす。何かが落ちる音がした。きっとステンレスのボウルだろう。知った事か。

何度目かの深い挿入の後、薄く開いた岩本の目の焦点がぼやける。中がぐっと狭くなった。直腸で上り詰めてしまったようだ。途端に僕の激しい突き上げで彼の身体が頭側にずれ、彼の頭が壁に激突しそうになった。咄嗟に彼の頭を両手で抱え込む。だが、腰の動きは止めてやらない。渾身《こんしん》の力で押さえつけ、逃げ場を奪って何度も貫く。指の付け根の手の甲の突起が壁に擦れて血が滲む。それでも穿ち続ける。

「んうっ……んん！　んんっ……ふっ……ん！」

僕に口を塞がれて声にならない悲鳴を上げ、岩本は触れられないまま前を弾けさせた。後ろの穴はすでに何度も絶頂に至っていて断続的に痙攣を繰り返している。それでも僕を拒む事なく奥へ奥へと誘っていた。もっと酷くしてくれとせがむように。

「んっ……んっ……んんんんんんんん！」

「ふっ……くっ」

今度は僕も耐え切れなかった。出しながらずぶずぶと小突く。そして最奥に亀頭を押し付けた。腰の動きも口の動きも止めてただ味わう。

そのまま二人でしばらく身じろぎもせず、深く結合したまま固く抱き合っていた。岩本のそこだけがびくびくと慄き、僕を味わい尽くそうと最後の力を振り絞っている。やがて緩やかに快楽の波が引いていく。

まだ僕を受け入れたままの岩本の尻の穴の縁から精液がくぷりと零れ落ちたのを合図に二人で身を捩る。激しい交合を詫びるように荒い息の間に甘く口づけ、互いの身体を優しく愛撫した。

「はあっ……はあっ……んは……んっ」

抜かないまま軽く腰を揺すって僕に汚し尽くされてもまだ僕を甘やかしている岩本のそこに応えてやる。そしてカットソーを捲り上げ、舌先を伸ばしてぷっくりと膨れた突起にそっと触れる。盛り上がった彼の胸は今なんの力も入っておらず、たぷたぷと柔らかかった。手の平全体で大きく回すようにして揉みしだき、硬くしこった乳首に吸い付く。

「んあ」

岩本が爛れた声を上げる。

「あ……中、なんかすげっ……あっ」

びくびくと身体を震わせて僕の拙い愛撫の一つ一つに反応してくれる彼が愛しかった。

「崇さんさあ、いきなり突っ込んで、しかもすんげえいっぱい出しただろ……」

岩本が唇を舐めた。荒い息のままの咎《とが》めるような口調とは裏腹に満足げな表情だ。

「た……太一君も、その、凄かったです……今も」

真っ赤になって目を逸らした。

「んあっ……やっぱ、そう思う？」

岩本は答える間にも喘ぐ。そこが一瞬窄まった。勝手に収縮してしまうのだろうか。

「中、熱くてさ……ん……気持ちいい……どろどろ」

岩本は何かに気が付いてふっと笑った。手をごそごそと尻の下に回している。彼の指先が一瞬根元を掠めてびくりとした。

「漏らしちゃってんなあ……このマットもうやべえかも。あ、崇さん、シャツに付いてんじゃん……たぶん俺のだ。悪い」

「あ、ああ、いいえ、その……」

これについては何もかもほとんど僕の責任である。脱ぐという選択肢が頭になかった。とにかく早く繋がりたかった。

「そだ、背中、痛くないですか？」

「ん、平気、崇さん俺の頭ぶつかんないようにしてくれてただろ、ありがとな」

「い、いえ、全然それは……太一君が痛くなかったならそれで……」

硬い床の上で随分無茶をしてしまったと思ったが、岩本の筋肉で出来た背中には骨が浮き出ていないので案外つらくないのかもしれない。血のにじんだ手の甲をさりげなく隠す。岩本が見たら僕の岩本とのセックスに対する異常な執着に怯えてしまうかもしれない。

「はは、やっぱすんごい濡れてる。尻と腰が冷てえわ……なあ、これ、崇さんの」

岩本は指を広げて僕の目の前に持ってきた。白いもので濡れている。指に付いたそれをぺろりと舐めて岩本は僕を意味ありげに見つめた。

「もったいねえ……な」

分厚い唇の中に彼の長い指が飲み込まれる。ちゅぽんと指を引き抜く。唾液が糸を引く。それを見て、大量に放出して萎えたはずの僕の愚息が一気に力を取り戻す。ぐっと太くなり岩本を押し広げる。

「崇さ……何、もしかして……んっ漏らさないように……してくれてんの？」

はあはあと喘ぎながら眉根を寄せて、それでも冗談めかして岩本が言う。

「ぶっとい……っん……栓だな……あっあっあっあっ……もう？　たか……しさ……は、はえよお……あっはっ……んあっ」

岩本の声はあまりにも甘くて聞いていられなかった。

太い栓だと言って貰えたのに、岩本の中からせっかく注いだ子種をじゅぶじゅぶと掻き出して抽挿《ちゅうそう》を再開する。常軌を逸《いっ》した心地よさのせいで腰が全く言う事を聞いてくれない。なんの芸もない正常位の単調な突き上げを繰り返す。それでも岩本は艶やかに乱れた。

「も、あ、すげ、零れて……あ、尻が……ちょ⁉　待てって……んっはあっ……んあっ……あっ……」

今度は濡れそぼつ岩本の男性器を握る。僕の方は前戯でたっぷり愛して貰ったのに、岩本の頭部が壁にぶつからないようにするために両手を奪われていたので触る余裕がなかった。岩本を欲望のままに愛するには手が二本では足りない。ぬちゅぬちゅと勢いよく手を動かすと一気

に岩本の表情が溶け崩れた。

「な、キス……あっ……あっ……キスしよ」

僕に揺さぶられながら岩本が舌を突き出して強請る。思わずごくりと唾を飲んだ。乞われるままに彼の舌を吸い上げる。

「ん……んんっ……全然、足んねえ……あっ……はっ」

いつの間にか彼の脚も腕も僕の身体に回されている。幸福感に眩暈がした。離したくない。離さないでくれ。

「あ、また、はあ……んんっ……！」

より敏感により獰猛《どうもう》になった彼のそこに食い締められ、なす術もなく腰の動きが早まってしまう。僕の精液を浴びた彼のそこはまさに魔物だった。

岩本は快楽に潤む目をうっすら開けて僕を見つめている。がくがくと揺さぶられている彼を見ながら思った。ひょっとしたら本当に今日一日で孕《はら》んでしまうのではなかろうか。そんなもったいない、もっとこの喜びを味わいたい。けれど目の前の快感に逆らえない。そんな葛藤もすぐに獣欲に押し流されてどうでもいい事になっていく。

ろくに会話もせず、夕食の支度も忘れ、お気に入りの服をどろどろに汚しながら、一度目をそのままなぞるような正常位の、リズムすら変えない、他人から見れば退屈にしか思えないであろうセックスをそのまま何度も繰り返した。互いの身体に夢中だった。余計な事は一切出来なかった。考えられなかった。

発情期の番《つが》いの獣のようにただシンプルに、そして激しく愛し合った。

「という訳で、僕は岩本崇になったから」

『それがいいいんじゃない。私も賛成。結婚おめでとう』

婚姻届を出した翌日に電話を掛けたところ母はあっさり頷いた。

同性婚の法制度が比較的早く整ったのに対して、我が国の夫婦別姓に関する審議はあまり進んでいなかった。結婚するとなるとどちらかの姓を選んで名乗らなければならない。僕は迷わず岩本に婿入りした。

僕の病院では書類を何枚か提出すれば旧姓のまま働くことが可能だ。

一方、岩本の職場ではそういうわけにはいかないらしい。社長とその奥様にはＭＦＵである事、僕と同居している事（奥様にはなんと僕と付き合っている事まで）を報告しているのだそうだが、同僚にはまだ何も伝えていないと言っていた。岩本が姓を変更するとなれば、事情を説明する必要が出てくるだろう。説明が億劫な気持ちはわかる。

もしも誰か赤の他人が、岩本の身体の事や僕と岩本の関係を蔑《さげす》んだとしたら、僕はその相手を絶対に許さないが、岩本には自分の身体の状態を隠す権利がある。岩本がそうしたいのなら誰かに迷惑を掛けない限り他人が暴き立てるべきではない。ましてや彼はずっと異性愛者の男性として生きて来た。打ち明けるにはかなり勇気が要るはずだ。

岩本の近しい身内が妹だけというのも僕が岩本の戸籍に入る事にした理由のうちの一つだ。

苗字が変わったところできっと彼らは今と変わらず強い絆を保ち続けるだろうとは思う。だが、岩本の妹はこれから新天地で医師として働き始めるのだ。初期研修は過酷だ。次々と変わる環境、多種多様な職種との連携を突然要求され、宿直もある。僕の学年でも何人かの戦友が脱落していった。岩本の姓を変えなかったところで何か彼女の助けになるかというとなんの助けにもなりはしない。それはわかっているが、このタイミングでわずかでも兄を奪ってしまうような真似《まね》はしたくなかった。

僕がこの話をすると最後まで渋っていた祖母も不承不承頷いてくれた。

少し前までのこの国には、同性同士が家族になるには養子縁組という方法しかなく、この場合、自動的に年嵩の人間の姓を名乗る事になってしまっていたので、選択肢があるというだけでありがたい話ではある。

岩本も僕が岩本の戸籍に入るという話を切り出すと、非常に恐縮していたが、承諾してくれた。大変に嬉しそうだった。やはり職場で全ての事情を話すのは抵抗があるのだろう。いい選択をしたと思った。

というのは実は全て表向きの話だ。

本当は嫌だった。出来れば岩本には弓削の姓を名乗って欲しかった。

もちろん、弓削家の後継ぎはどうなるのだ、だとか、年齢も収入も上でさらに性的な役割も男性側である僕がなぜ、などという祖母が嫌がっていたような理由からではない。

ひとえに僕は心配だったのだ。

岩本は気のいい男だ。真っ直ぐで明るくて裏表がない。人の気持ちに敏《さと》く、自分よりも他人の痛みを尊重する度量がある。きっと今まで多くの人に愛されて生きてきたのだろう。彼にはがつがつした所がなく、落ち着いていて人の話をよく聞く。容姿も優れている。もてないわけがないのだ。

きっと岩本は笑うだろうが、彼の職場には彼に好意を抱く人間が山ほどいるに違いない。さすがにその全てが僕のように恋愛感情や欲望を伴ったものだなどと言うつもりはない。しかし、人の心はわからないものだ。何がどう転ぶか予測することは誰にも出来ない。

特に、彼は最近ますます優しくなった。雰囲気も柔らかくなった。出会った頃には少しだけあった尖ったところや、張り詰めたものが無くなった。彼が笑えば好感を抱かない者などいない。心配で堪らなかった。

対する僕は相変わらずだ。食生活が改善されて少しだけ肉付きがよくなったが、それすら中年太りの始まりを見ているだけかもしれない。卑屈な目でおどおどと人の態度ばかり窺っているくせに的確な手助けは出来たためしがないし、後ろ向きで根暗で自分に自信がない。どう考えてもつり合いが取れていない事は自分でもわかっている。

しかし、少なくとも今だけは、岩本の心が僕にある間は僕だって所有権を主張したいのだ。その権利はあるはずだ。彼は僕のものだ。他の誰にも触らせたくない。人のものに気安く触れてくれるなと宣言して回りたい。

苗字を変えさせるのは我慢したが、せめて指輪だけはして欲しかった。結婚したのだと皆に告げて欲しい。しかし、結婚指輪の話をしたところ岩本に渋られた。

「あ、いや、崇さん……そのさ、ちょっと待っててもらってもいいかな？」

岩本は僕から目を逸らして頭を掻いていた。理由を聞くとはぐらかされた。

どうして指輪を嫌がるのだ。僕はそれを望む事も許されないのか。せめて理由を言ってくれ。大工仕事の邪魔になるなら無理にとは言わない。けれどせめて岩本がすでに誰かのものである事を周りの人間にわからせたい。そうでもしなければ岩本が誰かに取られてしまうのではないかと、毎日胸が潰れそうだ。岩本が僕を恥ずかしいと思っているとは思いたくない。けれど不安で信じられなくなってしまいそうだ。

僕は何も言えなかった。彼の答えがどんなものでも冷静に聞ける自信がなかったからだ。所詮は僕の独り相撲だ。勝手に格好つけて、勝手に譲って、そして本当は譲りたくないものまで譲ってしまって、譲り過ぎてしまったと焦って、やっぱり返してくれと言う勇気が出ない。何も聞けずにうだうだと悩んでいる。

しかも先日、僕をさらに追い詰める事件があった。事件と言うのは言い過ぎだが、僕にとってはそのぐらいの大事だった。岩本が職場から真空パックされた豚肉を貰って来たのだ。お歳暮やお中元によく使われる有名な加工肉メーカーのもので、味噌漬けになった塊の豚ばら肉だ。電子レンジで温めてそのまま食べられるらしい。

「どうしたんですか？　これ」

美味しそうだ。僕は豚肉全般が好きだ。角煮もスペアリブもチャーシューも。食べ物の好みのわりにあんたは全然太らないね、とよく母に言われたものだ。

「ああ、相沢《あいざわ》、えっと、この前話した奴、同じ部屋に住んでた同い年の奴に貰ったんだ」

彼から何か貰うのは嫌なのだと言っていたのに、いつの間に和解したのだろう。冷たい滴が胸に落ちてきたような感覚があった。

「いつまでも意地張ってんのも、格好悪いじゃん？」

岩本は少し頬を染めて言った。嬉しそうだ。以前、彼はその相沢とやらをいい奴だと言っていた。本当はずっと仲直りしたかったのだろう。喜んでやるべきだと思った。だが、出来なかった。豚肉は美味しかったのだと思う。だが味は全くわからなかった。

「今まで悪かった、ありがとうって言ったら、何かあいつ凄く喜んでさ。他にもいろいろくれたよ。ドライトマトっつったか？　トマトの瓶詰と、ちょっといいオリーブオイルだってよ、使い方わかんねえからやるってさ」

得したなあ、崇さん、料理の仕方スマホで調べてよ、まあ、スパゲッティになると思うけどな、今度の休みに一緒に食べようぜ、岩本は屈託なく笑っていた。

僕はそれになんと答えたのだろう。覚えていない。心の中では暴風雨が吹き荒れていてそれどころではなかった。

それは喜ぶだろう。なんだってくれるだろう。当たり前ではないか。僕が相沢なら天にも昇るほど嬉しい。ずっと拒まれていた好意を受け取ってくれて、礼まで言われるわけだ。岩本のその凄くいい笑顔で。

僕は指輪すら受け取って貰えないのに。

相沢とやらはきっと岩本が大好きなのだろう。それが友情なのか違うものなのか、そこまでは僕にはわからないが、そもそもそれはそんなに違うものなのだろうか。ひょっとして地続きなのではないか。

それなのにそんな事をしてしまって、僕がどれだけ……どれだけ……。

『……かし！　ちょっと崇！』

「は、はい」

電話口で母に怒鳴られてはっと我に返る。

『だから、私達もともと成瀬《なるせ》から弓削に戻ったじゃない？　苗字なんか関係ないってわかってるでしょって私からばあちゃんに言っといたからねって言ったの！　ぼうっとして、あんた大丈夫？　マリッジブルー、マリッジブルー？』

マリッジブルー、そんな簡単なものではないような気もするが。

『ま、いいけどさ。そうそう、むしろあんた気を付けなさいよね。成瀬から弓削になって、弓削から岩本になって……で岩本から弓削に戻るとかやめてね』

なんという事を言うのだ。嫌だ、離婚は嫌だ。

『束縛し過ぎて岩本さんに愛想尽かされたりしないようにね』

今度こそ息の根が止まった。母の妙な鋭さが怖い。

『あんないい人なかなかいないよ！　大丈夫だよ。あんたは初心者なんだからさ、わからない事は悩むより聞いちゃえばいいんだよ！　岩本さん優しそうだからなんでも教えてくれるって。どうせ初夜だってそんな感じだったんでしょ？』

見ていたのかと聞きたくなる。僕は暗い顔で電話を切った。わからない事は直接聞いてしまえばいい、それが出来たらどんなに楽か。それが出来なかったからこそこのような人生を歩んで来てしまったというのに惨い事を言う母だった。けれど正論だ。母は言葉を選ぶという事を知らないが、いつだって正論しか言わない。

ぼんやりしているうちに岩本が帰ってきた。

「ただいま」

今日は僕の方は休みだが、岩本は朝から仕事に出ていた。休日のせいか岩本の帰りもいつもよりも早い。

「あ、買い物、ありがとな！」

冷蔵庫を開けて岩本が嬉しそうな顔をした。岩本に聞いて買い物だけは僕がしておいたのだった。本当は作るのもやればいいのだが、一度僕が料理を作ろうとしてテフロン加工のフライパンを駄目にしてしまった事があったので、それからは止められている。

「すぐ作っからさ」

岩本とこうしていると僕の心配など取るに足りない事のように思える。彼の態度はいつでも僕への尊敬と愛情に溢れている。僕と目が合うと少しはにかんで微笑む。時には誘うように妖艶に。

時々僕は訳もなく泣きたくなる。楽しそうな岩本を見ているだけで涙が出そうになる。こんなにも幸せだった事があっただろうか。そして同時に恐ろしくなる。僕は今まで、自分には人並みの幸せなど手に入るはずがないと高を括っていたからこそ、岩本と出会う前までの暗いばかりの人生をなんとか耐えることが出来たのだ。だが、今はもう知ってしまった。人並みどころか、最上級の幸せのその味さえも。これをもし取り上げられてしまったら、僕ははたしてまともで居続ける事が出来るのだろうか。今までよりももっと酷い、幽鬼そのもののような存在になり果ててしまうのではなかろうか。

食後に僕が洗面所で歯を磨いていたら、岩本が入ってきた。洗面所は脱衣所と洗濯機置き場を兼ねており、風呂場とは向かい合わせだ。岩本は風呂に入るのだろう、おもむろに上半身の服を脱ぎ捨てた。いつ見ても惚れ惚れするような身体だった。張りのある盛り上がった肩、太い首、つい目で追ってしまってそんな自分を叱った。入浴の邪魔になる。出よう。急いでうがいを済ませる。

「な、崇さん」

すると、岩本が後ろから抱き着いてきた。水を噴き出しそうになって慌てた。げっぺっとみっともない音を立てて吐き出す。洗面所にある鏡の中で岩本は笑っていた。

「一緒に入ろうぜ？」

僕が暗い顔をしていたからかもしれない。岩本はそんな事を言ってきた。伝わる熱にごくりと唾を飲み込む。もしかしたら、僕が彼の裸を盗み見ていた事がばれていたのだろうか。顔が熱くなる。僕は岩本が好きなのだ。目が行くのはもう仕方がないではないか。なんとなく恨みがましい目で岩本を見てしまう。けれど嬉しさは隠しようもない。鏡の中には脂下がった顔をした僕がいた。さっきまで暗い気持ちでいたのに、岩本に誘われただけでもう有頂天になっている。自分の単純さが憎い。

答える代わりに岩本の腰に手を回し、首筋を吸い上げた。

「ん……っ、へへ、おっけー？　やったね」

労働の汗の味だ。少し砂っぽいような気もする。それなのにどうしてこうも美味しく感じるのだろう。許されるなら彼の全身を舐めて綺麗にしたい。彼の腰を何気なく肩越しに見下ろした時に白いものがちらりと見えた。しかし、彼の厚い背筋ですぐに見えなくなってしまう。

「あれ？」

「どしたの、崇さん？」

岩本も異変に気が付いたようだ。

「なんか腰のあたりに付いてませんか？」

「え、あ……本当だ」

岩本は鏡に自分の背中を映して、しまったという顔をする。

「くっそ、あいつだ。相沢、あの野郎……」

相沢、確か、彼にやたら食べ物を貢いでくるという男の名前だ。聞いた瞬間に先ほどまでの幸福感が一気に消え失せ、不快な嫉妬の炎が燃え上がる。

「どうしたんですか？　それ」

妙に平坦な声が出た。岩本の背中側の腰の低い位置にあるその白い汚れは指の跡のように見える。まさかとは思うが、触れられたのか。僕の心の中は怖いほど静かだった。いつもはうるさく吠える獣も、まるで獲物に飛び掛かる寸前のように一声も上げず、不穏に荒い息を吐いている。

「ああ、今日さ、屈んでペンキ塗ってる時に相沢の顔に跳ねちまってさ……」

岩本は苦笑する。

「後ろからふざけて付けられたんだよ。忘れてた。ほら、この辺ってしゃがむと剝き出しになんだろ？」

目に浮かぶようだ。頭にタオルを巻いた逞しい男がペンキの刷毛を握って丁寧に仕事をしている。作業服と白いシャツの間から引き締まった腰が、褐色のなめらかな肌が覗いている。あとほんの少しで尻の割れ目が見えそうだ。きっとそこは温かい。それに触れた男がいる。僕以外に。

ほんの数週間前であれば僕はここまで怒らなかっただろう。不快感は覚えただろうが、今僕の中にあるようなどす黒い殺意は抱かなかった。職場でのよくあるじゃれ合いに過ぎない。いちいち目くじらを立てても仕方がない。そう言い聞かせて自分を納得させたはずだ。けれど今は駄目だった。

「うわ、結構付いてんじゃねえか。服に付いてなきゃいいけどよ……ったくガキが」

岩本は脱ぎ捨てた半袖を洗濯籠から引っ張り出している。ペンキ汚れを検分しようというのだろう。つい先ほどまでの性的な空気はすでに消えていた。だが、僕は岩本が抱き着いて来た時以上に燃え滾っていた。

「太一君」

呼びかけると岩本は服を握ったままぽかんとした顔で僕を見た。急に表情を消した僕を訝っているのだろう。

「洗いましょう、それ」

「あ、ああ……？」

岩本は手の中の洋服と僕を交互に見て頷いた。きっと僕の言った言葉の意味は正確には伝わっていない。まあ、いい。すぐにわからせてやる。僕はうっすら笑って、ズボンを穿いたままの彼を浴室に引っ張りこんだ。

「お？　わっ！」

状況が摑めないままの岩本の背中を押して、浴室の壁に手を突かせる。シャワーを出しながら彼のベルトに手を掛けた。

「冷てっ!?　ちょ、なんだよ、そんなに急いで」

どんな時でも岩本は余裕と僕に対する優しさを失わない。自然と眉根が寄った。忌々しい。下着ごと岩本の下衣を乱暴に脱がせる。

「濡れるから」

「ぬ、濡れるって、も、遅せえだろ？　なん……マジ、どしたの崇さん」

確かに我ながら僕の返答は全く意味不明だったが、知ったことではない。

岩本は訳がわからないながらもまだ抵抗せずにいる。一応、誘ったのは自分だという意識があるのだろう。

岩本の日焼けした裸の後ろ姿は浴室の深緑の壁によく映える。振り向きざまの奥二重の澄んだ目が僕を窺っている。水を弾く鍛え上げられた背中も、濡れて光る丸い尻も何もかもが完璧だった。

彼の腰の低い位置に白いペンキで出来た男の指の跡さえ付いていなければ。

この場所に際どいタトゥーを入れた女性患者を見た事がある。その時は何も感じなかったが、この場所はきっとそういった事に使うための部位なのだ。見るものを煽り立てアピールするためのの。許しがたい。ボディーソープを手にたっぷり取ってなすり付けた。多過ぎた分が肌を伝って尻の間や腿を濡らす。

「あ……っ」

岩本が上ずった声を上げた。ようやく少しだけ溜飲が下がる。背中にシャワーを浴びながらその部分を夢中になって指で擦ると、膜のようになってぽろぽろと剥がれた。赤くなってしまったそこを見て、はっと我に返る。痛かっただろうか。そう言えば、体勢や位置関係から仕方ないとは言え、先ほどから僕ばかりが熱いシャワーを浴びている。寒い思いをさせたかもしれない。

急に何もかもが恥ずかしくなった。僕は一体何をしているのだろう。少しでも暖かくしようと岩本の身体を後ろから抱きしめた。

「もしかして、ペンキ落としてくれたの？」

岩本の身体はやはり少し冷たかった。それなのに岩本はまるで怒らない。シャワーの音に紛れてもはっきりと柔らかい響きの声がつらかった。

「すみません……」

「え、何謝ってんだよ、崇さん、大丈夫か？　ペンキ落ちた？　ありがとな、自分じゃよく見えねえ位置だしさ」

「落ちました。少し赤くなっちゃいました。ごめんなさい。痛くなかったですか？」

「大丈夫だよ」

「寒くないですか？」

「あったけえよ」

岩本は笑った。抱きしめた背中がわずかに揺れる。泣きたくなった。凶暴な気持ちになっていたはずだった。こんな場所を他の男に許すような想い人に腹が立ったのだと思っていた。けれど違った。僕は悲しかっただけだ。僕のこの身は髪の毛の先に至るまで全て岩本のものだ。たとえ僕が岩本にとってなんの意味もない存在になったとしても、僕が僕を岩本から取り返せる日はやって来ない。先ほど彼の身体をほんの少しだけ傷付けてしまった時に、なぜかそれがはっきりとわかった。

「崇さん、なんか怒ってる？」

「お、怒ってなんか……」

思わず口を彼の肩口に埋めた。怒っていたのではない。もっと卑屈な気持ちだった。嫉妬して詰りたいのに、我儘を言って見放されたくなくて。胸が痛くて潰れそうだ。僕ばかりが求めているのはわかっていたはずだったのに。

「崇さんは寒くねえ？　大丈夫？」

だが思いもしなかった事を聞かれ、思わず顔を上げた。僕が勝手に服も脱がず浴室を暖める事もせずに彼を無理やり連れ込んだというのに、彼はそれを詰りもしない。岩本はシャワーの滴で濡れた睫毛を瞬かせながら、首だけで僕に振り返る。ごく自然に出た言葉だったのだろう。その目には純粋な疑問と、僕に対する労りだけがあった。

岩本が絶対に僕の思い通りにはならないという事の本当の意味を、僕は全くわかっていなかった。彼が僕から離れたいと思うのならば僕にはどうする事も出来ない。つらくて仕方なかったはずのそれが今は救いのように思える。今、彼がここにいてくれる事、それはこの世の何をもってしても購《あがな》えないのだ。彼は自らの意志で僕の傍にいる。

僕は頼まれもしないのに岩本に全てを捧げてしまった自分を憐れんでいた。だがそれは僕がほとんど人生で初めて行使した自由だった。なんの見返りも保証されていない相手に、ただ好意と尊敬だけを理由に全財産賭けたのだ。誇ってもよい事だ。言ってみれば僕は今までの人生で今が一番自由だった。そう、僕も自由だ。岩本と同じように。わからない事は聞けばいい、その通りだ。きっと少し前までの僕ならば、ストレスで胃に穴があくまで我慢して岩本に何も言わなかった事だろう。だが、僕は岩本に出会って少しだけ変わった。

「寒くないです。あの、太一君、僕は……」

ざあざあと熱いシャワーを浴びながら口を開く。岩本の身体もいつの間にか温かくなっている。このまま話し続けても風邪をひく事はないだろう。

「本当は太一君に弓削家にお婿に来て欲しかったんです」

急に変わった話題に驚いて岩本が真顔になる。彼の考えそうな事はわかっていたので、すぐに畳みかける。

「弓削家の後継ぎとかそんな事は正直どうでもいいです。苗字が変われば太一君が既婚者だと誰にでもわかる。職場の、誰にでも」

岩本ははっとしたように目を見開く。何か言いかけたが、口を噤《つぐ》んでいる。岩本はめったな事では人の話を遮らない。品位のなせる技だろう。

「太一君は素敵です。誰がなんと言おうと、魅力的な人です。なんの努力もせずに僕があなたを繋ぎとめておけるとは思えない。同室の相沢さんって言いましたっけ、彼から食べ物を貰った話を聞いた時、僕は気が気ではありませんでした」

口に出してみるとなんと狭量な事か。けれど恥ずかしいとは思わなかった。

「せめて左手の薬指に指輪をしてくれたら、と思って結婚指輪の話を切り出したら待ってくれと言われて、仕方ないと思おうとしました。でも、それも本当はつらかった。太一君は職場の人から見たら僕と結婚する前と何一つ変わらないんだ。僕は太一君を信じたいけど、でも僕は本当に卑屈で駄目な奴なんですよ。僕の事が恥ずかしいのかもしれないと思いました。実際、もしも恥ずかしいと思われても文句は言えません。だって僕は、こんな、ですよ」

ははっと笑って自分のひょろりとした生白い身体を示す。

岩本は壁の方を向いて俯いてしまった。言われたくない事を言ってしまったのかもしれない。しかし言葉を選んでいても仕方がない。僕は彼の前では正直でいたい。

「だから今日、相沢って人が太一君に触ったと聞いただけで僕は頭に血が上りました。すみませんでした」

シャワーの音だけが響く。岩本はしばらく黙っていた。

「……ああ、その、なんだ、悪かったよ。俺も……何から話すかな……」

岩本は壁の方を向いたまま話し始めた。よく見ると耳が赤い。

「まず籍の事だけどさ、崇さんがはるかの事とか俺の立場とか職場での事とか考えて決めたって話してくれたじゃん。その方がありがたかったから深く考えずにそのまま受け入れちまったよ。でも、そうだよな、よく考えたらそうだよな、そう思うよな」

うんうんと頷いている。

「でもさ、崇さん」

ようやく岩本がこちらを見た。目尻を赤く染めて潤んだ目で。

「俺が嬉しかった理由は崇さんが考えてるのとは違げえよ。その、た、崇さんが苗字変わるからだぜ？」

　また予想外だった。一体どういう事だ。

「だ、だから、崇さんと同じだよ。普通に考えたらそうだろ！　医者で高給取りで品行方正、背も高いし顔も整ってる。世間的に見たら崇さんめっちゃくちゃ優良株だからな！」

　そして岩本は僕の目を見てから、一瞬だけ酷く恥ずかしそうな顔をして考え込んだ。しかしすぐに首を振ってまくし立てる。

「いやいやいやいやいや、俺間違ってねえし！　ほ、ほほ、惚れた欲目とかじゃねえし！　崇さんとは違げえから！　はるかもそう言ってたからな！　肉食系の看護師さんってすげえんだろ？いや、看護師さんに限った話じゃねえんだろうけど、はるかに聞いたよ。男の医者ってもてるって」

　僕自身はもてた事などないが、確かに世間的にはそういう事になっているらしい。それが事実ならなぜ僕はこの歳まで童貞かつ独身だったのかという話になるが。

「で、でも、ごめんな。深く考えずに乗っかっちまって。俺、自分の事ばっかりだったな。あ、あとな、俺もう職場で言ってるぜ？　籍入れた次の日から何度も。結婚したって、相手は男だって。あと身体の事も一応」

　初耳だった。

「うん、まあ、一応な。いや、頭硬い奴らでさ、なんかの冗談だと思ってるらしいんだよなあ。特に俺の身体の事はみんなさっぱり信じてねえな。先生のおかげで隠蔽《いんぺい》工作が完璧過ぎたしな。

信じてる奴と半信半疑な奴と全く信じてない奴が交じってる感じだよ。結婚式もしてねえしさあ。……なあ崇さん、俺、崇さんが紋付きとか着てるとこ見てえな。写真だけでいいから今度、結婚式やろうぜ。俺、崇さんが言うならなんでも着るぜ？　タキシードでもウェディングドレスでも白無垢でも」

岩本が照れ隠しのように言う。少しだけ想像した。きっと岩本ならなんでも似合うだろう。しばし妄想に耽る。岩本が今言った事は本当だろうか。本当にドレスも白無垢も着てもらえるのだろうか。見たい。誰にも見せないのでぜひ着て欲しい。しかし、今は先に言わねばならない事があった。

「あの、すみません太一君。訂正が一つ。僕、病院では弓削のままなんですよ」

「ええ？　なんで！」

「い、いや、その方が面倒が少ないし、楽だから。そういう人多いんです」

「ふざけんなよ！　病院ってそうなの？　マジかよ、なんでそういう事俺に言わねえの？」

「あれ、言ってなかったですっけ、だから僕の苗字の事とか気にしないで大丈夫って」

「聞いた記憶ねえよ」

そう言われればそうだったような気がする。僕の事情など心底どうでもいいと思っていたので説明を省いたのかもしれない。

「それから、僕は職場で結婚したってまだ言ってません。知ってるの事務だけですね」

「はあ!?　またそれかよ！　俺、いい加減怒っていいよな!?」

岩本は僕の手を振り払って完全にこちらを向く。柳眉を逆立てている。僕も岩本と付き合い始めた事を全く母に話していなかった事を思い出して青くなる。慌てて弁解した。

「ち、違います、あの時とは！　今回は忘れてたわけじゃなくて、た、太一君がまだ職場で何も言ってないんじゃないかと思い込んでて、それが回りまわって変なところから太一君の職場の人の耳に入ったらまずいかと……自分で言うのもなんですけど、僕、凄くもてないんですよ。有名なんですよ。僕が結婚したとか言ったら絶対相手を聞かれますし、みんな面白がるから一瞬で噂広められちゃうと思いますよ。下手すると暇な人は太一君を見に行く可能性もあります。ネタになりますから」

　自分で言っていて情けなくなってきた。しかし掛け値なしの事実だ。

「そんな事……」

　岩本は不満そうに言うが、すぐに頭を掻き毟った。

「ああああ！　くっそ、知らなかった！　なんだよ、そうだったのかよ、アホな事しちまった。カッコつけて馬鹿みてえじゃん」

「カッコつける？」

　一体なんの話だ。岩本が少し俯く。

「いや、指輪さ、用意してあるよ。来月に受け取り。なけなしの貯金叩いてさ。何かって言うと崇さんがすぐ金出しちまうから内緒にしてたんだ。せめて指輪くらいはと思って……驚かせようと。寝てる間に指のサイズ測ったりとかしてたんだぜ。なんだよ、先生、結婚したのに誰にも言ってねえのかよ。先生に金出させてとっとと指輪作っちまえばよかった！　分割で返すって手もあったのに……ああ、くそ。何が、太一君は僕と結婚する前と変わらない、だよ。俺は大違いだよ！　思いっきり職場ざわつかせてっからな!?　変わってねえのは崇さんじゃねえか！　結婚しましたって明日から会う人全員に言えよな！」

呆然としてしまった。待って欲しいとはそういう意味だったのか。全く思いつかなかった。ただ、僕と結婚した事を公にしたくないのだと思い込んでいた。僕は今まで一体何を思い悩んでいたのだろう。

「そ、それから……あの豚肉の味噌漬けだけど」

不貞腐れたように口を尖らせた。無精髭の生えた口元が可愛い。

「崇さん、豚肉好きじゃん。これきっと好きだろうなあ……と思ったら、無意識にさ、お前これ食うかって聞かれて頷いてた」

確かに僕は豚肉料理全般が好きだが、そんな事を考えていてくれたのか。

「答えちまってから、俺もちょっとびっくりした。相沢にむかついてたのとか全然忘れてたよ。相沢も嬉しそうだし。ああ、これたぶん崇さんのお陰なんだなって思ったら俺もなんか嬉しくなってきてよ。前にも言ったじゃねえか！　人に何か貰うの、だんだん平気になってきたって」

胸がつまった。僕は岩本から受け取るばかりだと思っていたのに。

「そうだったんですか……ふふ……あはは っ」

おかしかった。

「笑うなよ、カッコ悪いけど仕方ねえじゃん。金ねえもん」

もちろん、岩本を笑ったのではない。

「いや、そうじゃなく、僕は本当に馬鹿だったなと。母の言う通りでした」

「崇さんのお母さん？」

「あんたは初心者なんだから、わからない事はなんでも相手に聞け、きっと太一君なら優しく教えてくれるって」

「初心者って……」

岩本はにやっと笑って僕を抱き寄せた。シャワーを浴びながら再び抱き合う。触れ合っただけで気持ちがいい。濡れてますます色気を増した岩本が僕を覗き込んでいる。

「初心者は崇さんだけじゃねえよ、俺も」

すんっと鼻を鳴らして岩本が僕の首筋に顔を埋める。

「初めてだよ、新婚生活なんかさ……」

新婚生活、確かにその通りだが改めて言われると照れ臭い。

「なあ、崇さん、俺ら新婚なんだぜ？　それで今、二人で風呂場にいる。裸で。喋るのも楽しいけど、そろそろ新婚らしい事、しようぜ？」

つっと顎を舐め上げられた。

「俺も初心者だから、これからは崇さんになんでも聞くわ。勝手にいろいろしてごめんな。そうだな、とりあえず崇さん……今、何してえの？」

岩本の厚い唇から滴が滴っている。

「前にも言っただろ。先生のしたい事、俺がなんでも叶えてやるよ」

湯気で煙る浴室の中で岩本と向かい合わせで立ち、彼の頭を泡だらけにして優しく掻き混ぜる。岩本は気持ちよさそうに目を閉じて僕の腰に手を回している。硬くて重たい互いの性器が擦れる。じれったい。だが、楽しい。堪らなくなって岩本の目尻に口付けた。

「んっ……」

岩本が目を閉じたまま淡く微笑む。そしてゆっくり目を開けた。

「崇さん、おでこんとこ、泡付いてる」

幸せだ。

「好きです」

「会話になってねえ！」

岩本は咽喉を震わせて声を上げ笑った。

僕は一度でいいから岩本の身体を隅から隅まで見て触って確かめてみたかった。岩本に身体を洗わせてくれと頼んだところ、そんな事でいいのかよ、と笑われた。そんな事ではない。彼を湯舟に待たせ自分の身体を急いで洗った。彼の気が変わったら大変だ。そして今、満を持して彼の身体に触れている。

これまでは岩本を目の前にすると気が逸ってしまってつい我を忘れていた。だが、今はいつになく穏やかな気持ちだ。もちろん欲情はする。前が張り詰めてしまって痛いほどだ。けれど、今すぐ食べなければ誰かに取り上げられてしまうのではないか、という焦燥感はない。岩本に好きなだけ丁寧に優しくしていいのだ。それが嬉しかった。

「崇さん、エロい顔してんなあ」

そう言う岩本の方がよっぽど酷い顔をしている。湯煙の中で眉も目尻も思い切り緩ませてとろりと笑う岩本の艶やかさときたら。先ほどまでは冷えていたのに、今は熱くてたまらない。どこもかしこも火照り、ふやけている。湯気と一緒に僕もふわふわと漂いだしてしまいそうだ。

岩本に目を閉じるように言ってシャンプーを洗い流す。ボリュームのある白い泡が岩本の見事な身体を滑り落ちていく。胸筋の谷間、凹んだ臍、腰に尻、膝の裏。湯の筋がいくつも彼の眉や瞼、精悍な頬骨を洗う。

美しかった。

流しながら、彼の項を引き寄せて唇を合わせた。

「ん……あ、崇さ……シャンプー、舐めちゃう……ぜ？」

「だいじょ……ぶ……です、ふっ」

甘い花の匂いがする。湯と唾液が混じっていつも以上に唇と舌が滑る。いつまでだってキスしていられそうだ。

「はは……なんかすげえ、新婚っぽい」

唇が触れる距離で微笑む岩本にくらくらした。

シャワーを止め、ボディーソープを溢れるほど手に取って泡立てた。向かい合わせで抱き合ったまま岩本の背中に手を回して撫ぜる。うっとりするような張りと滑らかさだ。すぐに腰や肩、尻に手を回す。

「んはっ……ほんっとに尻、好きだよなあっ……ああっ」

それについては弁解する気もない。尻の丸みと腿の境目に指を差し込んで擦り、尻たぶの重さを楽しむように大きく揺する。

「はあ……っ」

岩本が僕の肩にしがみ付いて来た。苦悶の表情を浮かべて咽喉を反らしたところに食いつく。肝心な部分には触れず、際どい部分に指を伸ばし、肛門を曝け出させるように尻を割り広げ、そして閉じさせる。

「んあっ」

岩本の立派な喉仏を舐めまわしながら、脇の下の毛を泡立てる。

「くす……ぐってっ……ん」

逃げた身体を追って胸や腹の形を両手で確かめるようにしてなぞった。そのまま鼠径部にたっぷりと泡を載せる。

「はあ……」

くたりと力を抜いて岩本が壁に寄りかかる。手桶が湯舟の縁から転がり落ちた。

泡立った陰毛の捉えどころのない柔らかさの中に、火傷《やけど》しそうなほどの熱と硬さがある。指で輪を作ってきつく扱きあげながら岩本に後ろを向かせる。項に口付け、岩本の尻の間に僕自身を差し込み、挿入はせずにぬるぬるとただ滑らせた。危うい刺激に、岩本がはっきりと逞しい肩を揺らした。

「あっ……う」

壁に肘を突いて拳を握っている。わずかに震えていた。無意識に衝撃に備えている、いや、期待しているのだ。

自分の口元にいやらしい笑みが浮かぶのがわかった。

岩本の陰茎から手を離して、壁に手を突いているせいで硬く緊張した彼の胸を両手で揉み崩す。同時に彼の中を突く時のように激しく腰を振って彼の尻肉の間をにちゅにちゅと行き来させた。

いつもよりも岩本の乳首がぼってりと腫れ上がっているような気がする。胸の肉も全体的に熱を持っている。摑めそうなほどボリュームがあるが、強い弾力と泡の滑りで指が弾かれる。

自然と力が入ってしまう。

「い……っ!?　ちょ……」

岩本の手の力が緩んだ。頬を壁に付けて艶めかしく腰をくねらせている。強請っているとしか思えない動きだ。

「い、いてっ……今、せ、生理前だから、あんま強く揉まれると……あっ」

彼はMFUUだ。もともと男性にも潜在的に乳腺組織はある。月経周期に合わせてMFUU

なるではないか。

の男性の乳腺ももちろん腫大する。哀れっぽい声でそんな事を言われたらますます止まらなくなるではないか。

「は……くっ！　んあっ……あっ」

岩本が首を振って悶える。痛みだけではない。常よりも刺激に敏感になっているのだ。苦しさの中に甘いものが混じる声が堪らなかった。

その間に、何度も何度も僕の亀頭が彼の後肛のわずかな高まりに引っかかる。彼はそこで幾度となく僕を受け入れてくれた。僕の身体に反応して、条件反射で自ら弛緩するほどに。そのまま突き入れて貪ってしまいたい衝動を抑えて、力を逃がし上を強くなぞるだけに留める。石鹸のぬめりも手伝って気を抜くと今にも入ってしまいそうだ。貪欲な岩本のそこははっきりと口を開いて待ち構えていた。シャワーを浴びせ泡を流しても、欲にとろけ切った岩本の双丘の谷間はなお一層、ぬかるんでいる。

「た、崇さ……ああっ……なあって！　もう……もっ」

熱い湯の雨の中で岩本がわずかに振り返って僕を見た。もうほとんど焦点が合っていない黒い瞳。腫れ上がって熱を持つ胸を虐められ、いきり立つ前を中途半端に放置され、それでも岩本は自らの手で前を弄る事もせず、ただ震える腕を壁に突き、健気に入り口を緩ませて、腰を振って僕の物を強請っていた。見栄えのする屈強な身体を壁と僕の貧弱な腕の中に閉じ込められ、あられもない声を上げ、もう焦らさないでくれと体中で懇願している。この男は完全に僕のものなのだ。

「……んあっ！」

　ぐっと押し込む。ほとんど抵抗はなかった。

「はあ……んあああああ」

　無意識なのだろうが腰を突き出して僕の全てを飲み込んでしまおうと暴れる岩本から逃げ、亀頭の柔らかな部分だけを彼の中に入れ、浅い出し入れを繰り返す。カリの部分が岩本のピンク色に盛り上がった敏感な縁を捲り上げては押し込む。

「んあっ……ああ……あぁ……」

　岩本は膝をがくがくと揺らして上半身を前に倒し、壁に縋っている。それでも腰だけは高く掲げたままだ。腿をぶるぶると震わせて、つらそうに。普段はきつく閉じている部分を、僕のためだけに緩ませた状態に保ち、耐えているのだ。そこ以外の部分を硬く緊張させ、顔を真っ赤にして、今にも崩れ落ちそうになりながら。

　そう、全ては僕の事が、欲しいから。

　後ろから岩本の下腹部を引き寄せるように強く抱きしめ、思い切り腰を突き出した。ばちんと濡れた肌同士がぶつかる音が響く。

「うあっ……かっ……！」

　期待に熟れ破裂寸前の場所を、突然殴りつけられたようなものだったのだろう。その衝撃だけで岩本は前で達してしまった。下腹部に回した手の甲に熱い飛沫を感じる。岩本の中は待ちわびたものをようやく与えられて歓喜していた。沸き立ち、うねり、もう逃すまいと引き絞るように奥へ誘われる。

「太一……君っ……っ」

今までの無体を詫びるように渾身の力でその歓待に応える。がつんがつんと穿つ。数回の突き上げで岩本の身体が緊張し、そして弛緩する。中の圧が増し、そして同時に強張りがなくなる。後ろで達してしまったのだ。達した後の岩本は満たされて、より素直に快楽に屈するようになる事を僕はもう知っている。ここからが本番とばかりにさらに強く攻め立てた。

「ああっあああっ……っ……っ……っ！」

岩本は絶頂後の締まりのない顔で口を開け舌をだらりと出し、潤んだ目で虚空を見据えて声もなく僕に揺さぶられていた。赤い舌が誘うように揺れる。僕は夢中で岩本の口の中に指を突っ込む。岩本の虚ろな目が長い睫毛と瞼に隠れ、恍惚とした表情に変わる。岩本は僕の無遠慮な指を拒むどころか飢えた乳飲み子のように吸い付いてくる。人差し指、中指、薬指、三本まとめて頬張られ、涎を垂らして舌で愛撫される。ぞくぞくするような快感が指から腰へ駆け抜けた。上の口と下の口がどちらも同じように僕を飲み込んでしまおうと蠢いている。情欲のために尊厳を捨て、喰らわれ犯される悦《よろこ》びに浸りきっている。

指を引き抜き、夢から醒めたばかりのようなどこかあどけない顔をしている岩本の顔を無理やりこちらに向け、腰の動きを止めず、欲望のままに貪った。

濡れた肉のぶつかる卑猥な音と男二人分の荒い息、キスの合間から漏れる押し殺した岩本の悲鳴が狭い浴室に反響する。

「んんん！　んんんんんんん！」

　岩本は腰を蠢かせ、尻にえくぼを作って僕の激しい求愛に全力で応えてくれた。はしたなく舌を絡ませ、浅ましく腰をぶつけ合って互いを味わう。

「ん……あ、た……かひ……はっ……あふ……ふんっ……んっんっんっんっ」

　岩本の中はひたすら僕を求めていた。引き抜けば追い縋られた。奥へ突き込めば食い締められた。限界が近い。岩本の腰を指が食い込むほど強く摑んで渾身の力で貫く。

「んあああぁ」

「……ぐっ……く」

　同時に射精に至る。長い長い辛抱の末に出したからだろうか、立ったまま繋がっていたからだろうか、放出と同時に僕の精液がどっと溢れて彼の股間を汚す。締まりのない己を恥じるように彼の直腸がきゅっと収縮するが、余計に粗相が酷くなるだけだった。

「ああ……あっ……」

　はあはあと喘ぎながら岩本がいまだ彼を苛む長過ぎる絶頂に耐えかねたように尻を僕の腰に押し付ける。まだ萎えない愚息でそれを迎え撃つ。だが、結合部からの滴りは止まらない。岩本がおびただしく溢れるそれに驚いて反射的に膝を閉じようとするが、その膝裏さえも容赦なく白い体液で汚される。狼狽えたように僕を見上げる岩本の表情がまたいい。何度でも汚したくなる。

「太一君……」

ほとんど直角にお辞儀をするような格好になってしまった彼の上半身を抱き起こした。繋がったままのそこが大量の粘液の助けを借りてずるりと滑る。一度抜いた。途端、さらに溢れ出す。僕は一体どれほど彼の中に放ってしまったのだろうか。

「あはぁ……っ」

垂れ流す羞恥に頬を染め、眉を顰める岩本が愛おしくてならない。正面から抱きしめ、すぐに指で止めどない粗相に慄いている穴を慰めてやる。そこは緩み、それでもまだ飢えていて、ぐちゅぐちゅと酷い音を立てて僕の指に媚びていた。

「崇さ……んっふ」

岩本は太い腕で僕に縋りついてくる。腰と腰を合わせて口付けながらまた抱き合った。呆れた事にもう僕らの性器はすでに緩く立ち上がっている。押し付けると岩本の腰からがくりと力が抜けた。

岩本の背を壁にもたれ掛からせてゆっくりと腰を下ろすのを手伝う。ウレタン製のバスマットの上に岩本はだらしなく脚を開いて座った。二人分の精液でどろどろに汚れた下半身が眼前に晒されている。岩本の息は荒い。身体には力が入っていないようだ。けれど性器にだけはまだ力が残っている。許されるならもっと触れたい。しかし、彼の身体にこれ以上負担を掛けてよいのだろうか。彼の前で跪いたまま逡巡する。まさにお預けと言ったところだ。

「はは……崇さんさ、怒ってねえって嘘だろ絶対」

岩本が天井を仰いで呆れたように笑った。

「すっげえ、えげつない……はあっ……エッチ、しやがってよ」

「え、えげつなかった、ですか？」

「えげつねえよ、んっ……まだ、イってる……」

岩本は脚を開いたまま、後ろに手を突き胸を反らせて身体を震わせた。がくりと肘が折れて岩本はバスマットの上にほとんど寝そべるような格好になった。彼はうっすら笑って僕を見た。

「ちょっと寒みいな……」

その言葉が免罪符だった。シャワーを出して岩本に覆いかぶさる。岩本が怠《だる》そうに腕を上げて僕の背中に回してくれた。褒めて貰えた。僕の行動は間違っていなかったらしい。彼は視線一つ、台詞一つでいとも容易く僕を操る。

しかし、岩本の言葉は心外だった。わだかまりの理由は消えた。怒るどころか岩本が愛しくて堪らなかった。慈しみたかった。

「怒ってなんか」

岩本の顔の横に手を突いて、岩本の額に張り付く黒い毛をそっと横になでつける。シャワーの熱い雨から岩本の顔を守りながら何度も口付けた。眉に、瞼に、額に、頬に、無精髭の生えた顎、精悍なこめかみにも。愛していると伝わるように。

「じゃあ、天然かよ……何も考えないであれなのかよ」

僕の様子に岩本が顔を引き攣らせた。最中に何か考えていたかと言えば、もちろん何も考えていないわけではなかった。岩本が乱れる様をただひたすら素晴らしいと思っていた。それが岩本の求める答えなのかどうかはよくわからない。首を傾げる僕に岩本ははあっと溜息を吐いた。どうしたのだろう。僕はまた妙な事をしてしまったのだろうか。

「怖えなあ……敵わねえわ」

そこで岩本は僕の顔を見て、何かを思い出し、にやっと笑った。

「そういや崇さんに、俺のどんなエロい夢見てんの？　って聞いた事あったなあ」

「あ、ありましたね……」

思わぬ反撃を喰らって目を逸らす。だが、その罪悪感も今は薄い。本物の岩本は僕の想像を遥かに越えていたからだ。あの頃の僕はまだ青かった。と言ってもたったの数か月前だが。

「俺もずっと崇さんの事考えて風呂で抜いてたんだって話、したよな」

岩本が僕をじっと見ている。咽喉が鳴った。そういえばそんな事を言っていた。中途半端に立ち上がった前にまた血が集まり始める。

「どういう妄想してたか聞きてえ？」

聞きたい、いや、聞きたくない。妄想の中の僕はきっと本物の僕よりもよっぽど上手に彼を楽しませるのだろう。僕の作法がなっていないのは自分でわかっているが、わざわざそれを聞いて落ち込みたくない。しかし、僕を想像して自分を慰める岩本、知りたくないわけがないだろう。なんて事を尋ねるのだ。

百面相して葛藤する僕を岩本は面白そうに見ている。

「最初は崇さんとそう変わらねえよ。病院で超音波のあの棒の代わりにちんこ突っ込まれるの想像してた。でもそのうちどんどん変わって来てさ」

なんと岩本は返事を待たず話し始めた。待ってくれ。まだ心の準備が出来ていない。

「俺が風呂入ってる時にも崇さんは普通に部屋で洗い物したりテレビ見たりしてるわけじゃん。シャワー流して音を消してるつもりで、俺はちんこ扱いてケツに指突っ込んで解しながら、先生、先生って何度も呼ぶんだ。興奮してだんだん声が大きくなるけど俺は夢中で気が付かない」

岩本は目を細めて僕を見ていた。

「そしたら、そのドアが開く」

岩本は見上げるような動作で浴室の入り口の引き戸を示す。

「どうしたんですか？　大丈夫ですか？　って言って崇さんが立ってる。腕まくりして皿拭き用の布巾とか持って」

岩本は笑った。

「俺は真っ青になって言い訳する。これは違うんだとかなんとか言ってな」

目を閉じて岩本は続けた。

「崇さんは俺がしてる事に気付いて風呂に入って来る。笑って、僕に犯されたいんですか？　とか言うんだ。その都度台詞は違げえけど、だいたいそんな感じ。俺はもちろんすげえ崇さんとやりてえんだよ。なのに俺は嫌がって抵抗する。へへっ、面白れえだろ？　でも崇さんはそんなのお構いなしで俺をずっこんばっこんヤるんだ。俺は先生に揺さぶられてあんあん言う」

ごくりと唾を飲んで思わず浴室を見渡した。ざあざあという水音、立ち込める湯煙、この中で。

「俺、乱暴されたいとか虐められたいとか女相手にも男相手にも思った事ねえけど、なんでか崇さんには最初っからそうなんだよな。無理やりヤられんのめちゃくちゃ興奮する。崇さんが普段すげえ優しくて自分を抑えてるからかな」

岩本は僕の頬をそっと撫でてくれた。

「でもさ、いざやってみたら全然違ってたな」

やはりそうか。僕の沈んだ表情を見て岩本は続けた。

「妄想よりずっとたどたどしいし、意味わかんねえ事するし、思い通りになんねえよ。想像してたのの何倍も、何十倍も崇さんは野獣で鬼畜だった。ギャップっつっても限度があんだよ。凄過ぎだよ。それにアホみてえにエロいし、で」

岩本は息を吸い込んだ。

「妄想の中よりもずっと……優しかったな」

乱暴に頭を掻き交ぜられた。水が飛び散って岩本の頬を濡らす。

「妄想してる時、崇さんが入って来ない以外はほとんど妄想通りの事してっからさ。時々、本当に大声で呼んじゃいそうになるわけよ」

ははは、岩本はまた笑った。

「必死で口押さえて、顔真っ赤にして何度も何度もあんたの事呼んだよ。声にならないけど、大声で」

岩本の目が潤む。

「好きだって、ここに来て俺に触ってくれって思いながら、叫んでたよ」

僕の頬を撫でる岩本の手を必死で握った。

「今でも……あんまり何回もオナってたから声抑えるの癖になっちまったのかな。イく時声出てねえけどさ」

岩本は目を閉じた。

「同じだよ、あの頃と。いつも大声で叫んでんだぜ。崇さんの事、呼んでる」

そして諦めたように口を歪めて言った。

「崇さん、好きだ、ってな」

言葉が出なかった。

「んだよ、崇さん、すげえ勃ってんじゃん」

思わず股間を見た。自分でもちょっと驚くほど反り返っている。狼狽えていると岩本に抱き寄せられた。

「さっき俺、マジでやばかった。妄想とはやっぱ比べ物になんねえな。気持ちよ過ぎて頭とびそうだったぜ。崇さんに手加減なしでめちゃくちゃされたら叫んじまうかもなあって思ったよ」

その台詞で張り詰めた前が破裂寸前まで膨らむ。

「なあ、崇さん、俺に大声で呼ばれてみたくねえ？」

耳元で囁かれて、目の前が真っ赤になった。僕の人生で一番の長風呂となったのは言うまでもない。


「出来婚おめでとう！」

「違いますからね？　わかってて言ってますよね？」

「産婦人科医が患者に手を出してしかも出来婚！」

島袋の外聞の悪過ぎる言い方に慌てた。僕はそれが悪い事だと思っているわけではない。だが、僕は産婦人科医だ。明るい家族計画を推進する立場にある。

患者が聞き耳を立てていたらと思うと恐ろしくてならない。ここは医師室で患者は入って来ないが、島袋の声はよく通る。完全に面白がられている。

母だけでなく島袋にまで揶揄われるとは、かつての同僚が山ほど勤めている大学病院に行ったら一体僕はどうなるのだろう。

「いやいや、タイミング的に早過ぎでしょう。ぎりぎりでしょう。怪し過ぎるでしょう。怒らないから言ってごらんよ、発覚した時点で妊娠三か月、でしょ？」

「六週ですよ。年度の初めにはもう入籍してたんです。言ってなかっただけで。産婦人科医がそんな事で嘘言ってどうするんですか」

岩本と入籍してから三か月が過ぎた。

めくるめく日々だった。新婚旅行には行かなかったが、毎日が新婚旅行のような気分で過ぎて行った。仕事と買い出し以外はほとんど外出もしなかった。二人揃って紋付きを着て写真だけの結婚式を挙げ（白無垢やウェディングドレスはサイズがなかった。そういった注文を請け負う店もあるらしいので今度ぜひ行こうと思う）、母と祖母と食事をしたのと、岩本の妹に会いに県北まで足を延ばした以外は、休日の全てを家で過ごしていた。

というか、抱き合っていた。

「新婚旅行ってさあ……んっ……もったいねえよな」

岩本は僕の上で緩く腰を振りながら言った。彼の滑らかな褐色の咽喉から胸にかけて汗が流れ落ちる。よく晴れた国民の祝日、真昼のベッドの上で逞しい裸体が躍っている。

「観光しねえでひたすらホテルでヤっちゃう……よなあ……きっと眠いぜ？」

へらりと笑う表情すらも淫蕩だ。岩本に見惚れて言葉が出ない。他のカップルがどうかは知らないが、僕に関していえば岩本の言う通りだと思った。こんなにもいやらしい生き物が間近にいて、もういい、食い飽きた、さて観光でもしようか、という気分になれるものだろうか。

いや、なれないだろう。

「ははっ……なんてな……そんな猿は俺らだけかな……んんっ」

「……くっ」

岩本に締め上げられて僕は快感に呻《うめ》く。

「すげえエッチ好きだもんな……崇さん。ま、俺もだけどさ……あ」

快感に息を乱して頬を染め、ぺろりと上唇を舐めて僕に笑いかける岩本に辛抱堪らず下から突き上げた。しっかりとした筋肉に覆われた腰を摑んで上下に弾ませる。

「んっ……あっ……あっ……っ」

くたりと力の抜けた岩本に縋られ、ますます猛ってしまう。起き上がり、岩本を組み敷いて本格的に攻める。脚を思い切り開かせて奥を叩く。

「たか……しっ……さっ……」

「もっと……呼んでっ……下さい」

「崇さん……たか……し……ああっ……んああっ」

僕らの春から初夏にかけての新婚生活はだいたいがこんな様子だった。母や祖母にはせっかくだから新婚旅行ぐらい行って来いと金まで渡されたが、取って置く事にした。

そして先週、岩本は市販の妊娠検査薬の結果を見せてくれた。陽性だった。

「俺、仕事が結構危険な肉体労働だからさ、ちょっとでも生理遅れたらすぐ検査してたんだ。わかんねえまま、有機溶剤とか使いたくねえじゃん。まあ社長の奥さんがそこんとこ気を回してくれてさ、最近はあんまり高所作業とかしてねえんだけどな」

岩本は嬉しそうだった。僕も素直に嬉しかった。そして、岩本が生まれてくる子供の事を前向きに、しかも非常に現実的な側面から考えてくれていた事に感謝した。岩本との性生活があまりにも素晴らしかったので、僕は密かに彼がもしも妊娠したとして僕はそれを喜んであげられるのだろうか、残念に思って自分に失望したりはしないだろうか、と危惧していたが、杞憂だったようだ。岩本に恋をしたとたん二十年近く眠っていた性欲が急に活性化したり、パートナーの妊娠に合わせて穏やかになったりと、僕の下半身は随分と都合よく精神的な要因に左右されるらしい。我ながら上手く出来ているものだと思った。

そういう訳で、僕はひとしきり喜んで浮かれた後に速やかに行動を開始した。そして今、大学病院への紹介状を島袋に書いてもらっているところだ。正常妊娠とはいえ、まだ日本ではMFUUの症例数は少ない。何かトラブルがあれば長く入院する可能性もなくはない。他の妊産婦からすれば同室に男性が入院するのは落ち着かないものであろうし、様々な融通を利かせる上でも病床数が多く設備の整った大学病院は都合がよいだろう。

「しかしさあ、本当に驚いたよねえ」

島袋は封筒を糊付けしながら嘆息《たんそく》する。

「弓削先生っつったらここの医局出身じゃない私でも噂で知ってるくらい女性関係がなんっにも！　なくてさ、事務所がストップでもかけてんのかよってくらい」

実際何もないのだから仕方がない。人を恋愛禁止のアイドルのように言ってくれる。

「入局してわりとすぐの第一次弓削先生ホモ疑惑、三十代になってからの第二次弓削先生ホモ疑惑、それすらどんなに叩いても埃《ほこり》すら出ないから立ち消えて……」

そんな疑惑があったのか。全く知らなかった。そしてその性徴かベビーブームか世界大戦のような言い方はなんなのだ。うちの医局はもしかして暇なのだろうか。

「さすがにないでしょうってなって、もうネタにもならないよねって言ってたところにこれですよ！　マジでホモかよ！」

島袋は笑った。

「いやはは、あのMFUUのガテン系のあんちゃんを弓削先生が診察してる時、なんか妙な雰囲気だなあ、とは思ったんだよね。手握り合って熱く見つめ合っちゃってさあ。キスより先にプローべでこんにちは、ですか、やるねえ先生」

出来婚云々よりもよほど際どいジョークを平日の昼日中から職場で明るく言い放つ島袋に、揶揄われているこちらがはらはらしてしまう。岩本の診察中になんの躊躇もなく踏み込んでくるところもそうだが、島袋のこういった緩さが時々心配になる。

「ある日突然、僕結婚しましたっていうか実は結構前からしてましたっつって、翌週には指輪し始めてさ」

岩本に言われた通り僕はあれからすぐに結婚した事を周りに打ち明けていた。

「めっちゃびっくりして相手誰って聞いたら、患者さんだって言うし、しかも男だって言うし。え？　あの弓削先生が？　患者に手出して同棲から結婚に漕ぎつけたの？　しかも相手男？　え、どゆこと？　私達、産婦人科医だよね？　みたいなさあ。メールしたらだいたい同じ反応でうけたわ。MFUUって言ったらみんな驚いてたよ」

「島袋先生、個人情報ですよ」

さすがにこれは聞き流せない。僕の事はどうでもいいが、岩本の身体の事まで言わなくてもいいではないか。しかし、島袋は取り合わない。随分嬉しそうだ。

「さっき会った病理の先生も知ってたよ。みんな耳が早いよね。先生、有名人じゃん」

誰のせいだと思っているのだ。これは大学中にすでに知られていると思って間違いない。下手をすると県内のほとんどの医者は知っているのではあるまいか。

「で、みんなで本当によかったねって言ってたら速攻で相手孕ますし」

どうでもよいが島袋のこの産婦人科医にあるまじき言い方はなんとかならないものか。

「最初に男と結婚って聞いてまさか相手がMFUUとは思わないから、弓削先生がネコだと思ってたのに、さらに相手あれでしょ？　ムッキムキの大男でマジびっくり！　あのでかくてごついお兄さんを抱いてる弓削先生とか悪いけど全然想像出来ないわ」

顔が赤くなった。完全にセクハラだ。そこまで言ってから、島袋は言葉を切った。

「でも、ほんっとーに……よかったね」

見ると少し涙ぐんでいる。

「弓削先生、微妙に気持ち悪いしヨレヨレだしキョドってるけど、いい人だもん。周りに当たり散らしたりしないで不破医院長の無茶ぶりにも耐えて、実は手術もばんばんやってて普通に上手だし、私の子供が熱出した時とか外来とか当直とか替わってくれて……なのに、いつも凄い負のオーラ背負ってて、毎日青い顔して……私、この人一生に一度もいい思いしないである日突然死んじゃうんじゃないかなって密かに心配してたんだ」

驚いた。では島袋は本当に喜んでくれていたのだ。妙に嬉しそうでハイテンションだったのは祝福してくれていたからだったのか。

「最近、顔色もよくなったよね。ちょっとお肉付いてきたし、病的に痩せてたのマシになったじゃない。服装もだいぶ普通になったよ。幸せ太りしないように気を付けなよ。育休取る時は相談しろって大学の医局長も言ってた。大学から人回すからって。今まで散々こき使われて来たんだから強気に出ていいと思うわ」

　なんだかんだ言っても彼女は親切で真っ当だ。産科研修時代の僕の恩師である准教授の大原《おおはら》に紹介状とは別にメールで一報入れてくれたらしい。珍しい症例に色気を出して主治医になりたがる講師も多いだろうが、僕が個人的に産科医としては最も臨床能力を高く評価している大原が主治医になってくれるというのなら心強い。彼女は非常に優秀だ。人格者でもある。

「あ、別に知り合いの嫁さんだからとか関係ないよ。ＭＦＵＵなら大原先生に診てもらうのがいいでしょ」

「ありがとうございます」

　僕は書類をまとめている島袋の背中に向かって頭を下げた。

「いいって事よ」

　僕に対してセクハラを織り交ぜつつホモだホモだと楽しそうに繰り返す同僚の女性産科医を母に見せたら、烈火のごとく怒り狂うに違いないのだが、僕は母のようにはなれない。

　起伏の少ない人生だったが、それなりに長く生きていればいろいろな事がある。無神経な発言を繰り返す相手が、別の局面では僕の力になってくれ、僕のために心を痛めてくれる事があるのを僕はもう知っている。それこそが問題の根深さを最も端的に表しているような気さえする。

　この僕の中にも島袋と同じ無自覚な悪意はあるのだ。そしてそれが僕の中から完全に消える事はないだろうとも思っている。

　岩本と出会って、彼を愛するようになり、彼と結婚してから、僕はこういった問題について以前よりもよく考えるようになった。だが、いまだに僕の中でどうするべきか明確な答えは出ていない。

「大学では覚悟した方がいいよね。みんな待ち構えてるよ。変装でもして行く？」

　ぐっと詰まった。そうだった。というか、繰り返すが誰のせいだ。今から気が重い。いや、岩本にはこれから妊娠、そして出産という大事が待っているのだ。これしきの事で僕が狼狽えていては駄目だ。しっかりせねば。

　とは言え、岩本にはあらかじめ事情を話しておいた。初めて出会った時、彼は直腸からの超音波検査を怖がっていた。妊婦健診では内診や超音波検査を何度も経験する事になる。きっと緊張しているだろうに、僕の元同僚達からの無遠慮な視線に晒されるかもしれないのだ。結婚相手が僕であるという事でさらに無駄なストレスを彼に与える事になってしまうかと思うと申し訳なさに身が細る思いだった。

「へえ、そうかよ？」

　しかし、岩本は嬉しそうだ。大学病院へ一緒に向かう車の中で隣の助手席に座って彼は笑った。僕の古い国産小型車のシートの上で窮屈そうに身を捩って岩本は僕を見る。

「本当にすみません。悪ノリが好きな人達なんですよ」

「いいって別に、崇さんの知り合いが俺を見に来るんだろ？　崇さんの結婚相手ってどんな奴ってさ。いいじゃん、紹介してよ」

嬉しそうな彼は僕の欲目ではなく本当に魅力的だった。岩本を見せびらかして自慢してみたいような気もするが、それよりも身分不相応に素晴らしい伴侶を得た僕への嫉妬が怖い。女性にも男性にも出来れば誰にも見せたくない。

しかし岩本は僕の葛藤に気付かず、なぜか力こぶを作っている。なんでもないTシャツ姿が彼の肉体美を強調している。荒々しくも艶やかだ。目に楽しいが、ぎょっとした。

「ど、ど、どうしたんですか？」

「え？　ああ、はは。俺、身体鍛えといてよかったな、と思ってよ。せっかくだから崇さんに手え出さないでね、俺のだからね、俺、怒ると怖いよってアピールしとくわ」

健康的な白い歯を見せて岩本が強気に笑っている。意味がわからない。僕がこの歳まで童貞かつ独身だったという事は知っているはずなのに。

「な、内診台、壊さないようにして下さいね」

照れ隠しにそんな事をつい言ってしまったが、顔が熱い。嬉しかった。

「ははは、それ言うなって。まあ、気分のいいもんじゃねえけどさ、赤ん坊のためだしな。ちゃんと逃げずに受けるよ。心配すんな、大丈夫。今は崇さんもいる」

運転中だが、笑う岩本に見惚れた。

「ちょ、前見ろって！　あっぶねえな！」

妊婦健診は思ったよりもずっとスムーズに終わった。僕の元同僚達が大挙して押し寄せる事もなかったので随分拍子抜けした。

僕の恩師である准教授の大原は関西の病院で一度ＭＦＵＵの男性を実際に診た事があるらしい。岩本に対して落ち着いた口調で今後の展望を話してくれた。

「一般的な妊娠出産に伴うリスクや注意点は女性と変わりません。弓削先生にはわざわざ私が言うまでもないですね」

眼鏡を押し上げて大原は微笑んだ。白いものが交じり始めた髪を一つにまとめ、相変わらず化粧っ気は皆無だ。それなのに少しもそっけない感じがしない。

「ただ、やはり様々な問題があります。身体は妊娠に対応していても、この国の社会はまだ男性の妊娠に対応しきれていません。生理の時などにそれはもうすでに岩本さんも散々味わって来ているでしょう」

岩本は頷いた。

「男性の腹部が大きくなっていても通常は太っているだけと認識されてしまいます。女性の妊婦のようには気遣いを期待出来ない。察してくれ、はまず無理です。まあ、最近では女性の妊婦に対しても風当たりが厳しいようで嘆かわしい限りですが……それから、お仕事は大工さんですね。残念ながらほとんどの仕事内容が妊娠中には好ましくありません。我々の立場からすればお腹のお子さんのためにはやめて下さい、としか言えません」

僕もそれが気にかかっていた。岩本はそれについて僕に一切苦言を呈さないが、岩本が大工の仕事に打ち込んでいる様子を僕はずっと見て来た。彼はきっと今仕事を覚えて成長すべき時期なのだろう。悔しい思いをしているのではないだろうか。

僕だって出来れば代わってやりたい。産婦人科医として一通りの研修を終えている僕の方がブランクには強いだろう。だが、これぱっかりはどうしようもないのだ。せめて育休は取ろうと思っているが、それ以外に出来る事が思いつかない。

密かに大原に感謝した。きっと僕からは伝えにくい事実だとわかった上で、今この場ではっきりと言ってくれたのだろう。

だが心配だった。事実を突きつけられてさすがの岩本といえどもショックを受けているのではなかろうか。

そっと窺って驚いた。彼の目は静かだった。それについてはとうの昔に覚悟は決めたと言わんばかりだった。産婦人科医の僕の方がよっぽど浮足立っていたらしい。

「働き続けるのならば、作業の変更が必要になります。診断書や一般の方へＭＦＵＵを説明するための冊子が必要なら言って下さいね。海外のものを日本語に訳したものが手元にありますから」

「ありがとうございます。助かります。よろしくお願いします」

岩本は大原に向かって深く頭を下げた。

これから本格的に作業の制限が入れば、事情を知らない出入りの業者からは、なぜあの力の強そうな若者は荷物を運ぶのを手伝わないのだ、などと言われてしまうのかもしれない。岩本自身がいちいち説明したのでは角が立つ場面もあろう。簡単な冊子があればそれだけで説得力が増すというものだ。

「出産後も授乳室で白い目で見られてしまう事があるかもしれません。男性も入っていいとわざわざただし書きをしてあっても、女性はやはり見知らぬ男性が授乳室に入るのを嫌がります。これはほんの一例に過ぎません。私が考えもしなかったような大小さまざまな不便がある事でしょう」

大原は顔を上げ僕と岩本を真っ直ぐに見た。

「神経質になるな、と言われても難しいでしょうが、不安になった時のために私達がいます。いつでも相談しに来て下さい。不安にさせるような事をたくさん言いましたが、逆に言えば、女性の妊婦以上に気を遣わなければならない事は社会的な側面だけ、という事でもあります。本当にね、奇跡としか言いようがないほどＭＦＵＵは妊娠、出産に適応しているんですよ。そして、今のところ岩本さんの赤ちゃんも順調です」

大原はにこっと笑った。

「と、まあ、硬い話はここまでにして……弓削先生、結婚おめでとう」

「あ、ありがとうございます、ご報告が遅くなりまして……」

お辞儀する僕が言い終わるか言い終わらないかのうちに大原は岩本を覗き込んでにやりと笑う。

「岩本さん、弓削先生はいい男でしょう。見る目あるわ」

「はい」

岩本は間髪容れずに笑顔で返事する。大原の台詞はお世辞かもしれないが、岩本はきっと本気で言ってくれている。何度やられてもいちいち喜んでしまう。大原は照れる僕を見て面白そうな顔をした。恥ずかしい。

「見た目は頼りないけど、うちの医局で一番肝の据わった男ですよ。私が保証します」

そこで大原は僕を見て眉を下げ、ふっと笑った。

「でもねえ、なんでか見た目が不健康で幸薄い感じだから、みんな心配してたんです。私が診てる最中に診察室まで見に来ていいか、とか言い出すくらい。でも駄目って言っときました」

ではやはり大原が医局員達に釘を刺しておいてくれたのだ。きめ細やかな気遣いに頭が下がる。

「みんなが注目してる弓削先生の結婚相手の顔ちゃんと見られたの私だけね、ふふふ、役得だわ。こんなにイケメンで……」

そこで大原は何かを思い出したのか上品に口元を押さえて意味ありげに笑った。

「えっと、そう……情熱的な人がお相手とは思わなかったわ。弓削先生、やるわね。岩本さん、うちの弓削先生をよろしくお願いしますね」

会計を終えて病院の中を歩いていた時に川越とすれ違った。何かと言うと僕を馬鹿にして楽しんでいた婦人科の講師だ。病棟からも医局からも産婦人科外来からも離れた場所だったので全くの偶然だろう。

彼は僕の隣の若く逞しい男を見て一瞬ぎょっとしたように立ち竦んだ。彼はすぐに、引き攣った笑みを浮かべて、小馬鹿にしたように鼻を鳴らした。そして逃げるように早足で立ち去ってしまう。

「なんだ、あの脂ぎったおっさん、喧嘩売ってんのか？　崇さんの知り合い？」

岩本は敏感に川越の僕への敵意を察知したようだ。すわ、ようやく敵の一人も出て来たか、といった様子でなぜかやや嬉しそうに腕まくりをしている。そして、なんだ、のイントネーションが僕が普段使うのとは完全に違っている。慌てて勇む彼の腕を押さえた。頼むからやめてくれ。

「大丈夫だよ。俺、身重なんだぜ？　手出したりしねえって。胎教に悪いからなあ」

「その発言がすでに大丈夫じゃないです」

「なあ、あの野郎誰だよ。むかつく……ちっ、くそ逃げちまった」

舌打ちすらも随分と堂に入っている。普段は穏やかな岩本だが、ひとたび剣呑な表情をすれば一気に獰猛な雰囲気になる。顔も整っており体格もいいので、何やら妙な凄味が出る。僕と抱き合っている時の妖艶さとはまた違った危うい色気だった。冷静に鑑賞している場合ではないのだが、つい見惚れた。何をしていても美しい男だ。

「彼は元同僚です。ここの講師ですよ」

「へえ、元同僚だかなんだか知らねえが、すれ違いざまに人の旦那の事鼻で笑って許されるとでも思ってんのか？　あ？」

「旦那……」

なんともいい響きだった。口の中で言葉を転がしてにんまりする。そんな僕を見て岩本も咄嗟に出た言葉をあらためて振り返ってしまったのか少し赤くなる。

「ん、んな事でいちいち喜ぶなよ！　呼ばれてえならいつでもダーリンでもハニーでもあなたでもお前でも呼んでやるよ。つか、今はそこじゃねえだろうが！」

そうだったのか。岩本と違って僕はといえば、ようやく照れずにファーストネームで呼び合えるようになったところだが、そういうのもいいかもしれない。

「なんだよ……マジでどうでもよさそうだなあ」

にやにやする僕を見て、岩本は肩の力を抜いた。気の抜けた顔で笑う。

そう言えばそうだ。自分でも驚いた。川越にカラオケで無理やり前に突き飛ばされた事がトラウマになっていたはずだった。けれど、今、びっくりするほど川越の事が怖くなかった。なんの感情も浮かばなかった。

彼や彼が味方につけていた集団の安い悪意など取るに足りないものだったと今は素直に思える。僕はもうそんなものよりもずっと恐ろしいものを知っている。心を預けていない相手に何を言われてもそれが僕を本当の意味で傷付ける事はないだろう。僕のために怒ってくれる岩本には素直に嬉しさを感じるが、岩本とはもっと楽しい話をしたいのだ。例えば、今日これからどうするか。病院に行くために、僕も岩本も午後休を取った。もう職場には戻らなくていいのだ。いつもよりもゆっくり買い出しをして、僕らの住む部屋に帰る。二人で夕食を作る。きっとそんなところだろうが、岩本が一緒ならどんな些細な事も楽しい。

「そっか。崇さんがどうでもいいなら、まあそれでいいけどよ」

話しているうちに駐車場に着いた。もうすぐ夏休みに入る時期だ。真昼のアスファルトの駐車場は暑い。車中は灼熱地獄、ハンドルに触れないほどだ。エアコンをつけてしばらく窓を開ける。助手席でぱたぱたと顔を扇ぎながら岩本が言った。

「どうでもいいって言えばさ、なんでか全然平気だったな。検査」

僕も初めて岩本の診察をした時を思い出し、今日は大騒ぎになるのではないかと危惧していたが、岩本は全く平然としていた。岩本の枕元で手を握る準備をしていたのも無駄に終わった。あまりの過保護さを大原に笑われる羽目になり、僕は診察室を追い出され、内診の間は世の男性がそうするように待合室で待っていた。

「妊婦健診ってクスコとか結構すんげえ事すんだなあ。崇さんが最初に超音波検査の事、めっちゃ軽く説明してたのも納得だよ。あれに比べりゃ全然だよ」

岩本は笑う。

「本当になんでかな？　崇さんにやられた時に凄くびびっちまってたのは、やっぱ初めてだったからかな？　相手が崇さんだから妙に意識しちまってたのかな？　それとももっとすげえ事崇さんに散々されたから、今はもう平気になっちまったのかな？」

岩本は色っぽい流し目をくれた。汗で肌に張り付く産毛や紅潮した頰に心拍数が跳ね上がる。

岩本が妊娠してから僕の性欲はだいぶ大人しくなったが、岩本に誘われればその限りではない。

岩本が日焼けした大きな右手を僕の白くて骨ばった左手に重ねる。そのまま人差し指の先で僕の指輪の嵌まった薬指をそっとなぞる。

「なあ、俺さあ、崇さんいない時にこっそり大原先生に聞いちゃった」

岩本が僕の耳元にほとんど触れんばかりに唇を寄せて囁く。

「妊娠中のエッチってどうなのって」

猛烈な暑さの車内にいてさえ、さらに身体が熱くなる。あの大原にそんな事を聞いたのか。大原が笑っていたのはそのせいか。岩本の性に対する大胆さにはいつも驚かされる。

「リスクは言い出したらキリないってさ。挿入はしないに越した事ねえって言ってたよ」

大原も大原だ。きっとあの穏やかな口調のまま答えたのだろう。

「『でも』」

岩本は僕の手を弄びながら続けた。

「『セックスはコミュニケーションでもあります。あまり我慢してストレスになるとそれはそれで身体には負担になります。もちろん切迫流産など絶対禁止の時もありますが』」

岩本は手元を操作して窓を閉めた。

『愛を確かめ合うのは基本的には順調な妊娠のプラスになりますよ』だってさ」

僕は耐え切れず前かがみになった。

「なあ、崇さん、今日これから病院に帰らなくていいんだろ？」

岩本に顎を取られ、顔を覗き込まれた。僕の欲と暑さに爛れた赤い顔を。

「挿れるばっかかりがエッチじゃねえよ？　帰ったら今までやったことないエロいこと、いっぱいしようぜ」

岩本はぺろりと唇を舐めた。そして僕の脚の間を見て嬉しそうに笑う。

「よし、元気」

岩本は満足げに頷いた。僕は黙って顔を前に向け、ギアを入れた。僕にしてはやや乱暴に発車させる。

「ははは、崇さん、妊夫乗せてんだぜ？　安全運転な」

憎らしい。大好きだ。午後の予定は決まった。とにかく早く帰りたかった。


片手鍋にジャガイモを並べ、ジャガイモが隠れるくらいに水を注ぎ火にかける。

「崇さん、タイマー押した？」

ソファーに寝そべって夕方のニュースを見ながら岩本が言った。

「じゃあ、十五分待ち時間だな。な、こっち来てよ」

ソファーの背からにょきりと腕だけ出して手招きしている。飼い主に呼ばれた犬のように駆け寄った。ソファーから長い脚をはみ出させて寝そべる逞しい身体、少し怠そうなのもいい。吸い寄せられるように岩本の額にキスをした。

「はは、口でも大丈夫だぜ？」

彼は悪阻で仕事を休んでいた。

ありがたい事に岩本は悪阻の最中に肉体的接触や体臭を嫌がる体質ではなかった。ただ、やはり食事の支度はつらいらしい。特にここ最近、悪阻がピークに達してからはほとんど茹でたジャガイモしか食べていない。悪阻の最中の食事の好みは不思議だ。

調子のいい時には自分で食事を作って食べているので岩本の悪阻は酷い方ではないだろう。栄養面もさほど心配は要らないはずだ。けれど岩本になるべくつらい思いはさせたくない。食事の匂いがつらいらしい岩本を気遣って最近は岩本の悪阻が酷い時には外で食事を済ませている。そして帰宅してから岩本のためにジャガイモを茹でる。

僕の体臭も岩本にはつらいのではないかと思い、シャワーを浴びてから岩本の傍へ行くようにした事もあったが、岩本に止められた。曰く、崇さんの匂いは大丈夫だよ、との事だ。思い切り匂いを吸い込まれて、落ち着くなあ、と呟かれ、僕はあっという間に下衣の前を突っ張らせる羽目になったものだ。

「悪いなあ、崇さん、ありがと。食事作れなくてごめんな。今日手術日だろ？　疲れてねえ？」

労られて照れた。小学生のお手伝いの方がまだましだろうという自覚はある。

「だ、大丈夫です」

　頭を撫でられ、淡く微笑まれ、ぼうっと岩本に見惚れた。抱き寄せられて岩本の厚い胸板に頭を預ける。力を抜いて岩本の呼吸に合わせ浮き沈みする動きを楽しんだ。温かい。疲れていないと言えば嘘になるが、こうしていると疲れが消えていくようだ。岩本の指先が僕のもみ上げのあたりを滑る。うっとりするほど気持ちがいい。顔を起こして岩本につい覆いかぶさりそうになってしまってすんでのところで思いとどまる。基本的には岩本から誘ってきた時に拒まれた事はないが、急に気分が悪くなる事もあるからだ。

「あ、あの、今、触っても大丈夫ですか？」

「俺が来いって言ったんだろ？　今は大丈夫だよ。急に気持ち悪くなって吐くかもしんねえけど」

「つらかったら遠慮なく僕に吐いていいですよ」

　僕は笑った。岩本の吐瀉物ならいくら浴びても構わない。

「本当に吐くかもしんねえぜ？」

　岩本はそんな事を言いながらも再び僕を抱き寄せてくれた。岩本の首筋に、生え際に啄むように口付け、彼の形のいい頭を抱えて髪を掻き回す。あと十分ほどはこうしていられるはずだ。

　妊娠していると発覚するとすぐに彼はその事実を職場に伝え、仕事内容を大幅に変更した。僕にはよくわからないが、工務店の仕事にもデスクワークは山ほどあるらしい。技術習得のために若い岩本は今まで現場での仕事を優先していたようだ。そして悪阻が始まり、職場で何度か吐いているのを社長の奥様に見咎められ休みを取る事になった。妊娠初期に無理をすると後悔する事になるかもしれないから、と諭されたと言っていた。彼は世にも珍しいＭＦＵであり初産でもある。どんなに出産のリスクは女性の場合と変わらないと言われても実例が少ない以上は鵜呑みにするわけにもいかない。社長の奥様とやらには足を向けて寝られない。

「決まってる産休、育休以外は有給使い切ったらもうただの欠勤になるけど、くびにしたりしねえから安心しろって言われたよ。まあ、有給だいぶ余ってるからな」

ちょうど、新しい仕事が始まる直前だったらしく、妊娠が発覚した彼はその主要メンバーから外して貰ったのだという。

「そろそろ現場監督やってみるかって社長に言われてたからよかったぜ。始まっちゃってからだといろいろ面倒臭いだろ」

岩本は笑って頭を掻いていたが僕はどきりとした。やはりそういう事があったのか。

その時、僕はよほど岩本を問い詰めようかと思った。

何度も言うが、僕は大工の仕事には詳しくない。しかし、そろそろ、という言葉からは一人前になるためにこなさなければならない課題のようなもの、というニュアンスを感じる。岩本はその仕事をやりたかったのではないだろうか。妊娠したために泣く泣く諦めたのではないか。せっかくの機会を逃してしまって悔しい思いをしているのではないか。

けれど僕は何も言う事が出来なかった。僕にはどうしようもないからだ。岩本に「妊娠した事を後悔しているのでは？」と僕が聞いたとして、岩本に「そうだ、どうしてくれる。キャリアが台無しだ」と詰られたとしても、僕には妊娠をなかった事にする能力もなければ、妊娠を継続しながら今まで通りの仕事を安全に行えるようにする魔法も使えないからだ。痛ましげな顔をして、慰めの言葉をかける以外にない。

本当は一つだけ解決方法があった。その時であればまだ間に合ったのだ。けれどそれは僕からは決して口に出していい事ではないし、もしも岩本がそれを望んでいたとしても僕がそれを言ってしまったら何か大切なものが壊れてしまうような気がした。

岩本は僕の子供が欲しいと言ってくれた。彼の意志でこうすると決めたのだ。彼は立派な大人の男だ。少なくとも僕よりは。下手な慰めの言葉など余計なお世話かもしれない。そう結論付けて僕は逃げた。

岩本が妊娠によるキャリアの中断をプラスに転じようと努力してくれていた事も僕の逃避を助長した。ほどなくして悪阻が終わり、岩本は職場に復帰した。デスクワークばかりになり肉体的な疲労が減ったせいか、岩本の睡眠時間は以前よりも少しだけ減った。出勤時間も遅くなった。僕が仕事から帰ると参考書を広げて机に向かっている姿を見る日が増えた。僕がなんの勉強かと尋ねると少し恥ずかしそうに、資格試験の話をしてくれた。

「せっかくだから時間のあるうちに勉強しようと思ってよ。子供出来たらすげえ忙しくなるだろ？　また仕事したいしさ」

彼は前を向いているのだ。僕も見習わなければ。

育休は取りたいと思っている。育休中はどうしても収入は減る。そこで医局から斡旋された近隣の病院での産科当直を不定期で引き受ける事にした。稼げる時に稼いでおきたい。貯金はあるが、ただ単に今まで使っていなかったから貯まっている、というだけだ。資産運用に努めているわけではない。子供が無事に生まれたとして教育費に困るような事があってはならない。車もチャイルドシートを余裕を持って乗せられるものに買い替えたい。このアパートもゆくゆくは出て行く事になるだろう。広い一軒家で岩本と生まれてくる子供と暮らせたらどんなに楽しいだろうか。この辺りは最近急に便利になった。土地の値段も上がった。たくさん遊ばせてやりたい。いい思いをさせてやりたい。岩本にも生まれてくる子供にも。

今まで僕にはほとんど欲しいものなどなかったが、今は欲しいものが多過ぎて目が回りそうだ。僕は何かに追い立てられていたのだ。そして自分ではそれに気が付かなかった。度を越した喜びに目がくらんでいた。忙しく働く事で、その裏にある不安要素から必死で目を逸らしていた。身体は知らず知らずのうちに無理を重ねていた。僕が体調を崩したのはある意味必然だった。

金曜日に仕事から帰った後、なぜか食欲が湧かなかった。翌朝、あまりの怠さになかなか起き上がれなかった。今まで感じた事のないような嫌な痛みが上腹部にある。熱も出ていた。一緒に病院までついて来ようとする岩本を押しとどめ、自家用車でなんとか病院にたどり着いた。恐縮しながら勤め先の救急外来を受診した。病院職員が大した事のない症状で救急担当医の負担を増やしているのが申し訳なかった。しかし、こじらせて岩本に感染《うつ》してしまったら大変だ。

体調を崩したというだけでもう十分に僕は失敗しているのだが、これ以上下手を打つのは御免だった。

「ど、どうしたんですか！　弓削先生、大丈夫ですか？」

青い顔をした僕に丁度救急外来にいた外科の莳田が驚いた顔をする。彼は当番ではなかったのだがそのまま診てもらえることになった。

「面目ない……ちょっと体調を崩しまして」

「いつも以上に顔色がやばいですよ！」

大声で叫ばれていかに自分が悲惨な状態であるかをようやく自覚した。診察の結果、酷い上気道炎、それから胃潰瘍《いかいよう》が見つかった。

「うーん、風邪と胃潰瘍って事になるけど、過労による影響、絶対ありますよね」

莳田は苦笑していた。

「風邪流行ってる時期じゃないですしねえ。疲れですよ。まず間違いなく」

とにかくゆっくり休め、と念を押された。

ただひたすら自分が情けなかった。つまるところ僕は浮かれていたのだ。生まれてくる子供のために稼ぎたいなどちゃんちゃらおかしい。僕のような弱い男がどの口で言うのだ。岩本を支えなければならないこの時期に体調を崩すなど本末転倒だ。岩本には今なるべく薬の内服をさせたくないというのに。

家に帰ると心配した顔の岩本が出迎えてくれた。寝汗を吸って湿気っぽくなっていた僕のベッドのシーツや枕カバーが取り換えられている。空気を入れ替えてくれた気配がする。加湿器も置かれている。

「すみません……」

「何言ってんだよ。大丈夫か？」

「胃潰瘍と風邪だけでした。薬貰ってきました。流行ってる風邪じゃないですけど、感染るかもしれないのであんまり僕に近寄らない方がいいかも。本当にすみません」

マスクの下でごほごほと咳き込みながら言った。

「いいから寝ろ！　ほら今日俺仕事休みだからさ。リンゴすってやろっか？」

岩本は僕の肩を支えながらそんな事を言ってくれる。優しさに涙が出そうだ。それに比べて僕は。身体が弱ると心も弱るのだろうか。

こうなったらもう割り切って早く治すしかない。しかし熱で寝苦しく、なかなか熟睡出来ない。すると岩本がドアを開けて入ってきた。慌ててマスクを付ける。

「ははは、真面目だな。崇さん。ほら、水枕作ったぜ。あんまり冷た過ぎないやつ。首とか脇の下に挟むのがいいって前にはるかが言ってた」

「ありがとうございます」

非常にありがたい。水気を拭きとり清潔なタオルで包んである。氷はきちんと砕かれ、身体の下に敷いてもほとんど角が触れないようになっていた。受け取り、たぷたぷとした冷たさを頬で楽しむ。本当にもう泣いてしまいそうだ。泣いたらきっと心配させる。これ以上岩本に負担をかけられない。岩本から顔を背けるようにして丸くなる。

するると岩本がベッドに腰掛けた気配があった。そっと額を撫でられる。傍に来ないほうがいい、と言うべきだとわかっていたが、どうしても言えなかった。

「なあ、崇さん」

呼びかけられて岩本を見た。慈愛に満ち溢れた視線がつらかった。

「最近、ちょっと仕事増やしてたよな。過労だって言われた？」

何もかも見通されている。誤魔化しは効かない。

「どうしてこんなになるまで仕事したんだよ。別に貧乏じゃねえだろう？　産婦人科って給料いいんだろ？」

もう逃げられないと思った。懺悔したい気分でもあった。

「いろんな意味で欲が出たんです」

僕の額を撫でてくれる岩本の手を握った。

「今まで僕は、多くの人間が幸せだと感じる事が、僕にとってはきっと意味のないものなんだろうと思っていたんです。休日に好きな人と車で海へ出掛けたり、クリスマスのイルミネーションを見に出かける事も、そんな事は自分とは無縁だし、楽しいとも思えない、憧れる事すらもないほど、遠い世界の話だと」

岩本は黙って聞いている。

「でも、太一君と出会ってから急に」

鼻水を啜った。

「急にその全てが欲しくなった。楽しいものだと知ってしまったんです。太一君と手を繋いで明るい公園を散歩したい。体力を付けて、アウトドアもしてみたい。並んで歩いても見劣りしないちゃんとした服を着て、快適な車に太一君を乗せたい。いい家に住みたい。馬力の出るRV車をもう一台買って、子供と太一君と一緒に休日はたっぷり日を浴びて遊び回りたい。およそ、人が望む物全てが、急に欲しくなった。全てを手に入れたくてたまらなくなった。まるで僕の元同僚のマッチョイズム溢れる男性医師達のように」

改めて口にすると自分の浅はかさに震えた。

「滑稽ですよね……浮かれてたんです。それで自分のキャパシティもわからなくなって、体調を崩して、太一君に迷惑をかけて。自分が恥ずかしい。欲しい物があり過ぎてつらくて堪らない……」

岩本はそこでふっと笑った。

「笑えますよね」

誰かに指を指して笑われたいくらいだ。僕は馬鹿だ。

「違うって、まあ、俺の話も聞けよ」

岩本はそんな僕を見てますます笑う。

「俺の高校は特に進学校って訳でもなかったから、話題っつったら部活と女とバイクと金とゲームと喧嘩の事ばっか。それから震災があって親が死んで、怒鳴られながら大工の修行始めて、今の仲間も仕事以外には麻雀とパチンコと風俗の話しかしねえし、下らねえ事ですぐ喧嘩始めるし、悪い奴らじゃねえけど、とにかく崇さんとは全然違うタイプの奴ばっかりなんだよ。それが俺の世界の全てで、妹が独り立ちしたら、そのうち先輩の娘とか妹とか紹介されてなんとなく結婚でもすんだろうなって思ってた」

仮定の話であるのに嫌な気分になった。僕以外と結婚する岩本など冗談ではない。

「それがさ、尻から血が出たと思ったら、あれよあれよという間に崇さんのうちに一緒に住む事になって、腹がいてえ、腰がいてえって言って摩ってもらったりして、それで、崇さんと付き合う事になって、結婚して、子供が出来て……順調に行けば俺、来年にはお母さんだぜ？母乳だってやらなきゃならねえ、この俺がさ」

逞しい胸を拳で叩いて岩本が笑う。

こうして要約されると居た堪れない。僕のような貧弱な中年がどうして彼ほどの男を手に入れる事が出来たのかいまだに謎だ。

「す、すみま……」

「謝るなよ、別に責めてねえ。崇さんと結婚出来て俺は嬉しかった。最後まで聞けって」

岩本は僕の頬を指で軽く突ついた。

「昔と全然違っちまったのは崇さんだけじゃねえよって話。俺もだ。でもさ、そんな事どうでもよくね？　その、崇さんも俺も昔の自分とは全然違うけど……」

岩本は頬を染めて目を逸らした。

「俺も崇さんも今の方がいい、そうだろ？」

岩本は強く言い直す。

「少なくとも俺は、昔より今の方がいいんだ。どんなに面倒臭せえ事があっても、どんなに身体が変わっちまっても崇さんといたい。ずっと。崇さんだってそうだろ？　欲しいものが増えたって言ったな、それの何が悪いんだよ。いい事だろ。俺は嬉しいぜ。崇さんに会ったばっかの頃、この人一体何が楽しくて生きてんだろって思ってたんだ。その気になればなんでも手に入りそうなのに欲しいものとかなさそうで、なのに満たされてるようには見えねえ。他人の事ばっかり考えてて、見ててちょっと寂しかった。それでいいんだ。欲しがれよ！　俺がやれるものならなんでもやる。俺がやれないものなら手に入れるの手伝うよ」

岩本は頭を掻きながら怒ったような口調で続けた。耳まで赤い。

「だから身体壊すような真似すんじゃねえ！　俺にはうるさく言うくせに全然駄目だな！　医者の不養生を地で行ってどうすんだよ！　次はマジで怒るからな。ったくしょうがねえなっとによ」

岩本はぶつぶつ言いながら立ち上がる。赤くなった顔をこれ以上僕に見られたくないのだろう。だが、僕はそんな岩本の服を摑んで引き留めた。腰に抱き着く。

「ちょ、どこ触ってんだよ!?　体調悪いんだろうが！」

照れる岩本を抱きしめて幸せに浸っていた。身体の苦しさも一瞬忘れていた。

僕は本当の本当に大馬鹿だった。

岩本は完璧過ぎた。彼が少しもつらさを感じていないなんて事は、ありえないのに。

「だからさ、今日休みますって社長に伝えて欲しいんだよ……なんでって、今言っただろ。はあ？　話？　ねえよ、っつうか病人いるから来んな！　ちょ、ああ、もういい。お前じゃ話になんねえよ。奥さん出してくれよ。……いや、現場行けよ！　いいか？　絶対うちに来るなよ！　あとちゃんと伝えろよ！　……ちっ、切りやがったあの馬鹿」

電話の声で目が覚めた。一体なんの話だ。目覚めたばかりで内容が頭に入らなかった。寝床で目を擦っていると岩本がドアの向こうからひょいと顔を覗かせた。

「悪い、起こしたか？」

今日は月曜日だ。昨日のうちに今日は休むと連絡を入れておいた。

寝込んでいた昨日、身体はつらかったが僕は非常に幸せだった。食欲のない僕のために岩本は缶詰の桃を一口大に切ってスプーンで食べさせてくれた。小さい頃にだって母にも祖母にもされた事のないような扱いだった。岩本はおどけて、一度やってみたかったんだ、と言った。奇遇ですね、僕も一度されてみたかった、と答えると彼は笑った。目尻が赤く染まっていて、酷く可愛かった。

眠気に誘われるままに昼からとろとろと寝入る。そして目が覚めると岩本が様子を見に来てくれた。火照る身体を熱いタオルで拭いてくれ、酷い寝癖の付いた髪を整えてくれた。背中にそっとキスを落とされた。

岩本の下腹部はまださほど目立たないが、無理をさせているのではないだろうか。僕が遠慮すると、いつものように笑われた。大丈夫だよ、崇さん軽いしな。情けないがその通りだった。ぼんやりしたまま岩本の腹部にそっと手で触れた。少しだけ膨らみがわかる。僕は知らぬ間に微笑んでいたらしい。岩本は照れ臭そうだったがされるがままになっていた。大切だった。大切で、大切で、自分でも恐ろしいほどだった。

ゆっくり休んだせいか、今日はだいぶ調子がいい。せっかく岩本が様子を見に来てくれたことだし、食事を取ろうと身体を起こした。今日はもう岩本に頼りきりというわけにはいかないだろう。岩本も今日は仕事に出るだろうと思ったのだ。しかし岩本は言った。

「あのさ、俺、今日休む事にした」

先ほどの電話はその連絡を入れていたのか。何やら不穏な調子だった。大丈夫なのだろうか。ただでさえ悪阻で休みがちなのに、僕の体調が悪いせいでさらに余計に休ませるのは気が引ける。僕の心配そうな顔を見て岩本は苦笑した。

「ああ、気にすんな。電話取った奴が悪かっただけだよ。昨日のうちに社長にはもしかしたら明日休むかもって言ってあるからな。困った時はお互い様、だろ？」

甘えてしまう事にした。ここで大丈夫だと言い張り無理をして、治りかけた風邪をこじらせでもしたら岩本は本気で僕を家から叩き出すかもしれない。ぐうっと腹が鳴った。

「お、もしかして腹減った？　よかった、食欲出て来たか。昨日お粥《かゆ》作っておいたんだ。煮魚もあるからちょっとずつ食べてみろよ。ベッドで食う？　食卓まで来られそう？」

「食卓に行きます」

「そっか、暖房入れてあるけどちゃんとそこのカーディガン着ろよ」

岩本は半袖だった。暑がりの彼は僕のために部屋を暖めてくれたのだ。温めなおした粥には種を取った梅肉が載せてある。程よい塩加減にレンゲが進んだ。

「はは、あんまり急いで食うとよくねえぞ。あと、水分取れ。ほうじ茶淹《い》れたから」

久しぶりのほうじ茶は美味しかった。少しだけ胃が痛んだが、土曜日に比べればだいぶましだ。この分だと明日は出勤出来そうだ。

「顔色、よくなったな」

岩本は僕を見てほっと息を吐いた。相当心配させてしまったようだ。もう二度とこのような事になるまいと心に誓う。密かに身体を鍛えようと決意した。岩本ほどとは言わないが、もう少し体力を付けたい。今はとにかく風邪を治さねば。食べ終わり、薬を飲んでまた横になる。すぐに眠気が襲ってきた。やはりまだ本調子ではないようだ。

目が覚めるともう夕方だった。部屋の中には人の気配がしない。岩本は買い物にでも行ったのだろうか。岩本の言いつけ通りパジャマの上にカーディガンを羽織ってトイレに向かう。用を足して手を洗っていたら、外から声が聞こえた。

「だから何度も言っただろうが！」

岩本の声だ。嫌な予感がした。慌ててサンダルを履いた。萎えた足がもつれて転びそうになる。駐車場に出て辺りを見渡す。岩本はどこだ。

「それに、ここの住所どうやって知ったんだ」

岩本は駐車場の入り口の傍のゴミ捨て場の脇に立っていた。岩本とよく似た雰囲気の男と向かい合って何やら言い合っている。男はいつぞやの岩本のように頭にタオルを巻いて安全靴を履いている。岩本よりも少し背が低いが、岩本と同じぐらい厚みのある身体付きだった。なかなか整った顔をしている。岩本の職場の同僚だろうか。

「社長の奥さんに聞いたんだよ。行くならこれ持ってけって言われてよ」

その男は何やら紙袋を岩本に差し出すが、岩本は受け取らない。男を睨みつけている。僕には気付いていないようだ。

「あのな、俺、来んなっつったよな。相沢」

相沢、あの男が。名前を聞いた瞬間に全身の毛がざわりと逆立った。あの男が岩本に何かというと食べ物を貢ぎ、この間は岩本の素肌にペンキの指跡を付けた男だというのか。

「お前は俺の上司じゃねえ。従う義務はねえな」

相沢は凄まれても一歩も引かない。だが、目には焦りがあり、どこか覇気がなかった。

「どうして急に休みがちになったんだ」

「だから、妊娠したんだよ」

「だ、そ、それが意味わかんねえっつってんだよ！　嫁がこれなもんでって事だろ？」

相沢は若い癖に妙に古臭いジェスチャーをして見せる。

「そりゃ、嫁さん大変な時に休むのはしょうがねえけどあんなに休む必要あるか？」

岩本はそれには答えず、眉を寄せ額に手を当てて溜息を吐いた。岩本は言っていた。自分が妊娠出来る身体になったと言っても冗談だと思って取り合ってくれない同僚もいると。彼はそのうちの一人なのだろう。どうしようか。僕がいる事でさらに面倒臭い事態にならないとも限らない。部屋に戻っていた方がいいのだろうか。

「お前、次の仕事で現場監督が出来るってすげえ喜んでたじゃねえか」

しかし、相沢が続けて言った言葉で足が止まった。

「急に辞退するって……お前のお下がりで現場監督させて貰ってもこっちは嬉しくもなんともねえんだよ」

それを聞いた瞬間、真っ直ぐに相沢を見ていたはずの岩本の目が一瞬だけ翳《かげ》った。

岩本を見て、僕は自分がいかに能天気だったかを思い知った。冷静に考えればわかったはずだ。彼も言っていたではないか。自分も初心者だ、と。女性でも初めての妊娠ではきっと動揺する。彼はMFUUだ。絶対に何がしかの葛藤はあっただろう。それなのに、彼がそれを僕に見せた事は一度もない。その意味をまるでわかっていなかった。彼が弱音を吐かない性質だと知っていたはずなのに。

本当は彼は仕事を続けたかったのだ。

妊娠した事を彼は喜んでいた。その喜びに嘘はないだろうとは思う。けれど同じくらい残念にも思っていたのだ。思わないはずがないではないか。彼はまだ若い。大工の仕事を愛している。

どうして僕はあの時、彼に何も聞いてやらなかったのだろう。苦しみをわかち合おうとしなかったのだろう。僕は今まで、解決方法を提示出来るわけでもないのに、つらいかどうかを相手に尋ねる事に意味などないと思っていた。誰かを助けたいと思ったのなら行動で示すしかないのに、どうしてわざわざ聞くのだ。大丈夫だ、と言ってもらうためか。相手から形だけの言葉を引き出して自分を慰めるためか。そう思っていたからだ。

苦しみを癒すために自分が何も出来ない事など、皆わかっている。それでも聞く。それしか出来ないから。その方がよっぽど覚悟が必要な事だった。

無責任でもなんでも、無理をしているんじゃないかと岩本に尋ねて、お前のせいだと悪しざまに言われればよかった。打たれても、泣かれても、ただ抱きしめて、僕がいる、大丈夫だとなんの慰めにもならない言葉を何度でも言えば、それでよかったのだ。

それを厭って、その結果、岩本を苦しみの中に一人で置き去りにしてしまった。いつも明るくて優しい岩本にあんな荒んだ目をさせるほどに。

手が震えた。僕は、大馬鹿野郎だ。

「一緒に仕事すんの楽しみにしてたんだよ。なのに意味わかんねえ。説明しろよ！」

「悪かったよ。俺もお前と一緒に仕事するのは楽しい。残念だよ」

けれど岩本は自制心を失わない。落ち着いた声で繰り返す。僕はゆっくり彼らに近付いた。もうこれ以上、岩本が傷付くのは見たくなかった。

「じゃあ、なんでだ！」

「相沢」

岩本は静かな声で相沢を遮った。もう岩本の目から荒んだ色は消えている。真っ直ぐに相手を見ていた。

「もう何度も言ってる事だけど、もう一回言うぞ。お前さあ、なんで高橋《たかはし》も金子《かねこ》も何度か説明したらあっさり納得する事をわかってくれねえんだよ。お前大学出てんだろ、俺らよりお勉強してんだろうが……」

岩本の言葉に相沢は怯えたように目を逸らした。その瞬間、僕にはわかった。きっと岩本は気が付いていないだろうが。

ああ、そういう事か。僕の野性の勘は案外頼りになる。僕の抱いた危機感は的外れではなかったという事だ。

「俺は、MFUUって言ってな、特異体質だったんだ。男だけど子宮があるんだ。妊娠してる。今四か月だ、いや、もうすぐ五か月か」

相沢は岩本を見ずに俯いた。

「そんな冗談、信じられるわけ……」

「冗談じゃねえよ。さすがに冗談ならもっと笑える冗談言うぜ」

「だ、だってよ、そ、それが本当ならお前」

相沢の声は聞いているこちらが気の毒になるほど弱々しかった。握った拳がぶるぶると震えている。

「あのな、最初に言っただろが。俺は男と結婚したんだよ」

相沢は顔を歪めた。

「だ、だから！　それがありえねえって言ってんだ！」

相沢は弾かれたように顔を上げ悲痛な声で叫ぶ。彼の気持ちが僕には痛いほどわかった。

「岩本、お前が、お、男となんてありえねえだろ！　何馬鹿な事言ってんだよ！」

「馬鹿じゃねえ。ありえなくねえよ。俺は男を好きになって結婚した。単純だろうが」

「やめろ！　言うな！　き、気持ち悪い事言ってんじゃねえ！」

岩本は気持ちが悪いと言われても少しも動じなかった。むしろ相沢の方が自分の言った言葉にまるで傷付いたように肩を震わせた。

「気持ち悪いか。お前にとってはそうかもしれねえな。けど事実だ。俺は男とヤってんだ。お前からしたら気味悪いってのもまあわからなくはねえよ。でもな、俺は幸せだ。どんなにお前に気持ち悪いって言われても、なんともないくらいにはな。安心しろ。お前には全く興味ねえから」

少しだけ相沢という男に同情した。きっと苦しいだろう。胸が張り裂けんばかりに痛んでいるだろう。そこで岩本がようやく僕に気が付いた。

「あ、崇さん。駄目じゃねえか、寝てないと。寒いだろ？　戻ってろよ。うるさくしてごめんな。目が覚めて俺がいなくて驚いただろ？　こいつ家で病人寝てるっつったのに構わず玄関先で捲し立てようとするから崇さん起こしちまうと思って駐車場まで出て来たんだ」

相沢も僕を見ている。化け物を見るような目だった。みるみるうちに顔が歪んでいく。その表情には嘲りと少しの優越感、それから激しい憤りがあった。僕の外見の貧弱さに驚いているのだろう。こんな男が岩本の相手であるとは到底信じられないという顔だ。相沢は僕を指さして叫んだ。

「こ、これが⁉」

どう反応していいかわからず、とりあえず会釈した。

「そう。俺の旦那」

「こんな女の腐ったようなヒョロヒョロ野郎が？　お前の？　嘘吐くんじゃねえ！」

「てめえ、聞いてなかったか？　ヒョロヒョロ野郎じゃねえ。崇さんだ」

岩本は低い声で告げた。怒っている。

「だって、おかしいだろ！　岩本のほうがずっと男らしいじゃねえか！」

それは僕も否定しない。

「だからなんだよ」

岩本の声はもはや唸り声に近い。

「さっきから聞いてりゃ、人の大事な旦那に向かって好き放題言いやがって。てめえ何様だ？　喧嘩売ってんのか？　俺の事は好きに言え。けど崇さんに何か言うなら許さねえ」

「貧相な奴に貧相って言って何が悪いんだ！　どう見てもお前とは釣り合わねえだろ！」

ついに岩本が限界に達したようだ。

「どうしてお前にそんな事を決めつけられなきゃならねえ」

これほど怒った岩本を僕は今まで見た事がない。

「お前が崇さんの何を知ってんだよ。俺が誰を好きで誰と結婚しようがお前に関係ねえだろうが！　うぜえっつってんだ！　わざわざ人の家に来て人の結婚相手に文句付けるお前の方がよっぽど気持ち悪いじゃねえか！」

いけない。咄嗟に僕は身構えた。岩本にはわからないだろうが、それは岩本がこの状況で相沢に向かって絶対に言ってはいけない言葉だった。相沢は唇をわなわなと震わせていた。目も絶望で揺れている。

「なん……だと？　関係ねえ……だ？」

相沢が岩本に向かって手を伸ばした瞬間に僕は飛び出していた。無我夢中で相沢と岩本の間に滑り込む。

「……っ！」

鼻が顔から抉り取られたかと思った。そのぐらいの痛みと衝撃だった。逞しい大工の拳が思い切り僕の顔を滑っていったのだ。鼻から息が吸えない。ぼたぼたと駐車場のコンクリートに血が垂れた。だが、被害はほとんど顔だけだ。頭を揺らされたが、視界もすっきりしている。口の中は血でいっぱいだが、喋れる。それで十分だ。

「あ……」

相沢は血だらけの僕の顔を見て怯んだようだ。カッとなってつい手が出たのだろう。殴るつもりはなかったのかもしれない。僕を相手にしていたのなら僕は彼を許しただろう。

けれど彼は、岩本を、僕の大事な伴侶を。しかも妊娠中の彼を。

先ほどは少し同情もした。彼はきっと自分でも気が付いていないだろうが、岩本の事が本当に好きなのだ。そして彼の中には同性愛に対する嫌悪感が当たり前のように併存していて、それは彼にとって大き過ぎた。だからと言って彼が岩本に言った数々の暴言は許されるものではない。けれどその全てが岩本への思いと未熟な人格に起因しているものだと明確にわかる以上、僕は同じ根を持つ苦しみを抱えるものとして彼を一方的に断罪する事は出来ない。しかしそれはもう過去の話だ。絶対に許さない。産婦人科医の僕の前で、妊夫に手を上げた報いを受けるがいい。

「僕は、暴力が嫌いです」

妙に爽快な気分だった。血を流しているせいかもしれない。僕の中に住む獣も僕も今は同じ事を喋っているという気がした。僕を心配する岩本の声も耳に入らなかった。僕の目の前に敵がいる。倒すべき、敵が。

「どんな些細な暴力も人を死なせてしまう可能性があると知っているからです」

ゆらりと身体を起こしながら血を拭う事もせず、相沢を見据えた。

「だから僕は、どんな犠牲を払っても相手を絶対に殺してやる、と決意した時だけにしか暴力を振るわない事に決めています」

僕のただならぬ雰囲気に気圧されたのか、相沢は一歩後ろに下がった。顔は恐怖に引き攣っ

ている。

そうだ、怯えろ。僕は怒っている。

「けど、相沢さん、と言いましたか。君が僕の……僕の太一君をどうにかする気なら」

口に溜まって泡立つ血液を吐き捨てた。

「僕は何をするかわからない」

「ひっ」

「待て待て待て！　お、落ち着けよ、なんだよ、崇さんらしくねえな、大丈夫だよ。崇さんが庇ってくれたから、俺はぴんぴんしてるぜ」

後ろから温かい身体に羽交い絞めにされた。岩本だ。寝癖の付いた頭をわしゃわしゃと掻き混ぜられて我に返った。

僕は一体何をしようとしていた？

自らに芽生えた殺意の生々しい感触にぞっとした。

「俺らに取っちゃ軽い挨拶みてえなもんだよ！　あいつもちょっと頭に血が上っただけだ、な！　おら、てめえ、相沢！　うちの旦那に何してくれてんだよ！　訴えるぞ！」

相沢は愕然とした表情で何度も頷く。

「そ、その……す、すみませんでした」

軽い口調に戻って僕を撫で回す岩本に、相沢も毒気を抜かれたようだ。

「まあ、俺もちょっと言葉が過ぎたな。悪かった。お前、俺にチャンス譲ってくれたのによ。

今度ちゃんと話すから、今日のとこは帰ってくれよ。あーあー鼻血出ちまって……鼻、折れてんじゃねえの？　無理すっから。こっち来いよ。手当しようぜ。一緒に病院行こ、な？　頭ふらついたりしねえか？」

岩本は僕の腕を持って肩に回した。支えてくれるつもりらしい。

「だ、大丈夫です。歩けます。階段も登れます。頭は打ってません。僕を支えて太一君が転んだらその方が嫌だ。それから相沢さんを訴えたりはしないで下さい。僕が自分からぶつかりに行ったんです」

そんな事を岩本にさせて職場に居づらくなったら大変だ。

「そういう台詞はな、ふらふらしながら言っても説得力ねえぞ。あ、眼鏡、うわ、割れちまって……ったく、相沢！　マジでお前ふざけんな。崇さんに怪我させやがって。後でちゃんと弁償しろよ」

「あ、は、はい……」

「何見てんだ、帰れっつったろ！　崇さんに感謝しろよ、示談にしてやる。覚えとけよ！」

相沢は慌てて乗ってきた軽トラに乗り込んで去って行った。

「弓削先生、本当に最近どうしたの。災難続きじゃん！」

病院で僕を診てくれたのは一昨日に引き続き外科の莳田だった。

「へえ先生、やるね。男の勲章ってやつ？」

経緯を聞いた蒔田は僕よりよほど逞しい岩本を見て感心したように言った。

「咄嗟に庇うってなかなか出来ねえよ？」

岩本は蒔田の言葉を聞いて嬉しそうだった。

検査の結果、頭の中に異常はなく、鼻骨だけが折れていた。骨折はかなり酷いらしい。すぐにギプスで固定して貰えたが、もしかしたら変形が残るかもしれないと言われた。構わない。それで岩本が守れたのなら安いものだ。

家に帰るともうすっかり夜だった。岩本が作ってくれた夕食が冷めている。

「無茶すんなよな。崇さんのせっかくの男前が台無しになったらどうしてくれんだよ」

岩本と並んでソファーに座り、岩本に僕の切れた口の端を消毒して貰った。

「いてて」

「すげえ心配した。血だらけなんだもんな。しっかし相沢の野郎、何がしてえんだあいつは。庇う訳じゃねえけどよ、あいついつもはああじゃねえんだ。俺が仕事から抜けた事が相沢の負担になってたのかもしんねえな。いろいろストレス溜まってたのかもな。崇さんには悪い事したよ」

岩本は溜息を吐いた。どうやら岩本は相沢の態度に違和感を覚えつつも、彼の恋心に欠片も気が付いていないらしい。彼がなぜああも激昂したのか、その理由を岩本に伝えたらどうなるだろう。少しだけ想像してやめた。無自覚とは言え岩本に想いを寄せる人間が彼の身近にいる事に、今までの僕なら耐えられなかっただろう。心配だと喚き立て岩本に呆れられた事だろう。

けれど今は違う。

「太一君が殴られなくてよかったです」

僕は岩本を信じているし、岩本が信じてくれるような男になりたいのだ。

第一、相沢が岩本を想っているという推測とて、恋に目が眩んだ僕の妄想という可能性もなくはない。真実であるのならさらに問題だ。どんなに身勝手で幼い恋だとしても、相沢の恋は相沢のものだ。それを恋敵であるとは言え他人の僕が先回りして岩本に伝えてしまうのは仁義に反する。何より僕は岩本に相沢を意識させるような事をわざわざするようなお人好しではないのだ。

僕が笑うと岩本は頬を染めて俯いた。そして怒った顔で消毒液を僕の頬に叩きつけた。

「崇さんさあ！　こんな細くて身体ごと折れちまうんじゃねえかと思っただろ。鍛えろよ。別に外見はどうでもいいけど心配なんだよ。体力ねえしさ」

「はは、そうですね。僕も身体を鍛えようと思ってたところだったんですよ。子育てが始まったらこの程度の無理で倒れてられない。子供出来たら運動会出たりしなきゃですし」

「そ、そうしろ」

「それより僕は太一君に謝らなきゃいけません」

岩本が怪訝な顔になる。

「仕事……本当は続けたかったんですよね」

岩本は苦笑した。

「ああ、聞いてたのかよ」

「はい、すみません」

「いいんだよ、それは。タイミング的にこうなるかもってわかってたんだけど、子供を優先させようって決めてた。だから崇さんには俺の仕事の都合は敢《あ》えて何も言わなかったんだ。もしかして聞きたかった?」

難しい質問だった。けれどももしも僕に言う事で岩本が抱えている荷物が少しでも減るのなら答えはイエスだ。それを伝えると岩本は気の抜けた顔で笑った。

「じゃ、今から言うよ。仕事がひと段落してから、一人前になってから、俺だっていろいろ考えたよ。でもそうやって計画的に避妊して、それで、いざ作るぞってなった時にもしも出来なかったら、俺は後悔するんじゃないかって思ったんだ。世界には俺と同じMFUUの奴が何人もいるって知識としては知ってるぜ。けどやっぱり不安だった。女と全く同じように子供を産む事なんて本当に俺に出来るのか、大丈夫なのかって。だからもしも出来たらそれを逃したくなかった。俺がやりたくてこうしたんだ。崇さんが謝る事じゃねえ」

岩本がMFUUの事をそんなふうに考えていたとは知らなかった。考えてみれば確かにそうかもしれない。いくら医学的な事実を言われても見た事もないものをそう簡単に実感を持って信じられるわけがない。

「そうだったんですか。聞かせて貰えてよかったです。僕は家族計画の肝心なところを全部太一君に丸投げしてたんですね。もっと前にきちんと聞くべきでした。いつも思いますが、太一君は凄いな」

　僕のような未熟な人間が支えようとする事自体が不遜《ふそん》であると思えてしまうほどに。

「んな事ねえよ。俺だって不安な事は山ほどあるぜ。ＭＦＵＵの俺から生まれたって事で子供が白い眼で見られたらどうしようとか、すげえ考えるよ。不安だし、正直これを考えると、俺はどうしたらいいかわからなくなる。今日も相沢が言ってただろ。男同士なんか気持ち悪いって、あれが現実だよ。ああいう事言う奴が世の中には山ほどいるんだ。俺だってさ、崇さんに会ったばっかの頃は何にも考えずにそういう事を言ってたよ。マタニティマーク付けても俺が妊娠してるってわかって貰えないなんて些細な事だ。もっと大きな壁が俺たちの住んでるこの世界にはあるんだ」

　岩本は俯いて暗い眼差しで床を見つめていた。

　この世にはびっくりするほど僕らとは考え方や価値観の異なっている人間がいる。

　公に同性婚の権利が認められている現代ですら、有形無形の根強い差別がある。僕の祖母や島袋の中にすらそれはある。祖母や相沢や島袋だけではない。僕の中にもある。差別や偏見や悪意は誰の中にもあり、なくなる兆しはない。男性同士で番う事だけでもまだ注目を浴びるのが現実だ。ＭＦＵＵである彼、そして生まれてくる僕らの子が好奇の眼差しで見られる事は想像に難くない。

　子供が小学校に上がる。運動会に出る。両親とも男性だと知られて、説明しても笑って取り合って貰えず、泣いて帰って来るのではないか。子供が成長して伴侶を選んだ時に、妙な身体の一族と付き合うなと反対されるのではないか。そんな妄想をもう何度繰り返した事だろう。世界に蔓延《はびこ》る悪意を僕はどうする事も出来ない。

それでも諦められない、家族が傷付くのを許容できない、そう思うのなら、全て捧げると言うしかない。

敵はあまりにも強大で、和解の道すら見えない。僕の細くて頼りない腕、足、すぐに周りが見えなくなる色の薄い目、貧弱な作りの頭、白いばかりの腹や、人より小さいだろう心臓も、役に立たないけれど僕が持っているものはこれしかない。無駄でも無理でもやるしかない。僕は今から嘘を吐く。出来ない事をやると言う。どんなに滑稽で、嘘でしかない言葉でも、この悲壮な決意を言い表す言葉が他に見つからないからだ。

「僕が、守ります」

今まで僕はなんの保証もなくこの言葉を口にする人間を心のどこかでずっと侮ってきた。口先だけならなんとでも言える。そんな言葉は言わないほうがましだ。危機的な状況に陥ったら嫌でも答えが出るだろう。行動で示すほかないのだと。

けれど僕は岩本と関わるようになってからようやく気が付いた。それは違うのだ。理屈ではない。人生には言ってもどうにもならなくても言わねばならない言葉がある。僕はつい先ほど、それを言わずに後悔したばかりだ。もう後悔したくない。

「絶対に、どんな事をしても、太一君と生まれてくる子供を僕が守ります」

だが口にした途端、勇ましい決意が急に色褪せて見えた。僕の今の状況が、現実が僕を責め立てる。無理し過ぎて臥《ふ》せっている上に、今は殴られて怪我をしている。ほんの小さな悪意も受け流せずに傷を負っているこの僕が何を言ってもまともに取り合って貰えないだろう。偉そうに言ってしまって恥ずかしい。

「なんて、ぼ、僕みたいなのが言っても、説得力はないですよね。わかってます、はは」

岩本の目を見られなかった。きっと呆れられている。

「ああ、そうだな。守ってくれるよな。崇さんなら」

信じられない言葉が聞こえた。顔を上げると真っ直ぐに僕を見つめる岩本と視線がかち合った。岩本は頷いた。その目には呆れや疑いの色はなかった。ただ純粋な信頼だけがあった。岩本は笑った。

「馬鹿野郎、あるよ説得力。何言ってんだよ。崇さん以上に守るって言葉に説得力持たせられる奴、俺は知らねえよ。他の誰が言っても鼻で笑うだろうけどさ、崇さんが言うなら信じるよ。そうだよな。崇さんが守ってくれるよな。大丈夫だな。信じる。信じるに決まってるだろ」

思わず自分の腕を見下ろした。細くて、白い、頼りない手だ。今は痣《あざ》もある。相沢に殴られた時にゴミ捨て場の衝立《ついたて》にぶつけたのだ。もう一度岩本を見た。岩本は冗談を言っているふうではない。

「何呆けてんだよ。俺の事を守ってくれよ、何度でも。俺も崇さんの事守るから。それで子供の事は俺と一緒に守ろうぜ」

涙が出てきた。胸がいっぱいで言葉が出なかった。

信じられないと言われるよりも、信じると言われる方がずっと応えるのだと僕は今日、初めて知った。なんと重たい言葉だろうか。この言葉を抱えて僕はきちんと立って歩ける気がしない。けれどなぜだろう。物凄く不安なのに、溢れてくるこの力はなんなのか。岩本が僕に謝りに来てくれた時の事を思い出した。

岩本がいてくれたら、僕はきっとなんでも出来る。

二週間後に、僕の鼻のギプスは取れた。やはり少しだけ鼻の変形が残ってしまっているらしい。仕事の合間に形成外科外来に行ったので、僕が僕の新しい顔の感想を初めに聞けた相手は岩本ではなくて島袋だった。

島袋は唖然としていた。どうしたのだろう。そんなに僕の鼻はおかしな形に曲がっているのだろうか。急いで外来に戻ったので自分ではまだ確認していないのだ。どういうふうに変化しようとも僕にとっては僕が身を挺して岩本を守った証《あかし》なのだから、肯定的に受け入れようと決めていた。しかしそこまで驚かれると少し不安になる。

「あ、あのさ」

島袋の声は上ずっていた。少し頬が赤い。

「クレオパトラの鼻があと二ミリ低かったら歴史が変わってたとかよく言うじゃない」

クレオパトラ、一体なんの関係があるのだ。あまりにも唐突で付いていけない。

「それと同じことが今……うわあ、ちょ、やばい、弓削先生は前から綺麗な顔してたけど綺麗なだけで全然かっこよくなかったのに！」

「あの、そんなに変わりましたか？」

「はあ？　弓削先生、鏡見てないわけ？　早く見てみなよ、めっちゃイケメンだから」

鏡を見て僕も驚いた。ほんの数ミリ鼻の形が変わっただけだ。それなのに全く印象が違う。確かに僕の顔なのだが、野暮ったさが消えている。鋭利な刃物のような雰囲気の美形がそこにいた。清潔感はある。けれど同時に男臭さや野性味のようなものすらあった。

ただ、僕にとってそれらはさほど重要ではなかった。岩本にさえ好かれていれば、他の人間の評価はどうでもいい。しかし、僕の目から見ても僕の顔は前よりもよくなっている気がする。僕が彼を全てを賭けて守ると誓ったから現れた変化がいいものである事、それが嬉しかった。

蒔田の言っていた通りだ。これは僕の勲章だ。

「先生はちょっと怪我してるくらいの方がカッコイイなって前にも思ったけど、マジで殴られて鼻折られてイケメンになるとは思わなかったわ。殴られてプチ整形、新しい」

島袋は心底感心したように溜息を吐いている。どちらの件も岩本が関わっている。

「何、笑った顔すら前とは違うじゃない。何そのカッコイイ笑い方！　弓削先生のくせにドキドキするじゃん！」

誇らしくて笑ったのだ。それが美しく見えるとすれば、やはりこれは僕が岩本を愛して勝ち取った変化なのだろう。

家に帰ると岩本にも驚かれた。彼はすぐに嫌そうに顔を顰《しか》めてしまう。お気に召さなかったのだろうか。

「崇さん、そのツラで婦人科外来やんの？　今日からマスク必須な」

そんなにも岩本の好みに合わないのだろうか。

「そっか、仕方ないですね」

元々岩本は誰も褒めてくれない僕の前の顔を褒めてくれていた。きっと好みが少し変わっているのだろう。

「でも僕は、今の顔の方が好きなんです。太一君の好みじゃないのは残念だけど」

「え？　は？　何言って……」

「だって、太一君を守った証ですよ。僕はこの鼻が好きです。ちょっと男前になった気もするし」

岩本は真っ赤になって口を開けたり閉じたりしている。どうしたというのだ。彼の逞しい首に腕を回して顔を覗き込んだ。キスがしたい。

「それにほら、太一君が言ったんじゃないですか。いろいろ変わったけど悪くない、今の方がいいって。僕は今の僕の顔が好きです。顔だけじゃない、今の僕の方が昔の僕よりずっといい。全部、太一君のお陰です」

岩本は僕に覗き込まれて硬直していた。

「そ、そういう事をそういう顔でさらっと言うな！」

「す、すみません」

勢いよく怒鳴られてつい謝ってしまう。

「それと、カッコイイよ。勘違いさせて悪かった。今までも十分かっこよかったけど」

岩本は僕の視線を避けるように俯いてしまった。ほっとした。岩本は嘘を言っているようではない。

「そんな顔だとますます患者さんに気に入られちゃうんじゃねえ？　俺、崇さんの患者の女と修羅場とかやだぜ？」

上目遣いで見られてもう我慢出来なかった。

「キスしていいですか？」

「だから会話になってねえよ！　……だ、駄目だった事ねえだろ」

岩本の赤くなった頬にキスをしてから僕はふと思い出す。

「そう言えばそうですね。悪阻の最中はさすがに駄目だろうと思ったけど、ほとんど僕は拒まれませんでした」

島袋に聞いても悪阻の真っ最中は夫を拒んでしまう妻が多いという。酷い場合には妊娠中はずっとキスさえさせない人もいるそうだ。岩本は忍耐強い。僕を気遣って我慢していた事もあったのではないだろうか。不安があれば相手に聞いてみればいい。僕が岩本に出会ってから学んだ重要な事のうちの一つだ。

「それはねえよ」

岩本はあっさり教えてくれた。

「気持ち悪いような気がすることも確かにあったんだけど、崇さんの事考えると不思議と吐き気が飛んでいくんだよな」

岩本は目を逸らした。

「た、たぶん、あれだな」

「あれ?」

「その、あ、愛ってやつが、力を貸してくれてるんじゃねえかなって……」

岩本はまた真っ赤になっている。

「どうしたんですか」

いつも凄い事をさらりと言って僕を赤面させるのは岩本なのに。

「い、いや、なんか急にすっげえ恥ずかしくなってきて……っていや、言い過ぎだな。俺の悪阻は軽かった。そんな事言ったら悪阻で本当につらくてどうにもならない人に愛が足りないみたいになっちまうもんな。だから、きっとほんの少しの効果だと思うぜ。けど、本当に小さいけど、たぶんそういうのが、何かあると思ったんだよ!　悪いかよ」

悪くない。最高だ。僕は笑って岩本の口を塞いだ。

愛や信頼はどこをどう見渡しても目に見えないものだ。あると証明出来ないものだ。形はなく定義も曖昧で、あると思ってもかき消えてしまう。けれど人の心がいっそ狂っているんじゃないかと思うほど必死にその大嘘を信じているから尊いのだ。いくら信じて欲しくても、今ここで形ある証を差し出すことは出来ない。だから、言葉で自分を奮い立たせて一生を賭けるしかない。絶対に守りたいものが出来てしまうという事は、出来ない事をすると言い、ないものをあると言い張り続ける事なのかもしれない。そういう覚悟を決めろという事なのかもしれない。

それから数か月後、予定日より二日遅れで岩本は無事に女児を出産した。

人生は夜の道を一人で車で走っているようなものだろうと思っていた。次第に周りの光が消えて、そうしてそのうち車も壊れて動かなくなり、静かに終わりを待つのだと。

そんな時、岩本が現れた。車に乗っていた事さえ忘れ、いつの間にか夜も明けていた。

どうかずっと僕と一緒にいて欲しい。たとえまた一人で迷ったとしても、僕はあなたのもとへ帰るから。

必ず、帰るから。

あとがき

こんにちは、一時の快楽の誘惑に負けまくっている七川琴《しちかわこと》です。本作がデビュー作になります。はじめまして。

今、風邪をひいているのですが、鼻が詰まっている時にティッシュでこよりを作ってくしゃみを出すと本当に気持ちがいいですよね。確実に鼻詰まりが悪化して咽喉も痛くなるのは分かっているのにやっちゃうんですよね。なんであんなに気持ちがいいのでしょうか。みなさんもそう思いますよね。だってこの内容の本に手を出すぐらいなのですから、きっと私と同じはずです。

この話は自分と、それから「もしかしたらこの世に居るかもしれない私と同じような人」のために書きました。個人的な欲望をこれでもかと叩きつけて作った話なので、もしもこの話に共感して下さったのなら、筆者は全てを肯定されたかのような絶頂感を味わう事請け合いです。正直言って全員とお友達になりたいです。

本当に私の好みがそのままの話なので、本を作っている最中に実は何度か編集の方に「本当にいいんですか？」とお尋ねしました。その度に「いいんです」と答えて下さいました。イースト・プレス様の度量の大きさにただただ驚くばかりです。こうして無事に本が出て、心の底からほっとしています。

話は変わりますが、私は人に影響されるのが好きです。ある人がある人に影響されて変わっていくのを見るのも好きです。人には変わる余地がある、というのはとても恐ろしい事だと思う一方で、救いでもあるような気がするからです。私も主人公の弓削先生のように、いくつになっても他人に影響されてより良い方へ、明るい方へ変わっていけたらいいな、と思っています。まずは風邪を治さねば。そして一時の快楽の誘惑に負けない七川にならねば（性懲りもなくティッシュでこよりを作りながら）。

読んだ方が少しでも前向きな気持ちになったのならこれに勝る喜びはございません。ここまで読んで下さってありがとうございました。

七川琴

Splush文庫

この本を読んでのご意見・ご感想をお待ちしております。

◆ あて先 ◆

〒101-0051
東京都千代田区神田神保町2-4-7 久月神田ビル7階
㈱イースト・プレス　Splush文庫編集部
七川 琴先生／ミニワ先生

ぼくの可愛い妊夫さま

2016年9月28日　第1刷発行

著　　者　七川《しちかわ》 琴《こと》

イラスト　ミニワ

装　　丁　川谷デザイン

編　　集　藤川めぐみ

発 行 人　安本千恵子

発 行 所　株式会社イースト・プレス
〒101-0051
東京都千代田区神田神保町2-4-7 久月神田ビル
TEL 03-5213-4700　FAX 03-5213-4701

印 刷 所　中央精版印刷株式会社

ISBN 978-4-7816-8604-2
定価はカバーに表示してあります。